新潮文庫

大川契り

善人長屋

西條奈加著

新潮社版

10947

目次

大川契り

善人長屋

泥つき大根

鉄鍋《てつなべ》で炙《あぶ》られるような暑さの中、勢いが良いのは蟬《せみ》の声ばかり。

七月は初秋とされるが、暦にしがみつくようにして盛夏は江戸に居座っていた。団扇《うちわ》を使うことすら飽いてきた、ことさら暑い午後、千鳥屋《ちどりや》にめずらしい客があった。

「あら、兄さんじゃない！」

お縫《ぬい》の五つ上の実の兄、倫之助《りんのすけ》だった。

日本橋本町の茶問屋、玉木屋《たまきや》に養子に行った身で、すでに主人の役目を果たしている。義父である先代は、去年の初夏に亡《な》くなって、代々伝わる当主の名を、もうすぐ継ぐことになっていた。間口からすれば大店《おおだな》とは呼べないが、内証は豊かだ。

「久しぶりだな、お縫。今日も暑いね」

口とは裏腹に、佇《たたず》まいは涼しげだった。絽《ろ》の夏羽織から、錆色《さびいろ》の着物が上品に透けている。装《よそお》いには兄嫁がことさら気を配り、どこから見ても裕福な商人だが、まだ二十三だから、主人というより若旦那《わかだんな》といった方がしっくりくる。

「お義姉《ねえ》さんは、一緒ではないの？」

「今日はひとりだよ。深川に商いの用があってね、ついでに寄ってみたんだ」

顔は母に似て凛《りん》としているが、気性は父に似て穏やかだ。にこりとやわらかく笑った。

「どうしたい、めずらしいな」

「お正月が、半年早く来ちまったのかと思ったよ」

父の儀右衛門《ぎえもん》と、母のお俊《しゅん》も、ひどく驚いている。店番をうっちゃって、息子とともに奥の居間に上がり込んだ。

「日頃、無沙汰《ぶさた》をして、申し訳ありません」

兄は神妙な面持ちになったが、母はさばさばと言った。

「こっちが寄りつくなと言ってんだから、おまえがあやまることなんてないんだよ」

同じ江戸の内にいても、兄は生まれ育った千鳥屋には滅多に足を向けない。そうさせているのは両親だった。行き来をするのは年に二度。正月には長男夫婦が深川を訪ね、盆には両親が日本橋へ挨拶《あいさつ》に出向く。

お縫も盆の折には一緒に玉木屋を訪ねることもあるのだが、そのたびに兄嫁のお八《や》恵《え》が仰々しく歓待してくれるものだから、多少腰が引けていた。

「お縫ちゃん、よく来てくれたわね。たいして遠くはないのだから、もっとたびたび顔を出してくれればいいのに。お縫ちゃんのために、いろいろと仕度しておいたのよ。もちろんお義父《とう》さんやお義母《かあ》さんにもね。喜んでもらえるといいのだけれど」

育ちのいいひとり娘であるお八恵は、よくも悪くも屈託がない。めずらしい菓子やら、かわいい小道具やら、ときには高価な着物まで仕立てて千鳥屋一家を待っている。それだけお八恵が、亭主となった倫之助に、惚《ほ》れ込んでいる証《あか》しかもしれない。

「こうして見ると、やっぱり兄さんはおっかさんに似てるわね」

ならんで座ると、お俊と倫之助は、目許《めもと》や顔の輪郭などが似通っていた。兄の五つ上には姉もいるのだが、三人の中で母の美貌《びぼう》を受け継いだのは、皮肉なことに兄だけだった。

「お八恵にも、よくそう言われるが」

「そういうもんかね」

当人たちはあまり頓着《とんちゃく》していないようだ。お俊と倫之助が、似た顔を見合わせる。

それでもお八恵が倫之助を見初めたのは、やはり容姿あってのものだろう。

娘の気持ちを知った玉木屋の主人は、駄目を承知で婿入《むこい》り話をもちかけてきた。娘に甘い親心だけでなしに、父親譲りの実直で温厚な倫之助の気性を、先代は高く買った。しかし倫之助は、千鳥屋にとってもたったひとりの跡取りだ。婿入りは難しかろうと危ぶんでいたようだが、案に相違して儀右衛門は即座に承知した。

「長屋の皆も、達者にしているかい？」

「ええ、ただこのところ、人さまの世話が増えるばかりで」

「『善人長屋』の名は、当分は安泰のようだな」と、妹に向かって倫之助が笑う。

この千七《せんしち》長屋は、深川浄心寺裏山本町にあった。木戸脇《わき》に質屋千鳥屋があるためにその名がついたが、最近ではもっぱら「善人長屋」と呼ばれていた。

父の儀右衛門は、長屋の差配を務めている。人柄の良さは折紙つきで、七軒の店子《たなこ》もいたって評判がいい。いわば善行のたまものなのだが、お縫はどうにも納得がいかない。

「兄さんまで、やめてちょうだいな。あたしはその名をきくたびに、胸のあたりがばくばくするわ。だって善人どころか、長屋中まとめて悪党だってのに」

「声が大きいよ、お縫。夏はどこもかしこも開けっ広げなんだから」

母親の忠告に、お縫も首をすくめた。

儀右衛門は質屋の傍ら、盗品をあつかう故買にも手を染めている。千鳥屋ばかりでなく、同じ長屋の髪結床《かみゆいどこ》も、小間物売りも下駄《げた》売りもやはり同様に、人には言えぬ裏《うら》稼業《かぎょう》をもっていた。

立派な商家に縁づいた息子を、裏商いから遠ざけたい。両親の意図はそこにあった。倫之助もまた、その気持ちをくんでいるからこそ、ここには年に一度しか足を向けない。暗黙の了解を破ってここに来たということは、それなりの理由があるはずだ。

察したように、儀右衛門は倅《せがれ》に水を向けた。

「何か、大事な相談事かい？　ひょっとして、困り事でもあるのかい？」

「うん。実は、ある男が気がかりでね。同じ深川の六間堀町に住まう、石蔵《いしぞう》という男だ」

信州下諏訪《しもすわ》生まれの無宿者で、日雇いなぞをして糊口《ここう》を凌《しの》いでいる。玉木屋に出入りする岡ッ引に調べさせたが、半年前に江戸に来たということ以外、わからなかった。

「その男は、玉木屋にどう関わっているんだい？」と、儀右衛門がたずねた。

「関わっているのは店じゃなく、お義母さんでね」

「大おかみの、お杉《すぎ》さんかい？」

お俊が腑《ふ》に落ちない顔を、息子に向けた。

「早い話が、石蔵という男は、お義母さんといい仲になっちまったんだ」

きき手の三人が、思わず顔を見合わせる。おそるおそる、お縫が切り出した。

「……たしか、玉木屋のお義母さんって、そろそろ還暦に近い歳《とし》じゃあ」

「今年、五十八になりなさった。お八恵は遅くに授かった、ひと粒種だからね」

お八恵は倫之助と同じ、二十三になる。なかなか子に恵まれず、諦《あきら》めていた矢先、お杉が三十六で産んだ娘だった。話をきいた儀右衛門が、顎《あご》をなでた。

「ご主人が亡くなって、一周忌を済ませたばかりだろ。えらくまた、気が早いな」

「お八恵もやっぱり気を揉《も》んでいるが……お義母さんのためには悪いことじゃないとも思えた。お義父さんを亡くしてしばらくのあいだ、ひどく気落ちなすっていたからね」

夫が身罷《みまか》ってから、お杉はずっとようすが優れなかった。それが今年の正月あたりから顔色もよくなり、頻々《ひんぴん》と外出するようになった。倫之助はむしろ喜んでいたのだが、数日前、お杉は娘夫婦に向かい、とんでもないことを言い出した。

「その石蔵という男と、一緒になりたいというんだ」

「相手は、無宿者だろう？　そいつはまた、無茶なことを」

お八恵や親戚《しんせき》連中が黙っちゃいまいと、儀右衛門が渋い顔をする。

「それもあるんだが、もうひとつ、大きな厄介があってね」

と、倫之助は、整った面差しを曇らせた。

「相手の石蔵は、お義母さんより、二十五も年下なんだ」

座にいっとき、奇妙な沈黙が落ちた。

「……ってことは、相手は三十三歳なのか？」

「そりゃあ、どう見たって……」

「玉木屋の身代狙《ねら》いってことじゃないの！」

両親の言葉尻《じり》をかっさらい、お縫が叫んだ。

「なるほど、その手の玄人《くろうと》かどうか、あっしに調べてほしいと、そういうことですかい」

ずず黒い丸顔の中で、丸い目をきょろりとさせる。半造《はんぞう》は、千鳥屋とは木戸をはさんだとなりで髪結床を営んでいる。狸《たぬき》によく似た風貌から、狸髪結と称されていた。

「ひとまず、その石蔵という男を、半さんに見極めてもらいたくてね」

「女を手玉にとる小悪党なんざ、いちいち顔なぞ覚えちゃいませんが、倫さんのためとあらば、ひと肌脱がせてもらいやしょう」

髪結床には、人と噂《うわさ》がよく集まる。半造のもうひとつの顔は、裏の情報屋《ねたもと》であった。盗人《ぬすっと》、掏摸《すり》、騙《かた》りと、裏社会に関わることなら、この男は誰よりも熟知している。ふたつ返事で、儀右衛門の依頼を引き受けた。

翌日、半造はさっそく六間堀町に向かい、お縫もこの情報屋に同行した。

「半年前に江戸に来たなら、半おじさんも知らぬ手合いかもしれないでしょ。だからこそ、あたしがついてきたのよ」

「ま、頼りにしているよ」

お縫は得意そうに胸を張ったが、半造はたいして当てにせぬようすで苦笑いする。

千七長屋は、善人面《づら》した小悪党ばかりだ。そこに生まれ育ったお縫は、自《おの》ずと相手を善人か悪党か、見極める癖がついた。人より多少勘がはたらくといった程度だが、よく当たる。儀右衛門も娘の勘をおろそかにせず、石蔵とやらを見てきてほしいと頼んだ。

六間堀町までは、たいした道程ではない。小名木《おなぎ》川を越えたところで、半造がたずねた。

「それにしても、玉木屋の大おかみってのは、そんなに油気の抜けねえ手合いなのかい？」

「そんなふうには、見えなかったわ」

「お縫ちゃんのおっかさんみたいなら、うなずくこともできるがね」

お俊もすでに四十半ばを越えていたが、生まれもっての容姿の良さも手伝って、未《いま》だに色香さえ残している。けれど玉木屋のお杉は年相応、どちらかといえば逆に老《ふ》けて見えた。

「最後に会ったのが、ご主人のお葬式だから、よけいにそう見えたのかもしれないけれど」

玉木屋の先代は、急に卒中で倒れ、目覚めることなく息を引きとった。ふいの災難に等しい死に方だから、心づもりなぞなかったのだろう。お杉は茫然《ぼうぜん》自失の体《てい》で、弔問客にろくに挨拶もできぬほど憔悴《しょうすい》しきっていた。そのとき十七だったお縫には、ただかわいそうな老婆《ろうば》としか映らず、あのお杉が男に入れ上げているとは想像すらつきにくい。

「まあ、そういうのに限って、悪党にはいいカモになりそうだがね」

ものを知ったような口ぶりで、半造は話を切り上げ、ほどなく六間堀町にある長屋に着いた。石蔵は、この平兵衛《へえべえ》長屋にいるという。

「人探しのふりでもしながら、ひとまず相手を確かめてくるよ」

半造が木戸をまたぎ、中に消えた。千七長屋は八軒きりだが、ここは二、三十軒はありそうだ。木戸の上は、びっしりと表札でふさがれていた。

お縫は木戸の見える辻《つじ》に立っていたが、待つほどもなく、半造がとび出してきた。

「お縫ちゃん、あれは駄目だ。悪いがおれは、下ろさせてもらう」

いつもはふてぶてしい狸面が、度を失ったように様変わりしている。半造がここまで慌《あわ》てるとは、よほどのことだ。

「おじさん、石蔵って人は、そんなに危ない相手なの？」

「石蔵なんて奴《やつ》は、どうでもいい。一緒にいた奴が、危ねえんだ！」

石松という者を探している。その方便で、長屋の者から石蔵の住まいをきき出した。しかし開け放された入口障子から覗《のぞ》き込むと、半造のよく知る男が居座っていたという。

「どんな悪党よりも、たちが悪い。とんでもねえ奴と組んでやがる」

「いやだ、おじさん。いったい誰なの？　どこの大盗人？　それとも人殺しのたぐいなの？」

「盗人や人殺しの方が、まだましだ。その男ってのがな……」

ずいと狸面が寄せられたとき、背中から声がかかった。

まるで毛虫を百匹も落とされでもしたように、半造がひゃっととび上がる。

「やっぱり、髪結いの旦那とお縫ちゃんじゃないか。こんなところで、どうしたんだい？」

「加助《かすけ》さん！」

菩薩《ぼさつ》のような顔をほころばせているのは、ふたりが見馴《みな》れた男だった。

同じ長屋の錠前職人、加助である。

千七長屋の住人のうち、この男だけは唯一《ゆいいつ》、裏稼業をもっていない。まじめでまっとうな、まさに善人なのだが、半造は毛虫よりも苦手としている。

「こいつに関わると、ろくなことにはならねえ。お縫ちゃん、すまねえが後は任せた」

からだに似合わぬ素早さで、半造はその場をとっとと逃げ出した。

「へえ、頼まれて人探しをねえ」

「ええ、石松さんという人なの。この平兵衛長屋にいるときいて訪ねてみたけれど、違ったようだわ」

半造の方便をそのまま使ったが、人を疑うことを知らない加助は、頭から信じてくれたようだ。にこにこしながら首をうなずかせる。

「まさか間違った相手が、加助さんの知り合いだったなんて、世間は狭いわね」

「石蔵さんとは、半月ほど前に親しくなってね」

「そうだったの」

玉木屋の大おかみのことなぞおくびにも出さず、もっともらしく相槌《あいづち》を打つ。

「この先の中橋の下で、行き倒れを見つけてね。からだが大きくて、ひとりで運ぶのに難儀していたら、石蔵さんが通りかかって手伝いを申し出てくれた。おまけに平兵衛長屋はすぐそこだから、うちに運ぶといいと親切に言ってくれたんだ」

なるほどと、半ば呆《あき》れ加減にお縫はうなずいた。加助のお人好《ひとよ》しは、いささか度が過ぎている。行き倒れ、迷子、病人と、せっせと面倒の種を拾ってくる。もはや趣味道楽と化している人助けに、毎度巻き込まれるのが、儀右衛門をはじめとする長屋の者たちだ。

「悪党が人助けなぞ、胸くそ悪いにもほどがある」

半造はことさら毛嫌いしているが、当の加助は、長屋の正体を何も知らない。皆の助太刀をただ有難がっていて、おかげで「善人長屋」の看板は、厚みを増す一方だ。

いくぶん頭痛を覚えながら、お縫も思い出した。

「そういえば、同じ深川にたいそう親切な人がいて、あれこれと助けてくれると前に言っていたわよね。あれって、もしかして……」

「そうだよ、石蔵さんだ。滅多にないほど、よくできたお人でね」

「それはかえって、怪しいんじゃ……」

きこえぬように、口の中で呟《つぶや》いた。お縫が知る限り、利もないのに他人のために骨身を削るのは、目の前にいるこの男だけだ。

「今日もこれから石蔵さんと、あちこち回るつもりでいるんだ」

「あちこちって？」

「暑さ負けで、倒れちまった年寄が多くてね。十軒ばかりもあるものだから、ひとりではなかなか捌《さば》けねえ。ついぼやいちまったら、手分けしてまわればいいと言ってくれてね」

十軒もまわりどころがあるという、そちらの方にまず呆れたが、お縫は急いで申し出た。

「それなら、あたしもお手伝いするわ。ほら、加助さんと違って、石蔵さんは慣れてないのでしょ？　あたしがご一緒すれば、手際《てぎわ》なんぞを教えてあげられると思うの」

「そいつは助かる！　お縫ちゃん、ぜひ、お願いするよ」

お縫の腹の内なぞまったく見通せず、加助は一も二もなく承知した。この機に石蔵を探ってみるつもりもあったが、何よりも年寄のもとに石蔵を行かせるのは危うい。玉木屋のお杉と同じ手合いが、これ以上増えてはかなわない。

「待たせちまったな、加助さん」

やがて木戸の内から声がかかり、お縫はにわかに身を固くした。相手が女たらしなら、こちらも気を引き締めなければならない。

だが、木戸をまたいできた男の姿に、思わずあんぐりと口をあけた。

「お縫ちゃん、こちらが石蔵さんだ。石蔵さん、いつも話しているだろう？　同じ長屋の差配さんの娘さんで、お縫ちゃんだ」

「ああ、いつも加助さんを助けてくれるという、親切なお嬢さんか。石蔵といいます、よろしくお見知りおきを」

加助の紹介に、ぺこりと頭を下げる。

「……どうも」

びっくりし過ぎて、それしか声が出ない。身の丈だけは大きな男だが、まるで朝掘り出したばかりの泥大根のようだ。何とも田舎くさく垢抜《あかぬ》けず、そして朴訥《ぼくとつ》そうだった。

こんな男に、玉木屋の大おかみは、本気で惚れ込んでいるというのだろうか。たで食う虫も好き好き——。

そんなことわざが、暑さと驚きでぼんやりした頭の中に、ぽかりと浮かんだ。

一日経《た》った午後、早めに朝顔売りを終えた文吉は、西瓜を土産に千鳥屋に上がり込んだ。

西瓜《すいか》の種を器用に庭先にとばしながら、同じ長屋の文吉《ぶんきち》がたずねた。

「で、お縫坊の見立ては、どうだったんだ？」

文吉は、兄の唐吉《とうきち》とともに季物《きもの》売りをしている。いまは鉢植えの朝顔を売り歩いていたが、もちろんこの兄弟も裏稼業をもっている。

「表向きは、加助さんなみの善人だわね」

ともに五軒の病人を見舞ったが、石蔵の働きはかいがいしかった。年寄に気さくに声をかけ、水汲《く》み薪割《まきわ》りと力仕事をこなす上、大きなからだに似合わず細かなことにもよく気がつく。

「この枕屏風《まくらびょうぶ》をどかした方が風が通る。少しは過ごしやすくなるんじゃねえか？」だの、「柄杓《ひしゃく》にカビが生えてるじゃねえか。ちょっと桶屋《おけや》に行って、新しいものを買ってくるよ」だの、実にまめまめしい気の遣いようだ。年寄はたいそう有難がって、手を合わせんばかりだった。

「あれが続いたら、うっかり恋心を起こしちまうおばあさんも、いるかもしれないわね」

　お縫の言いように、文吉は不満そうに口を尖《とが》らせて、ぷっ、とまた黒い種をとばした。

「表の顔なぞ、どうだって繕《つくろ》える。そいつが悪党か否《いな》か、そこが勘所じゃねえか」

「あたしの見立てじゃ、あの人、堅気じゃないわ」

「てこたぁ、やっぱり女を騙《だま》し慣れた、玄人ってことか」

　皮だけになった西瓜をぶら下げて、身を乗り出す。お縫が次のひと切れをさし出すと、礼も言わずにかぶりついた。

「ただ、石蔵さんがね、ちょっと似ているのよ」

「似てるって、誰にだ？」

「この長屋の衆よ」

　よくわからないと言いたげに、シャク、と歯切れのいい音をさせる。

「堅気ではないけれど、根っからの悪人でもない。たぶん、非道な真似《まね》はしない人のように思えるの」

「だがよ、おれたちだって、仕事となれば手を抜かねえ。女たらしを生業《なりわい》にしている男なら、やっぱり相手を食い物にするのが仕事じゃねえのか？」

色が白く、男にしては華奢《きゃしゃ》だが、この文吉が絶世の美女に化けるとは、誰も想像できなかろう。文吉の扮《ふん》したおもんを餌《えさ》に、兄が客を脅す。いわば美人局《つつもたせ》が兄弟の裏の顔だった。

「よく考えてみれば、文さんの稼業も石蔵さんと同じだわね」

「女を嵌《は》める奴なんぞと、一緒にするない」

「男を嵌めているじゃないの」

「おれたちはな、連中の助平心を戒めてやってんだ。おもんを前にした男どもの、鼻の下の伸び具合ときたら、牛のベロよりまだ長いぜ」

文吉は得意そうにふんぞりかえったが、たいした違いはなさそうだ。

「そういや、その石蔵って野郎も、ふるいつきたくなるようないい男なのか？」

「それがね、文さん、きいてよ！」

「なに怒ってんだよ」

お縫は石蔵の見た目について、事細かに申し立てた。

「まるで泥大根に泥南瓜《かぼちゃ》をくっつけたみたいでね。眉《まゆ》はげじげじしていて、団子っ鼻は上を向いて、歯並びもがたがたなのよ！」

「……お縫坊、身もふたもねえな」

「あんな人が女たらしだなんて、何だかどうにも収まりがつかないのよ！」

わけのわからない剣幕に、文吉はただ気圧《けお》されていたが、代わりに廊下から声がした。

「相変わらず、ふたりそろうと騒々しいねえ。外まで筒抜けだよ」

「あら、おっかさん、お帰りなさい」

花浅黄の単衣《ひとえ》に、藍《あい》の帯が涼しげに映る。お俊の夏のよそゆきだった。その陰から、半造が狸面を覗かせる。

「玉木屋の大おかみのようすは、どう？」

「おれもその話をきいておこうと思ってね、おかみさんの帰りを待ちかねていたんだよ」

と、半造が来訪の意図を告げる。お俊が二階で着替えているあいだ、お縫はこの情報屋に、石蔵のあれこれを語った。

「というわけなのよ、半おじさん。どう見ても逆に女に騙されそうな野暮ったい人よ」

「まあ、女たらしときけば、新の旦那のような手合いが、まず浮かぶだろうがな」と、半造がにやにやする。

千七長屋にも、名うての女たらしがひとりいる。代書屋をしている、浪人の梶新九郎《かじしんくろう》だ。しかし単に女にもてるというだけで、金品を巻き上げるわけではない。

「『四谷怪談』も『累《かさね》』も、女を騙すのはいつだって二枚目じゃない？」

「それは芝居の中だけだよ、お縫ちゃん」

半造はしたり顔で、麦湯をすする。水っ腹になるからと、西瓜には手をつけなかった。

「ま、たしかに色男もいるにはいるが、むしろその手の悪党としちゃ小粒と言える。見目形だけで惚れさせたって、所詮《しょせん》、底が浅い」

「ですって、文さん」

「だから、一緒にするなと言ったろうが！」

「女に貢《みつ》がせようと思ったら、むしろ醜男《ぶおとこ》くらいで、ちょうどいいかもしれない。

『この人には、あたししかいない』、そう思わせるのが味噌《みそ》でね」

いわば女が生まれもって授かった、母性に訴える。生半可な恋心よりも、よほど強く女を惹《ひ》きつけ、より金を貢がせることができるという。

「田舎くさいが朴訥で、さらにまめでかいがいしいとくりゃ、たいていの女はころりと騙される。おれはやっぱり、石蔵は玄人だと思うね」

「そういうものかしら」

若いお縫には、ぴんと来ない。首をかしげたところに、お俊が着替えを終えて降りてきた。お俊は大おかみのお杉から話をきくために、玉木屋へ足をはこんだのだった。

「ねえ、おっかさん、ふたりはどこで知り合ったの？　なれそめはきいて？」

「大おかみが女中を連れて出かけた折に、置き引きに遭ってね。荷物を奪い返してくれたのが、石蔵さんだよ。相手の置き引きは、逃がしちまったそうだがね」

「それもちょっと、胡散臭《うさんくさ》いわね」

「最初から玉木屋のおかみを狙って、置き引きとつるんでいたかもしれねえよな」

悪党の常套《じょうとう》だと、お縫と文吉が訳知り顔でうなずき合う。

「大おかみは、露ほども疑っちゃいないがね」

「老いも若きも、物狂いってのは恐ろしいもんだな。いい歳をした商家のおかみが、なりふり構わなくなるとはね」と、半造が太いため息を吐《つ》く。

「多少の世間体は、気になさっているようだよ。六間堀町の平兵衛長屋には、足を向けていないようだしね」

石蔵とは五日に一度ほど、日時を決めて、外で会っているという。

「それに亭主としてじゃあなく、養子縁組の形をとるつもりでいなさるからね」

「得体の知れねえ奴を、玉木屋に入れる心づもりは変わらねえじゃねえか」

「まあ、そのとおりなんだがね」

文吉に向かって、お俊もうなずいた。娘のお八恵は親戚衆と手を組んで、まっこうから反対している。一方で、お杉も簡単にへこたれるようなたまではない。

「あの大おかみもやっぱり、家つき娘だろ？　あの歳になるまで、己の意は何でも通してきた。言い出したら、きかなくてね」

お杉もまた、娘のお八恵と同様、玉木屋のお嬢さまとして生まれ、先代の主人を養子にとった。我の強さにかけてはよく似た母娘《おやこ》だから、互いに折れるきざしは見あらないと、お俊はため息をついた。

「そうなると、相手の男の正体を、大おかみにつきつけるより他ないということか」

「お縫坊が言うなら、相手が堅気じゃねえことは間違いねえだろ？」

半造と文吉が、てんでに口を出す。

「あたしの勘だけじゃ、あてにならないと思うけど……」

己の勘に、以前ほどは自信がもてない。わからないときもあれば、多少狂うこともある。歳を経るにつれて、だんだんと人の情が見えてくる。そのぶん子供のころの鋭さが消え、判断も鈍るのだが、大人になるとはそういうことかもしれない。

「いっそ、その石蔵って奴に、張りついてみた方が早いんじゃねえか？」

「正直、おれも同じことを考えていたんだが」

「お、そうこなくちゃ。見張りなら、おれと兄貴に任せてくれよ、髪結いの旦那」

急に活気づく文吉を、お縫は横目でにらんだ。

「文さん、嬉《うれ》しそうね」

「髪結いの旦那は、しわくねえからな。何より朝顔売りばかりじゃ、いい加減飽いちまう」

半造が払う探索料もさることながら、文吉は裏仕事に関わることに、わくわくしているようだ。どうもこの長屋の衆は、危ない橋に引きつけられる手合いが多い。

「男の人って、どうして安穏としていられないのかしら」

お縫の不満げな呟きに、お俊は喉《のど》の奥で笑い、それから半造に首を向けた。

「でも、半さん、石蔵さんを見張るには、厄介がひとつあるだろ」

「わかってまさ。あの野郎をどうにかしねえと」

半造は、葉を入れ過ぎた茶でもがぶ飲みしたような、渋面になった。言うまでもなく、加助である。石蔵の傍で加助にうろうろされては、見張りなぞできはしない。

「それなら、いい考えがあるわ。人助け道楽にうつつを抜かす暇がないほど、加助さんを忙しくしちまえばいいのよ」

お縫は三人に向かって、己の策を語りはじめた。


「悪いわね、加助さん。手間暇がかかるけれど、どうぞよろしくね」

素知らぬふりで、木戸の外まで見送った。

「なに、他ならぬお縫ちゃんの兄さんからの注文だ。身を入れてやらせてもらうよ」

加助は錠前職人で、しかもからくり錠を拵《こしら》える腕がある。お縫はそれを利用することにした。兄の倫之助に頼んで、玉木屋から凝った錠前を注文させたのである。

「最近は何かと物騒ですから、ひとつ蔵の扉に仕掛けを作ってもらえますまいか」

扉の仕掛けとなれば、加助は玉木屋に泊まり込むことになる。ものによってはひと月はかかるというが、倫之助が頼み込むと、加助は他の仕事を後回しにして応じてくれた。

「おれの留守のあいだ、お縫ちゃんにひとつだけ頼みたいんだが」

「あら、なあに？　何でも言ってちょうだいな」

多少の罪の意識から、お縫はとっておきの笑顔を返した。

「昨日、喧嘩《けんか》で怪我《けが》をした若い者を助けてね、六間堀町に近かったから、石蔵さんの長屋に連れていったんだ。任せっ放しじゃ、さすがに心苦しくてね」

「わかったわ。平兵衛長屋に行って、ようすを見てくるわね」

お縫は即座に請け合って、約束どおりその日の昼過ぎ、六間堀町へと足をはこんだ。

平兵衛長屋の木戸口で、ちらりとふり返る。少し離れた楠《くす》の木の根方には、見馴れたふたりの姿があった。小柄で色白な弟に対し、兄はからだも大きく顔も男くさい。

唐吉と文吉の兄弟だった。お縫と目を合わせ、にやりと笑う。朝顔の鉢を載せた天《てん》秤《びん》が脇におかれ、暑さを避けてこの木の下で商いをしているように装っていた。

ふたりに小さくうなずいて、木戸をまたいだ。どこの長屋も、風を入れるために障子戸は開け放されている。けれど目当ての入口だけは、客を締め出すかのように閉じていた。

「出かけているのかしら……」

戸の前で立ち止まったが、中には人の気配があり、ぼそぼそと小さな話し声もする。お縫が声をかけると、かすかな声はぴたりとやんだ。障子が中から開き、むわりとした熱気とともに、泥大根のような男が顔を出す。

「あ、ああ、加助さんとこの……今日はどうしたんだい」

「加助さんに、頼まれて」と、来訪のわけを明かす。

「怪我をした奴の家に知らせをやったら、兄さんが迎えにきてね。昨晩のうちに帰ったよ」

口調は淀《よど》みないが、何故《なぜ》だかお縫から目を逸《そ》らす。うつむき加減の顔には、屈託が強く浮いていた。

ふと視線を感じて、お縫は長屋の奥に目をやった。土間を上がったところに、先客がひとりいた。石蔵と同じ年頃の男だが、目が合った瞬間、お縫の肌が総毛立った。

薄暗い座敷の中で、男の目だけが不気味に光って見えた。

「あいつは、おれと同郷の者でね……久しぶりに、訪ねてくれたんだ」

「ごめんなさい、お邪魔してしまったようね」

お縫は急いで暇《いとま》を告げて、平兵衛長屋を出た。走り出したいのをどうにか堪《こら》え、何食わぬ顔で楠の木の下にしゃがみ込む。鉢を物色しているふりで、小声で告げた。

「石蔵さんのところに、お客が来ているの。あれは間違いなく悪党よ」

「耳の下あたりに、火傷《やけど》跡みたいな大きなひきつれのある男だろ？」

と、即座に文吉がこたえた。暗さのためか向きの加減か、お縫には傷は見えなかったが、長屋に入っていったときから、兄弟も目ざとく気づいたようだ。

「心配すんな、お縫坊。おれが正体を暴《あば》いてやるからよ」

「おめえは駄目だ、文。あいつの気配は物騒過ぎる。奴の後は、おれがつける」

「ずるいぞ、兄貴」

とるに足らない兄弟喧嘩は、いつものことだ。お縫はふたりに後を任せ、楠の木の木陰を抜けた。しかし角を曲がったところで、ばったりと知った顔に出くわした。

「まあ、千鳥屋のお嬢さんじゃありませんか。お縫さん、だったわね」

白髪の勝った髪がきれいに結い上げられて、鼈甲《べっこう》の櫛《くし》までさしている。茶に細い縞《しま》の入った単衣は、地味な色合いながら品がいい。

「玉木屋の……」

そう言ったきり、後が続かない。大おかみの、お杉だった。

お杉は、しばしお縫と目を合わせ、ゆっくりと息を吐いた。

「兄さんに頼まれて、石蔵さんを探りに来たのかい？」

「探るだなんて……ただ、兄さんはたいそう案じていて……」

これでは白状しているのと同じだが、火傷跡の男で頭がいっぱいだったせいか、うまくごまかすことができなかった。

「あの、石蔵さんを訪ねていらしたんですか？」

「そうですよ。浅草寺の施餓鬼会《せがきえ》を、一緒に見に行くつもりでいたのですけどね」

石蔵は、待ち合わせの場所に現れなかった。こんなことは初めてだから、夏風邪でも拾ったのかとお杉は案じた。これまで寄りつくことをしなかった長屋へと、足をはこんでみる気になったようだ。

「同郷の知り合いが、石蔵さんを訪ねてました。たぶん懐《なつ》かしさが勝って、約束をうっかり忘れちまったんでしょう」

あのような危なげな男に、お杉を近づけたくはない。今日はこのまま帰ってはどうかともちかけた。しかしお杉は、まるで見当違いの問いを発した。

「同郷の人ってのは、まさか女ですか？」

「いいえ、石蔵さんと同じくらいの歳の男の人です」

「そう」

満足そうに応じると、お杉は近くの茶店にお縫を誘った。断る理由も見つからず、並んで床几《しょうぎ》に腰を下ろした。お杉は女中に茶と餅菓子《もちがし》を頼んだ。

「あの、大おかみ……」

口にしたとたん、じろりとにらまれた。

「その呼び方は、年寄くさくて好きません。お杉でいいですよ」

「あ、はい、それじゃ……お杉さん」

お縫はあわてて言い直した。去年、先代の葬式で会ったときとは、まるで別人だ。決して大げさでなしに、十歳は若返り、華やいで見える。その変わりようにとまどいながら、用心深くお縫はたずねた。

「お杉さんは、本当に石蔵さんと一緒になるおつもりですか？」

ふたたび、ちろりとにらまれた。ただその目は、最前とは違う色を含んでいる。

「まさかお縫さんも、石さんに岡惚れしたのじゃ……」

「とんでもない！」

床几から立ち上がらんばかりの勢いで、お縫は否定した。

「あんな泥つき大根みたいな冴《さ》えない人を、何だって……」

失言に気がついて、急いで口を押えたが遅かった。しかしお杉は怒ることをせず、ころころと笑い出した。

「すみません……うかつなことを」

「かまやしませんよ。たしかに言い得て妙だもの」

ひとしきり笑って、それから妙にしみじみとした表情になった。

「そうね、いままで気づかなかったけれど……もしかしたら石さんが、泥つき大根だったからこそ、こうも執着するのかもしれないね」

何の話だろうと、お縫は相手の顔を覗き込んだ。

「お八恵には告げていませんけど、あの子には本当は兄さんがいたの」

「そう、なんですか？」

「生まれたときから見込みはないと言われて、ひと月も経たずに死んじまったけれど……生きていればちょうど、石さんくらいの年頃でね」

お杉が二十五歳のときで、以来長らく子供には恵まれなかった。それから十年も経って、すでに養子を迎える仕度も整っていたころ、お八恵を身籠《みごも》ったのである。それでも、たったひと月で失った長男のことは、片時も忘れたことがないという。

「びっくりするほど色が黒くて、ひょろひょろとしなびていてね。育ちの悪い泥つき大根のようだと、産婆に言われたのよ。だからこそいっそう、かわいくてならなくてね」

三十年以上も昔のことを、いま見ているかのように話す。

見苦しい物狂いだと半造は評したが、目の前のお杉は少し違って見えた。しわが刻まれた横顔は、どこか思慮深くさえある。お縫はお杉の心づもりを、確かめてみたくなった。

「もし石蔵さんと一緒になったら、玉木屋に入れるおつもりですか？」

「あの石さんじゃ、かえって気兼ねしちまって、くたびれるばかりだろうね」

「それじゃあ別に家を借りて、ふたりで暮らすのかしら？」

「こんな年寄の面倒を、あの人ひとりに押しつけるのは、かわいそうじゃないか」

いったいどうしたいのか、さけばきくほどわからない。お縫が黙りこむと、ふふ、とお杉は小さな声を立てた。

「石さんにはね、精一杯のことをしてあげたいの。生きられなかった、あの子の分もね」

向けられた笑顔は、幸せそうに華やいでいた。

唐吉が血相を変えて千鳥屋に駆け込んできたのは、日が落ちた時分だった。

「大変だ、旦那《だんな》。あの石蔵は、盗人一味と繫《つな》がっていた。玉木屋を襲うつもりでいやがる」

「何だと！」

「あっしがこの目と耳で、確かめやした。間違いはありやせん」

たちまち色を失った儀右衛門の前で、唐吉は仔細を語った。文吉の姿はないが、代わりに情報屋の半造が一緒だった。

お縫が目を合わせた火傷跡のある男は、平兵衛長屋を出ると、人気《ひとけ》のない雑木林に向かった。そこには仲間らしき別のふたりが、待っていた。

「石蔵のもとに出入りしていた奴は、仲間から藪原のと呼ばれていた」

中のひとりが素人《しろうと》くさい若者で、声が大きかった。おかげで切れ切れながら、連中の話を拾うことができたという。その後を半造がかっさらう。

「火傷跡ときいて、すぐにわかりやした。おそらく藪原《やぶはら》の捨松《すてまつ》でさ。中仙道を根城にする仙源《せんげん》一味の者です」

「どんな連中だい、半さん」

「仙源の頭は、人殺しは好まねえが、なにせせっかちな性分で。小便を出しきるより早く片付けるというのが、身上でしてね」

ろくに下見もせずに押し込むのが常套だが、仕事も人一倍早いという。

「盗人宿までつけるつもりでいやしたが、あてが外れちまいやした」

すいやせん、と唐吉が肩を落とす。三人は相談が済むと、ちりぢりに雑木林を出た。

迷ったあげく唐吉は、藪原の捨松を追ったが、深川八幡傍の旅籠《はたご》に辿《たど》り着いた。唐吉もよく知る旅籠で、盗人宿とは考えられないと告げる。

「どのみち仙源の頭は、江戸では落ち着き先を作らない。五、六人の手下を旅籠なぞに別々に潜ませて、押し込み先の見当をつけさせる。頭が江戸に入るのは、その後だ」

仙源は中仙道の宿場で盗みをくり返しているが、思いついたようにたまに江戸へ出張るときがある。一、二度、江戸で仕事をして、また中仙道へ舞い戻っていくと半造は説いた。

「放っておいても、そう害もなさそうだが、玉木屋をねらっているとなれば見過ごせない」

儀右衛門の呟きに大きくうなずいて、半造はもうひとつ気がかりを告げた。

「仙源の頭よりむしろ、藪原の捨松の方がよほど危ねえ。おれが知ってる限りでは、ふたりは殺しているはずだ。かっとなると、見境のつかねえところがある」

「おとっつぁん、何とかしないと、玉木屋も兄さんも危ないわ」

「わかっちゃいるが……仮にも故買をあつかうおれが、盗人を御上に売るわけにはいかねえし」

儀右衛門は腕を組み、深いしわを眉間《みけん》に刻んだ。

「やはり仙源の頭に、正面から頼みにいく他はないか……」

「そいつはあまり、お勧めできやせん。頭はともかく、藪原の捨松なんぞに借りを作っちゃあ、後々厄介なことになりやすぜ」

半造が、らしくない憂《うれ》い顔を寄せた。これといった策は浮かばず、ひと晩考えさせてくれと、儀右衛門が腰を浮かせたときだった。長屋の木戸から、声が響いた。

「ありゃ、文の野郎だな」と、唐吉が眉をひそめる。

文吉はひとりではなかった。小柄な文吉の背後に、のっそりと泥大根が立っている。

「石蔵さん！　どうしてここに……」

見れば石蔵は、足許《あしもと》を固め、ふりわけ荷物を下げている。あきらかに旅仕度だった。

「この野郎、こっそり夜逃げしようとしやがったんだ」

文吉とくらべれば、頭半分は大きい。ふり切って逃げることもできたろうに、このまま番屋に突き出すぞとわめかれて、あわてて事情を語り出した。見かけの割に、いたって気の弱い男のようだ。

「すんません……これ以上江戸にいれば、大事なお人に迷惑がかかる。おれさえいなくなればと、そう考えて……」

「どんな悪事を企《たくら》んでいるかと思や、このていたらくだ。ちっとわけをきいた限りじゃ、こいつも困り果てている。いっそ旦那に相談した方が早かろうと、連れてきやした」

うなだれた石蔵は、常よりしぼんで見える。まるで古漬けの沢庵を、また土に戻したようで、お縫は何やらおかしくなった。

「おとっつぁん、石蔵さんの話をきいてあげて。この人やっぱり、悪い人じゃないわ」

しげしげと相手をながめ、ふむ、と儀右衛門はうなずいた。

「あっしは半年前まで、中仙道でけちな盗みなぞをしながら凌《しの》いでおりやした」

番屋にしょっぴくことは決してせぬから、そのかわり包み隠さず話してほしい。儀右衛門がそう乞《こ》うと、石蔵は素直にしゃべりはじめた。

「思い立って江戸に出たのは、そんな暮らしに嫌気がさしたからでさ」

聞き手が多いと話し辛《づら》かろうと、朝顔売りの兄弟と半造はひとまず帰し、お俊も台所に下がった。座敷には、儀右衛門とお縫だけが残り、話をきいた。

「けちな盗みというと……」

「旅人の懐《ふところ》をねらう護摩《ごま》の灰や、置き引きなんぞで」

「あきれた。置き引きを追いかけて、お杉さんと知り合ったのでしょ？　なのに同じことをしていたなんて」

よけいな茶々を入れるなと、父親が目で制する。石蔵が、不思議そうな顔をした。

「お杉さんを、ご存じなんですかい？」

「実は玉木屋のいまの主人は、おれの実の息子でね」

「そう、だったんですかい」

一切を察したように、こくこくと首をふった。

「でもね、加助さんは違うのよ。石蔵さんと出会ったのもたまたまで、加助さんだけは何も知らないの」

お縫があわててつけ加えると、石蔵はやんわりと微笑《ほほえ》んだ。

「わかりやす。あの人は本当に、腹の底まで曇りのない人だ……正直、江戸に来てからは、いいことずくめでした」

「いいこと？」

「お杉さんや加助さんと知り合って、人並みに大事にしてもらって……この歳《とし》まで生きてきて、そんなこと初めてでした」

実の父を早くに亡《な》くし、母が再婚した義理の父からは疎《うと》まれた。殴る蹴《け》るに堪えかねて、十五で家をとび出してから、ずっと半端《はんぱ》な悪事をくり返してきた。

「さして面白くもない、よくある話でさ」

石蔵は、少し悲しそうに目尻《めじり》を下げた。からだは丈夫だが、物覚えが悪い。江戸でもろくな仕事にありつけなかったが、お杉のおかげで食うには困らない。

「いつまでもお杉さんの、世話になるわけにはいかない。わかってはいやしたが、いまのあったかい暮らしを、断ち切ることができなかった……だから、罰が当たったんでさ」

「罰だなんて、そんなこと……」

「あっしが傍でうろうろしたばかりに、玉木屋が盗人一味に目をつけられたんでさ」

いくら悔いても足りないのだろう。石蔵は両の拳《こぶし》を握りしめた。

「その話、くわしくきかせてもらえるかい？」

儀右衛門は、一度手にした煙管《きせる》を置いて、身を乗り出した。

「十年くらい前、藪原の捨松って野郎に会ったんでさ。儲《もう》け話があると誘われて……」

唇を噛《か》みしめて言い淀《よど》んだ。石蔵は悪い男ではないが、お杉に繋がる以上、長屋の正体は明かせない。そのかわり儀右衛門は、石蔵に約束した。

「どんな話であろうと、お杉さんにはもちろん、他所《よそ》には一切明かさない。おれを信じてくれないか」

儀右衛門としばし目を合わせ、首を折るようにうなずいた。

「あっしは一度だけ、仙源という頭のもとで夜盗を働きやした」

だが、たった一度で、石蔵は懲《こ》りた。人殺しを目にしたからだ。

「押し込んだ先で店の主人になじられて、捨松は頭に血がのぼった。かっとなると、頭でさえも止められねえ。相手を、刺し殺しちまったんでさ」

あんな恐ろしい思いをしたのは、後にも先にもあのときだけだと、ぶるりと身震いした。

石蔵は仕事が終わると、仙源に暇を乞うた。覚えが悪いから、せっかちな仙源からも愛想を尽かされていたのだろう。特に揉《も》めることもなく、これで縁が切れたと石蔵はほっとした。

「なのに十年も経って、捨松にばったり会っちまった。それだけじゃねえ、奴は一緒にいたお杉さんに目をつけた」

捨松は仲間と手分けして、ふたりの後を追った。お杉が裕福な茶問屋の大おかみだと確かめて、数日後、六間堀町の石蔵のもとに顔を出した。

「それが今日のことでさ」と、石蔵はうなだれた。

玉木屋のようすをつぶさに教えろ。さもなければお杉や番屋に、盗人だとばらす。

捨松はそう詰め寄った。

「あたしが行ったとき、石蔵さんはあの人に脅されていたのね」

「どうしたらいいのか、わからなくなりやした。ともかくあっしが張りついていちゃ、お杉さんに迷惑がかかる。消えるより他にねえかと……」

「あんたがとんずらしたところで、いったん的を絞った盗人が、諦《あきら》めるとは限らないよ」

そうじゃないか、と儀右衛門にさとされて、石蔵はいっそうしょげかえった。

その姿にふと、加助が重なった。加助が初めて千七長屋に辿り着いたときも、やはり哀れなようすだった。

ぽん、と音を立てて花が開いたように、お縫の頭に考えがひらめいた。

「ね、石蔵さん。仙源一味は、いつ玉木屋を襲うつもりなのかしら？」

「頭はまだ、江戸には入ってはいないそうです」

十日ほど後になるだろうと、捨松からきいているという。

「頭はせっかちなお方ですから、江戸に着いたら二、三日のうちに仕掛けると思いやす」

「それならきっとうまくいくわ。石蔵さんに、手伝ってもらわなくてはならないのだけど」

「あっしにできることでしたら、何でも言っておくんなさい」

水にさらした大根のように、とたんに石蔵がしゃっきりする。どうするつもりかと儀右衛門は、娘に首をまわした。

「玉木屋にはいま、加助さんがいるでしょ」

「まあ、そうだが……加助さんじゃ、まさか盗人一味に太刀打ちできなかろう」

「それが、できるのよ。仙源の頭は、人一倍せっかちなのでしょ。だからね……」

ふむふむと耳をかたむけて、儀右衛門も笑顔になった。

「うん、悪くないな、お縫。それで行こう」


お縫の企みは効を奏し、玉木屋は仙源一味に襲われずに済んだ。

けれど石蔵は、江戸に留まることをしなかった。

「どうしても、行ってしまうの？　石蔵さん」

へい、と旅姿の石蔵は、寂しそうに微笑した。

「お嬢さんや旦那のおかげで事なきを得やしたが、あっしみてえなもんが傍にいちゃ、お杉さんや玉木屋に、またいつか災難がふりまさ」

こそりと小さな声でささやいて、ひどく神妙な顔をした。

「ちょっと、厄介なことになった」

石蔵は藪原の捨松にそう告げて、玉木屋の蔵の見える場所に誘い出した。蔵の扉の前には、日がな一日加助が陣取っている。頃合いを見計らい、そこへ兄の倫之助が顔を出した。

「加助さん、どうだい調子は？　からくりは、うまくはこんでいるかい？」

「ご心配なく。とびきりの細工を施していやすから」

「仕掛けを知る私でも、一刻《いっとき》はかかる代物《しろもの》なのだろう？」

「一刻は大げさですが……それなりの手間暇はかかりやす」

加助は主人の冗談と受けたようだが、きいていた捨松は思いきり顔をしかめた。むろん倫之助の芝居だが、さすがに主人自らが、石蔵とつるんでいるとは思わない。

「畜生、おめえの言ったとおりだな、石蔵。からくり錠とは、何とも厄介だ」

たとえ主人を脅して蔵を開けさせても、一刻もかかるようでは話にならない。

「ちょうど頭が江戸へ着くころには、仕上がっちまう。こんな面倒を、仙源の頭が承知するはずもねえ」

石蔵のもっともらしい忠言に、捨松も舌打ちした。そのかわりにと石蔵は、ある金貸しの名を告げた。五百両は堅いときくと、捨松はすぐに的を変えた。

この金貸しは、実は半造の客である。利息があまりに高過ぎると、近々町奉行所の手入れが入ることになっていたのだが、その情報を金貸しに知らせた半造は、同時にある策をもちかけた。

「お上に出張られちゃ、財はすべて奪われる上にお縄になる。せめて半分だけでも、残した方がよくはありやせんか？」

奉行所の手入れよりも前に、財の半分にあたる五百両を、仙源一味に盗ませる。盗人に入られたとなれば、お上も追い打ちをかけるような真似はすまい。その申し出に、金貸しもとびついた。もちろん石蔵には、そこまで明かしていない。

すべては首尾よくはこび、五百両を手にした仙源は、また中仙道へと帰っていった。それを見届けて石蔵は、江戸を離れることにした。ひとまず上方《かみがた》へ行くという。

千鳥屋一家と加助は、日本橋まで見送りに来た。

「せっかくお仲間ができたってのに、また寂しくなっちまう」

いまにも泣き出さんばかりに、加助が顔をゆがめる。藪原の捨松には嘘の日限《ひぎり》を伝えたが、玉木屋のからくり錠は、ひと月はかかるという代物だった。未だに玉木屋で仕事に励んでいるのだが、悪党を払う手助けをさせられたことを、この男はまったく知らない。

もうひとりこの場には、事情を知らぬ者がいた。玉木屋のお杉である。

「からだにだけは、気をつけるんだよ。向こうは水が良くないというから、これはおなかをこわしたときの薬だよ」

「かっちけねえ」

「それからこの胴巻きは、眠るときもからだから離しちゃいけないよ」

胴巻きは、路銀や大事なものを入れて腹に巻いておくものだ。お杉の手縫いらしい胴巻きは、傍目でもずっしりとした重みが感じられる。

「お杉さん、こんなには……餞別《せんべつ》にしても多すぎる」

「あって困ることなぞないですよ。東海道は護摩の灰が、ことさら多いというからね」

石蔵が千鳥屋一家にちらりと目を走らせ、面目なさそうな苦笑いをこぼす。目の前のこの男が、半年前まで護摩の灰をしていたとは、お杉は夢にも思うまい。

「何だか男と女というよりも、親子みたいね。本当に恋仲だったのかしら」

　ふたりをながめて、お縫はそう口にした。となりにいた母のお俊が、顔をほころばせる。

「どっちにしたって、同じようなもんさ」

「どういうこと、おっかさん？」

「母親の息子への思いってのは、恋とそう変わらない。いいや、色恋よりももっと、執着は強いかもしれないね」

　娘を大事に思う気持ちとは、少し違う。物狂いと言ってもいいほどで、息子をもつ母親にしかわからない、特別なものだとお俊は語った。

「嫁姑《しゅうとめ》の仲が、毎度こじれるのも道理さね。同じ男を、とりあっているに等しいからね」

　ちょっと怖くなり、お縫は母の横顔を窺《うかが》った。

「おっかさんも、そうなの？」

「あたしは昔から、おとっつぁんひと筋だもの」からりとお俊が言ってのけ、

「はいはい、ごちそうさま」と、お縫が応じる。

　儀右衛門は、きまり悪そうに咳払《せきばら》いをひとつして話題を変えた。

「ひょっとしたらおれたちも、お杉さんにひと芝居打たれていたのかもしれないな」

「お芝居って？」

「一緒になりたいなぞと無茶を言って、石蔵さんのために少しでも多く金を引き出したかった。そうも思えてね」

当然、周囲の者たちは、別れさせようと躍起になる。手切れ金の額は、自《おの》ずとはねあがろうというものだ。後で兄に確かめてみると、胴巻きに入っていたのは金子と為替、合わせて百両にものぼった。

「おとっつぁんの、言うとおりかもしれないわ」

石蔵を玉木屋に入れるのは無理があり、どこぞで所帯をもつつもりもない。お杉の意図がつかめなかったが、そう考えれば辻褄《つじつま》が合う。母のお俊もまた、同意するようにうなずいた。

「大おかみは、家つき娘だからね。己の価《あたい》が、店の身代あってのものだとよく承知してなさる。お金もまた自身の一部だから、それを大事な人にあげたかったのかもしれないね」

他人が物狂いと称したお杉の気持ちが、急にいじらしく健気《けなげ》なものに思えた。

「向こうへ行ったら、必ず落ち着き先を知らせるのですよ。それと……もしも上方でうまく行かなかったら、いつでも江戸に戻っておいで」

「そうだよ、石蔵さん。何かあったらためらわず、頼っておくれよ。おれたちはもう、石蔵さんの身内みたいなもんだからな」

加助の言葉に、泥のついたような黒い顔が、くしゃりとゆがんだ。鼻をすすって、くるりと背を向ける。

橋の向こうの魚市場から、魚売りの群れがどっと押し寄せてきた。

その人波に呑《の》まれるように、泥大根に似た姿は、やがて見えなくなった。

弥生鳶《やよいとび》

「旦那《だんな》、弥生鳶って、知ってますかい」

儀右衛門にそうたずねたのは、店子《たなこ》の安太郎《やすたろう》だった。

男やもめの小間物売りで、無愛想というほどではないが、無駄話はしない方だ。仕事帰り、客からもらったという葡萄《ぶどう》の土産を口実に、差配の家に寄るなどめずらしい。

何か相談事でもあるのだろうかと、お縫は父と安太郎の話に耳をそばだてた。

「弥生鳶……きいたことがあるような気もするが、どこぞの盗人《ぬすっと》かい？」

「いや、あっしと同業でしてね。もう結構な年寄で、とっくに足を洗ったはずなんですが、このところ立て続けに名をきいたもんで、気になりやしてね」

「つまりは、また仕事をはじめたということかい？」

「あの爺《じい》さんに限って、そいつはねえように思うんですが」

本名は酉造《とりぞう》、最後に会ったのは十年ほど前で、いまは七十には届いていようと安太郎は言った。

「あれは年寄には、無理じゃねえのかい。指が鈍るときいたよ」

「三十を越すと、技が冴《さ》えなくなるんでさ。むしろ十代の餓鬼の方がうまい。本当はあっしもそろそろ潮時なんですがね」

もっともらしい仕事談義にきこえるが、話題は小間物売りでも鳶職でもない。

「ただ、弥生鳶の腕は、とびきりだったんでさ。初めて目にしたときは、からだがぞくぞくしやしてね、たまらず声をかけちまった。あのころすでに五十半ばくれえでしたが、歳《とし》を感じさせねえ、きれいな『蛙《かえる》』でした。すれ違いざまにぶつかるなんて、無様な真似《まね》はしねえ。あれは未熟者のやるこってすからね」

いつになく饒舌《じょうぜつ》なのは、相手の腕に惚《ほ》れこんでいる証《あか》しだろう。安太郎には、やはりめずらしい。興味がわいて、ふたりの前にお茶を出しながら、お縫はたずねていた。

「ね、安おじさん、弥生鳶って名には、何か謂《いわ》れがあるの？」

「ああ、それはな……蛙ってのは、わかるかい？」

「懐《ふところ》から抜いて、また戻すことでしょ。とったものが返るから、蛙というのよね？」

この千七長屋に育てば、嫌でもこの手の知恵は豊富につく。この長屋の住人は、ひとりを除いてすべてが裏稼業《うらかぎょう》をもっている。お縫の父の儀右衛門は、質屋と故買屋を兼ねているし、この安太郎の場合は、巾着切《きんちゃくき》り、すなわち掏摸《すり》だった。

「その抜いた獲物の中に、鳶と桜を描いた小さな紙切れを入れておく。まあ、せめてものお断りってところだな」

「桜が弥生で、それで弥生鳶というわけね」

弥生三月は陽気につられて、花見をはじめ人出がどっと増える。掏摸にとっても稼ぎ時だ。決して捕まらない心意気を、酉造という名にかけて、空高く舞い上がる鳥になぞらえたのだろう。自ら鳶と名乗っていたが、いつのころからか弥生鳶の名でささやかれ、当人も掏った財布に紙片を忍ばせるようになった。

「で、その弥生鳶の名が、またぞろきこえはじめたというんだな？」

「そのとおりで、旦那。しかも、あっしが小間物を売り歩く先々で、三度もですぜ」

八月に入ってから、三日続けて弥生鳶は現れた。場所は浅草、上野、北神田。いずれも小間物商いの得意先のいる場所で、しかも安太郎がまわった当日に、弥生鳶は現れていた。

「あっしが話を拾ったのは、五日ほど経《た》ってからですが」

安太郎は楊枝《ようじ》や歯磨き粉、櫛《くし》、簪《かんざし》や元結《もっとい》なぞを売り歩いているが、菜や納豆と違って、毎日必要とされるわけではない。今日は浅草、明日は上野というように、だいたい五日おきに回るようにしており、次に訪れたときに近所で妙な掏摸が出たとの噂《うわさ》を耳にした。

「すべて鳶に桜の紙切れを残している。爺さん流の悪戯《いたずら》か、それともおれに伝えてえことがあるのかと、姿を探してもみましたが、さっぱりで……そのうち妙にも思えてきて」

　表商いの持ち場で、安太郎が裏商いを働くことは決してない。客への礼儀でもあり、また顔見知りが多ければ、危険も大きいからだ。酉造は、そのあたりの機微を察する男だった。わざわざ安太郎の足を引っ張るような真似は、するはずがないという。

「もうひとつ、おかしなことがありやして。弥生鳶の紙切れは、抜いた紙入れの中でなく、懐にぺらりと残っていたというんでさ」

　父とお縫が、思わず顔を見合わせた。

「ということは、蛙ではなく、財布ごと掏られたということかい？」

「そのとおりで」

「年をとって、技が鈍ったから戻せなかった。それだけではなくて？」

「いや、それならなおさら、弥生鳶を名乗るはずがねえ」

　お縫の案を、安太郎はむきになって否定した。

「あの紙切れには、意気ばかりでなく、技への誇りが詰まってた。蛙をやめて紙入れごといただくなんざ、てめえの指捌《さば》きが衰えたと言いふらすようなもんだ。そんな情けねえ真似を、あの爺さんがするわけがねえ」

ふうむと、儀右衛門は顎《あご》をなでた。

「つまりは誰かが弥生鳶を騙《かた》って、何か仕掛けようとしていると、安さんはそう思っているんだな？」

へい、と安太郎は、にこりともせずうなずいた。

「おまけにもうひとつ、厄介がありやして」

弥生鳶の噂は、安太郎の昔の掏摸仲間にも届いていた。今日、そのひとりとたまたま出会い、耳打ちされたという。

「二代目の弥生鳶は、おれじゃねえかと、そんな風聞がきこえているというんでさ」

「だって安おじさんは、表向きは足を洗ったことになっているのでしょ」

「そのとおりだ。これまでは昔の仲間すら騙《だま》しおおせてきたが、弥生鳶の技を伝授されるとしたら、おれだけだと」

頭ももたず、どこの組にも属さない。酉造はいわば一匹狼《おおかみ》の掏摸だった。つきあいのあった者はごく限られていて、その筆頭にあがったのが安太郎なのだ。

「そいつはまずいな」と、儀右衛門が顔をしかめた。

堅気になるために仲間を抜けた安太郎が、まったく別の師匠のもとで返り咲いたとなれば、古巣の連中が許すはずはない。待っているのは、手酷《てひど》い報復だ。

ふたりは事の深刻さに、ようやく気づいた。こうなると儀右衛門の動きは速い。

「ひとまず、半さんに調べてもらおう。思案はそれからだ。それと、安さん」

儀右衛門が、ひとつだけ念を押す。

「この騒ぎが片づくまで、決して裏の仕事をしちゃならない。わかったね」

「肝に銘じやす」

滅多に見ない、ひどく神妙な顔だった。


「なにせ十五年ぶりですからねえ。古株の旦那方も、驚いていやしてね」

翌日の晩、狸《たぬき》髪結の半造がやってきた。髪結いを営みながら、裏では情報屋《ねたもと》もしている。昨夕、儀右衛門に頼まれた依頼も、きっちり目鼻をつけていた。

「最初に出たのは、安が言ってた八月じゃあなく、どうやら今年の三月のようで」

「半年近くも前じゃない」と、お縫がびっくりする。

「そうなんだ。ただ先月までは、せいぜい月に一度でね。古参の同心なんざ、弥生鳶の挨拶《あいさつ》だろうと、かえって懐《なつ》かしがる始末でしてね」

掏摸は、掏られた側にも油断があるとされる。面倒を嫌って届けを出さぬ者も多く、町奉行所でも数をまとめるのは難しいのだが、弥生鳶の場合は鳶に桜の紙片がめずらしく、自《おの》ずと人の口の端《は》にのぼる。岡ッ引なぞを通して、役人の耳にも入っていた。

「場所も両国広小路《ひろこうじ》や、祭の最中《さなか》の門前町と、巾着切りにとっちゃ、ごくまっとうな稼ぎ場だ。旦那方も、ひとまず様子見の体《てい》でいたそうなんですが、さすがに今月に入って三日続けてとなると、放ってはおけなくなりやして」

「本気で弥生鳶捕縛に、乗り出したというわけか」

儀右衛門が案じ顔になった。心配の種はむろん、安太郎である。察したように女房のお俊が、半造にたずねた。

「三日続けて弥生鳶が現れて、その後はどうなんだい？」

「いや、それがね、おかみさん、いったんぱったり途絶えちまったんでさ」

三日目の北神田を最後に、今日で六日、弥生鳶は音沙汰《おとさた》なしの有様だ。奉行所の肝煎《きもいり》で、弥生鳶に遭わなかったかと、小者連中が各所できまわっている。それでも噂は拾えぬというから、まず間違いなかろう。

「お休みってことかしら？」お縫が小首をかしげ、

「町方が騒ぎ出したんで、動くに動けないのかもしれないね」と、母親が応じた。

「せめて別の場所で起きてくれれば、安さんとの関わりも、たまたまで済むんだがな」

儀右衛門のせめてもの願いは、届かなかった。翌日、弥生鳶はふたたび浅草に現れた。

「やっぱり安さんの商いと、かぶっているな。どうしたもんか」

梅干しを三つまとめて口に入れたような、儀右衛門がそんな顔をする。

「いっそ、騒ぎが収まるまで、表の商いもやめさせてはどう？」

「これじゃあ、嫌がらせと同じだからね」

娘の案に、お俊もうなずいたが、そうもいくまいと儀右衛門は口をすぼめた。

「たとえひと月商いを休んだところで、肝心の弥生鳶が諦《あきら》めぬことには、同じ始末だろうからな」

「たしかにねえ」

「ひとまず弥生鳶を探すのが先だ。安さんは、酉造爺さんの昔の住まいを知っている。そこから追って、首尾よく辿《たど》り着けるといいんだが」

「でも、おとっつぁん、昔といまの弥生鳶は、別人かもしれないのでしょ？」

「それでも同じ名を名乗る以上、どこかで繫《つな》がっているはずだ。手がかりくらいはつかめるかもしれん。唐さんと文さんにも、手伝ってもらおう」

早朝、そんな相談をして、安太郎と、季物《きもの》売りの兄弟を送り出した。

外から騒々しい声がきこえたのは、その日の午後をまわった時分だった。

母は店番で、父は居間でひと休みしていた。男女が言い合っているようだが、男の方はあまりに馴染《なじ》みのある声だ。儀右衛門とお縫は、互いにまたかと言いたげな顔をした。

「どれ、今日はどんな厄介か、見に行くとするか」

「いいわ、おとっつぁん、あたしが行くわ」

これも己の役目と心得て、お縫は父の代わりに腰を上げた。

玄関を出ていくと、見当どおり加助の姿があった。長屋の内で、この錠前職人だけは裏稼業をもっていない。そのかわり、もっと面倒な悪癖がある。

「いい加減、放せよ、このすっとこどっこい！　あたしをどうしようってんだよ。妙な真似しやがったら、ただじゃおかねえからな、この助平野郎！」

加助にがっちりと腕をとられながら、悪態をついているのは若い娘だった。お縫よりもさらに下、まだ十四、五くらいだろう。地味な身なりの割に、口調は蓮《はす》っ葉《ぱ》だった。

「加助さん、その子はどうしたの？」

「あ、お縫ちゃん、きいてくれよ。橋のたもとの茶店で、とんだ悪さをしでかしたのに謝りもしねえ。とっくり説教してやるつもりで、ここに連れてきたんだ」

「何だか親切のご朱引きが、広がる一方だわね」

一日一善が、着物を着て歩いている。加助はそういう男だ。不良娘の矯正も一善に加えられたようだが、当の娘はもちろん、お縫にも余計な世話にしか見えない。つい同情する気分になって、娘にたずねた。

「名は何というの？　歳はいくつ？」

「きいて、どうしようってんだよ。番屋に突き出すのか？　母ちゃんに告げるのか？」

そのときだけ、違う光が目の中にまたたいた。気の強さが出過ぎているが、器量はそう悪くない。眉《まゆ》が濃く、瞳《ひとみ》が大きい。

「お母さんは、心配させたくない？」

「……母ちゃんは、病で臥《ふ》せってるから」

母親には黙っているし、住まいを確かめることもしない。そう約束すると、

「お勝《かち》、十五」

ぶっきらぼうなこたえが返った。生まれたときから片親で、母とふたり暮らしだという。素行はともかく、親孝行な娘であることは、言葉の端々から窺《うかが》い知れた。

「じゃあ、お勝ちゃんね。あたしはお縫、こっちは加助さん」

木戸の内、狸髪結の裏手に、床几《しょうぎ》がふたつ鉤型《かぎがた》に据えてある。それぞれに加助とお勝が座り、お縫は家から冷たい麦湯をはこんできてから、お勝のとなりにならんだ。

「で、悪さって、何をしたの？」

「茶店でおげん婆《ばあ》ちゃんが話し込んでいる隙《すき》に、脇《わき》に置いてあった巾着を盗んだんだ」

「盗《と》ってねえだろ！　巾着はちゃんと返したじゃないか」

気づいた老婆《ろうば》が声をあげ、娘の逃げる方向に、ちょうど加助が通りかかった。

「それは、災難だったわねえ」

二重の意味で、相槌《あいづち》を打った。相手の年寄ばかりでなく、加助に捕まるなぞ、この娘もよほどついてない。

「返せばいいというもんじゃねえ。悪かったと悔いる気持ちがなけりゃ、またくり返

す。若いうちに物事の善し悪《あ》しの分別をつけておかないと、ろくな大人にならねえぞ」

しつこい上に、涙もろい。加助の説教の常だったが、このときはまともにきこえた。しかし最後のひと言が、ひどく癇《かん》に障《さわ》ったようだ。娘がたちまち激昂《げっこう》した。

「ろくな大人だって？　そんな大人が、どこにいるってんだよ！」

「お勝ちゃん……」

「てめえが嫌らしい真似をしておいて、平気で嘘《うそ》をつく。どいつもこいつも汚くて卑《ひ》怯《きょう》じゃないか。大人になるなんざ、こっちから願い下げだ！」

床几から立ち上がり、握った両の拳《こぶし》が怒りで震えている。その剣幕に、お縫も加助もしばし呑《の》まれていたが、そこに呑気《のんき》な声がかかった。

「何だよ、騒々しいな。まあた、加助のおっさんが、悶着《もんちゃく》をもち込んだか？」

木戸をまたいできたのは、文吉だった。いまの時期は兄とふたりで薄《すすき》売りをしているが、今日は仕事を休んで弥生鳶探しを手伝っていた。後ろには安太郎もいて、ただ、兄の唐吉の姿は見えなかった。

「何だ、その娘。迷子か？」

加助がよく迷子を拾ってくるから、冗談のつもりなのだろう。だが、ふり向いたお勝の態度が、一変した。目を丸くして、呆然《ぼうぜん》とながめている。ん？　と文吉に見返されると、あわてて下を向いた。

「どうして、あんたがここに……」

小さな呟《つぶや》きは、となりにいたお縫にだけきこえた。

「もしかして文さん、この子と……お勝ちゃんと知り合い？」

「いんや、初めて見る顔だ……たぶん」

「お安くねえな、文」

安太郎がにやにやし、とたんにお勝が耳まで赤くなった。

「あたし、帰る」

「ちょっと待ってくれ、お勝ちゃん。まだ話は終わってねえぞ」

思わず腕をつかんだ加助に、お勝がはっきりと言った。

「もう二度と、置き引きなんてしない。約束する」

加助はなおもしつこく念を押し、ようやく腕を放した。お縫は加助とともに、木戸の外まで見送った。やや短い着物の裾《すそ》をはためかせながら駆けていく姿は、ひどく頼りない。

——大人になるなんざ、こっちから願い下げだ！

からだいっぱいで、そう叫んでいるようにも見えた。

「おい、お縫坊。何だよ、いまの娘」

文吉が、木戸からひょいと顔を出す。何故《なぜ》だかわからないが、胸がむかむかする。

「あら、文さんの方が、よっぽど詳しいんじゃなくて？」

「何でぷりぷりしてんだよ」

「文、商いの途中で、いまの娘に岡惚れされたんじゃねえのか」安太郎はにやりとしたが、

「あの手の若い娘は、たいがい兄貴に引っつくんだがな」と、文吉は首をかしげる。

「そういえば、唐さんはどうしたの？　一緒に出かけたはずでしょ」

「ああ、兄貴は……ちょっと寄り道だ」

言いかけた文吉が、加助に気づいて急いで言い繕った。

この錠前職人だけは、長屋の住人の裏稼業を、なにひとつ知らされていなかった。

「酉造爺さんは、二年ほど前に死んでやした」

唐吉がそう告げると、男四人が集まった座敷は、水を打ったように静まりかえった。

その晩、探索に当たった三人は、儀右衛門の前で首尾を語った。

「間違いないんだな、唐さん」

「へい、品川宿まで行って、確かめてきやしたから」儀右衛門に向かってうなずいた。

三人はまず、酉造が昔住んでいたという、日本橋小舟町の長屋を訪ねた。

「何でも、割のいい仕事が見つかったとかで、九年前に品川宿に引っ越してやしてね」

そこから二手に別れたと、安太郎は言った。唐吉が品川へ行き、残るふたりは安太郎の昔の仲間から弥生鳶の噂を拾った。

安太郎は、以前は大きな掏摸の仲間にいたのだが、表向きは堅気になったふりで、ひとり働きに切りかえた。そのころの仲間にあたってみたのだが、収穫はなかった。

「爺さんを探すふりで、本当はおめえ自身が弥生鳶じゃねえのか？」

そんな噂が広まっていることは、かねてよりきいている。うろんな目で見られたこともあったが、安太郎はよく堪《こら》えていたと、文吉がつけ足した。

「酉造爺さんでないとすると、いま世間を騒がせている弥生鳶は何者なんだ？」

「そればかりは皆目……」唐吉が、申し訳なさそうに肩を落とす。

「安さん、何かねえのかよ。爺さんの弟子とか倅《せがれ》とか、弥生鳶の名を継ぎそうな奴《やつ》はいねえのか？」

文吉が焦《じ》れたようにたずね、しかし安太郎は首を横にふった。

「爺さんはひとり息子を、とっくの昔に亡《な》くしている。十五年前に足を洗ったのも、実はそのためだ」

「何か、わけがあるのかい？　このさい何がとっかかりになるか、わからない。ひとつ話してくれないか」と、儀右衛門は水を向けた。

「かみさんに早くに死なれて、爺さんは男手で、ひとり息子を堅気に育てたんですがね」

息子はさる大店《おおだな》に奉公に出たが、店の金をくすねたとの疑いをもたれ、体よく暇を出された。身に覚えがないと訴えたが、誰も信じてくれない。次の奉公先が見つかるわけもなく、自棄《やけ》になった息子は身をもちくずした。酒浸りの毎日だったが、半年ばかりが過ぎたころ、ふいに思いついたように口にした。

「親父《おやじ》の跡を継ぐ、てめえが弥生鳶になると言い出しやしてね」

「なるといっても、無理な話だろう。巾着切りには技が要る」

「そのとおりで、旦那」こっくりと、安太郎は首肯した。「なのに倅の野郎は、無茶をしましてね。通りがかった商人の懐をねらった」

その場で見つかった上に、相手はただの商人ではなかった。いわばやくざ者に近い男で、手下たちにさんざん殴る蹴《け》るの報復を受けた。

「どうにか家に辿り着いたものの、倅はもうぼろぼろで、その傷がもとで半月後に亡くなりやした」

「ひでえ話だな……」

唐吉が呟いて、横で文吉もしゅんとする。

「人目につかぬ仕事が、巾着切りの本分でさ。粋《いき》がって弥生鳶なんぞと名乗ったばかりに、倅がこんな羽目になったと、さすがにがっくりきちまいやしてね」

「それで弥生鳶を、廃業したというわけか」儀右衛門が納得顔になる。

「じゃあ、爺さんの身内は、誰もいないってことか」文吉が、ため息を吐《つ》く。

「いや、そういうわけじゃねえんだ。嫁と、倅の忘れ形見がいてな」

「孫がいるってことかい？」と、文吉はにわかに身を乗り出した。

「だが、孫娘だし、弥生鳶と関わりがあるとは考え辛《づれ》えがな」

酉造の倅が荒れていたころ、さる水茶屋の女とねんごろになった。腹には自分の子供がいる。忘れ形見と思って面倒を見てほしいと、いまわのきわに倅は父親に頼み込んだ。酉造にとっても否《いな》やはない。店をやめた女を引きとって、やがて女の子が生まれた。

「爺さんのもとを訪ねた折には、よく遊んでやった。人見知りなくせに、おれにはなついてくれてな。金魚って呼んでいた」

「金魚？」と、文吉が怪訝《けげん》な顔をする。

「目が大きくて、いつも赤い着物を着ていたからよ、金魚そっくりに見えたんだ。ありゃ、かわいかったな」と、安太郎は懐かしそうに目を細めた。

ひとり息子を亡くした酉造を気遣って、安太郎はたびたび小舟町に足を向けた。しかし数年後、安太郎自身も掏摸仲間を抜けた。足を洗うことにしたと、酉造にもその建前だけを告げた。

「堅気になるなら、もうお互い会わねえ方がいい。そう爺さんに言われちまいやしてね……つき合いはそれっきりでさ」

なまじ己が傍にいたために、まっとうな息子の人生を狂わせた。酉造の悔恨は、察してあまりある。息子のように可愛《かわい》がっていた安太郎への、それが精一杯の餞《はなむけ》だったのだろう。

「あっしらには、何やら身につまされる話ですね」

唐吉は、くいと盃《さかずき》をかたむけた。残る三人も、同じ表情でしんみりしている。

お縫は黙って、四人の前に新しい銚子を置いた。

翌日、買い物帰りのお縫は、長屋の傍でその姿を見つけた。

「あら、あれは……」

何度も行きつ戻りつしているが、明らかに長屋の奥を窺っているようだ。素通りもできず、お縫は思いきって声をかけた。

「こんにちは、お勝ちゃん」

「え、あ、いや……こんなところで会うなんて、びっくりだな」

しどろもどろで偶然を装《よそお》う。お縫もまじめな顔で、話を合わせた。

「せっかくだから、お茶でもどう？　いただきものの、豆菓子があるの」

「あの、うっせえおっさんがいるんだろ？　また土砂降りみてえに、説教食《くら》わされるのはご免だよ」

加助のことかと、つい笑いがこみ上げる。

「それなら、冷やし善哉《ぜんざい》はどう？　近くに美味《おい》しいお汁粉屋があるの。お餅《もち》が大きくて、餡《あん》がうんと甘いのよ」

若い娘には、甘味の誘惑は抗《あらが》いがたい。粋がってはいても、お勝も同じなのだろう、目がきらきらしはじめる。半町ほど離れた汁粉屋の店先に、ならんで座った。ほどなく冷やし善哉がはこばれてくる。

「甘あい！　この善哉、砂糖をけちってないんだな」

「でしょ。それがここの売りなのよ。安倍川《あべかわ》の黒蜜《くろみつ》も奢《おご》っていてね、お餅が見えないくらい真っ黒なの」

「へえ、うまそう」

「ひと皿頼んで、半分こにしましょうか」

安倍川餅を追加して、いかにも嬉《うれ》しそうなお勝の笑顔とぶつかった。

「こういうの、久しぶりだわ」

お縫はつい、呟いていた。

「前はね、同じ長屋に、歳の近い女の子もいたのよ。でも、お嫁に行ったり奉公に出たりで、いまはあたしだけになっちまったわ。ちょっと寂しいわね」

下駄《げた》売りの庄治《しょうじ》とおせきの夫婦は、五人の子持ちである。上の娘ふたりとは、よく一緒に遊び、三人でこの店で同じように冷やし善哉を食べた。お縫は懐かしく思い返していたが、ふと気づくと、お勝の笑顔が消えていた。

「奉公に出されるなんて、その子も気の毒にな」

「お勝ちゃん？」

「どうせ、ずるい大人の餌食《えじき》になって、痛い目を見るだけだよ」

この前と同じだ。舞台が暗転したかのように、お勝のようすは様変わりしていた。灯りを消す合図は、大人と奉公だ。お縫は傷に触らぬようにと祈りながら、そっとたずねた。

「お勝ちゃんも、奉公に出たことがあるの？　何か、嫌な思いをしたの？」

長いこと待って、お勝はようやく口を開いた。

「……奉公先の若旦那が、あたしにいやらしい真似をしようとしたんだ」

去年のはじめのことで、お勝はまだ十四になったばかりだった。ただ恐怖だけがこみ上げて、自分でもわけがわからぬまま、気づけば泣き叫んでいた。たちまち店内《みせうち》から、主人や奉公人が集まってきて、収まりがつかなくなったのだろう。主人の倅は、とんでもないことを言い出した。

「あたしが、若旦那から金をくすねたって……あたしが入ってから、財布の金がしょっちゅう無くなるようになったって、堂々と嘘をつきやがった」

帯の中にでも隠してやしまいか、あくまで不始末を確かめるために無体を働いた。若旦那は、父親にそう訴えた。主人が頭から鵜呑《うの》みにしたかどうかは、甚だ怪しい。おそらく暖簾《のれん》に泥を塗らぬよう、息子と一緒に口を拭《ぬぐ》ったに違いない。お勝はすぐに暇を出されたばかりか、盗み癖のある娘だと吹聴《ふいちょう》された。

「おかげで次の働き口すら、見つからない。もう奉公なんざ、うんざりだから構わねえけどさ」

「……そういうのって」と、お縫が拳を握りしめる。

「何だよ？」

「そういうのって、本当に頭にくるわ！　ああ、もう、何だってそんな理不尽が通るのかしら。奉公にあがってまもない、まだ子供でしょ？　手を出すなんてまともじゃないわ。番屋に突き出されたっておかしくないのに、あろうことかお勝ちゃんに濡《ぬ》れ衣《ぎぬ》を着せて追い出すなんて。きっといつか、天罰が下るわ！」

頭の中に、長屋の者たちの裏稼業と、意趣返しの方法が次々浮かぶ。いっそ情報屋の半造に頼んで、名うての盗賊に襲わせようか。そんな物騒な考えまで起こしたが、お勝の声で我に返った。

「おっかしいの。赤の他人のあんたが、そうまで怒ることないのにさ」

ころころと、お勝が笑う。お縫もつられて、一緒に笑った。それまでの昏《くら》い思案が、ふたりの声に乗って、遠くに飛んでいく。

「あのさ、ほんとはあたし、ききたいことがあったんだ」

お勝は、すっかりくだけた調子で言った。逆にお縫がどきりとする。

「ひょっとして……うちの長屋にいる、この前会った人のこと？」

ばつが悪そうにうつむいたまま、小さくうなずいた。わけのわからないもやもやが、ふたたび胸いっぱいに広がった。胃の腑《ふ》に収めたはずの善哉が、まだつかえてでもいるようだ。

「あの人は、文吉って名で、お兄さんと一緒に季物売りをしていて……」

「そっちじゃなく、小間物売りの方だよ」

「え？」

そのときの自分が、どんな間抜け面《づら》をしていたか。後で思い出すたびに、お縫はくり返し赤面した。

「もしかして、安おじさん？」

「うん。あの人のこと、いろいろ教えてほしいんだ」

恥ずかしそうなお勝を前に、お縫はしばしのあいだ、あけた口を閉じることを忘れていた。

「なんだ、そんなこと先刻承知だよ。お縫坊、気づいてなかったのか」

夕刻、仕事から帰った文吉は、あっさりとそう告げた。

「だってよ、あのお勝って娘、ふり向いたときおれじゃあなく、おれの肩越しに背中の方を見てた。いたのは安さんだから、ぴんときたんだ」

「どうしてあのとき、そう言ってくれなかったのよ。当の安おじさんですら、相手が文さんだと勘違いしてたじゃないの」

「あの娘が憎からず思ってんなら、当人に言えるわけねえじゃねえか」

たしかにそのとおりだと、お縫も納得せざるを得ない。

「文さんに、そんな細やかな心配りができるなんて。正直、びっくりだわ」

「おれをいくつだと思ってんだ」

「二十一でしょ。そういえば、文さん、安おじさんとお勝ちゃんも、それくらい歳の開きがあるのよ。父親でも通るくらいでしょ。どうして好きになったりするものかしら？」

「おれにきくなよ」

げんなりと、文吉が肩を落とす。この手の話は長くなると、よく承知しているからだ。

「歳の開いた色恋なら、この前もあったじゃねえか。そら、玉木屋の大おかみと、石蔵って男だよ」

「それはそうだけど……あたしより若いお勝ちゃんが、安おじさんに懸想《けそう》するなんて、どうにも合点がいかないのよ」

お縫はなおも食い下がったが、文吉にとって幸いなことに助け舟が入った。

「安さんはあれで案外、女受けは悪かないんだよ」

「おっかさん、そうなの？」

母のお俊だった。麦湯の入った土瓶を手にし、あいた茶碗《ちゃわん》にお代わりを注いだ。文吉が、二重の意味で拝み手をする。

「小間物売りにしては、いまひとつ粋に欠けるようにも思えるけれど」

失礼を承知で、お縫が口にした。小間物売りは、主に女相手の商売だ。見てくれも大事な客寄せとなる。安太郎も身ぎれいにはしているものの、色男とはほど遠い。いったいどこが女に受けるのかと、お縫は首をかしげた。

「安さんはさ、未《いま》だにお信《のぶ》さんひと筋だろ？　何とも健気《けなげ》だと、ことに年増《としま》や玄人《くろうと》なぞには評判でね」

恋女房だったお信が亡くなったのは、九年も前になる。安太郎が掏摸仲間を抜けたのも、未だにひとりで裏稼業を続けているのも、やはり死んだ女房のためなのだった。

「だからこそ信が置けて、心安くあれこれ相談もできる。安さんの得意先は、皆そう言ってね、こんな人が旦那になってくれたら幸せなのにって、半ば本気で思っている人も結構多いそうだよ」

「そういや、おれや兄貴くれえじゃ、身の上話なんざ滅多にされねえもんな」

感心交じりに、文吉が首をうなずかせる。

「お勝ちゃんは、十五だったね。たしかにその歳にしては、ひねくれちゃいるけれど」

「おっかさん、ひねくれって？」

「うまく甘えられない性分てことさ。歳が離れていれば、少しは甘えやすいだろ。辛い目に遭ったんならなおさら、安さんに頼りたいのかもしれないね」

「そうかも、しれないわね」

初めて接した世間から、手酷いあつかいを受けて、それでも懸命に肩ひじを張る姿が、急に哀れに思えた。

「で、お縫坊、ふたりの仲をとりもってやるのか？」

「そこまでは……あたしはお勝ちゃんがきいてきたことに、こたえただけで」

つれ合いがいるのかと、まずきかれ、ひとり者だと知ると、お勝は心底嬉しそうな顔をした。だが、未だに死んだ女房に思いを残していると告げると、一転してがっかりしたようすでしょげ返った。

「あとは、安おじさんが毎日どこで商売をしているかとか、いつごろ出ていつごろ帰るかとか、飯はどうしているかとか、とにかくいろんなことをたずねられたわ」

「そいつは、ますます本物《ほんもん》だな。そうとう安さんに入れ込んでるぜ」

文吉がもっともらしくうなずいたが、別の声が割ってはいった。

「その話、おれにも詳しくきかせてもらえないか」

座敷に入ってきたのは、儀右衛門だった。店が一段落して、一服つけに来たようだ。

お縫は父に乞《こ》われるまま、甘味屋でのやりとりを語った。儀右衛門は、お勝の奉公先での顚末《てんまつ》には、何か気に障ったように顔をしかめたが、あとは黙って耳をかたむけた。

娘が話し終えると、煙管《きせる》に火をつけ、長く煙を吐いた。

「めずらしいわね、おとっつぁんが色恋沙汰に首を突っ込むなんて」

「色恋じゃないさ。安さんを調べているのが、気にかかるんだ」

「調べるなんて、大げさね」

お縫は一笑したが、儀右衛門は真剣な表情を崩さない。文吉が、気づいたように言った。

「旦那、もしや……お勝って娘が、弥生鳶に繋がっていると、そう考えているんじゃ」

「おとっつぁん、まさか！」

「なくもないと、思っている。少なくともその娘は、千七長屋《こ こ》に来る前から、安さんを知っていたんだろう？」

半造の情報網を駆使して、あらゆる方向から安太郎の周囲を探ってみたが、いまのところ弥生鳶に繋がる糸は一本も見つからない。絹糸ほどの頼りない太さだが、初めて見つけた手がかりだと、儀右衛門は言い切った。

「お勝はちょうど、酉造爺さんの孫娘と同じ年頃だ。おまけに奉公先での一件だが、よく似た話が、やっぱり爺さんの身近であったろう」

「ああ、そういや」と、文吉が膝《ひざ》を打つ。「濡れ衣を着せられて、店を追い出された。爺さんの死んだひとり息子と、まるっきりおんなじだ」

お勝の歳と、妙に符合する身の上。儀右衛門が引っかかったのは、そのためもあるようだ。

「その娘は、いつ、どこで、安さんを見染めたんだ？」

「詳しいことは、何も……前に小間物売りをしているところを見かけたと、それだけで」

「娘の住まいは、わからないか？」

「日本橋箱崎町の長屋だって、きいたわ」

「西造爺さんが住んでいた、小舟町のすぐ傍だ」と、文吉が呟いた。

「箱崎町なら、そう広くない。半さんに言って、すぐに娘の仔細《しさい》を調べてもらおう」

「居場所を突き止めて、それからどうするの、おとっつぁん？」

眉間《みけん》のあたりにしわを寄せたが、父は何もこたえなかった。

「お勝ちゃんは奉公先で、あらぬ疑いをかけられたのよ。この上、巾着切りに関わっているのかって、たずねるつもりなの？　後生だから、おとっつぁん、それだけはやめてちょうだい。今度こそお勝ちゃんは、立ち直れなくなっちまうわ」

「お縫、おれにはおれの役目がある。店子を守るのが差配の務めだ。おれはそいつを、まっとうしなけりゃならないんだ」

儀右衛門はくるりと背を向け、また店に戻っていった。とりつく島もない。こんな父親など、初めてだ。誰もいない廊下に向かい、お縫は力いっぱい叫んでいた。

「おとっつぁんの馬鹿《ばか》！　わからずや！」

たかぶった気持ちが、涙となってぽろぽろとこぼれる。

「泣くなよ」

文吉が手拭をさし出す。洗いざらしの手拭は、顔に当てると日向《ひなた》のにおいがした。

「おとっつぁんを、責めないでおやり。いつになく不機嫌なのは、わけがあってね。さっき、古株の御用聞きが顔を出して、安さんのことをきいていったんだ」

え、と驚いて、手拭から目だけを出した。

安太郎には、前科がある。掏摸仲間から抜けるために、わざと三度も捕まったのだ。掏摸は三度までは、入れ墨だけで解き放たれる。古参の岡ッ引は、それを覚えていた。安太郎が、二代目の弥生鳶かもしれない。その噂《うわさ》を耳にしたのかもしれない、探りを入れてきたという。

「おとっつぁんは、安おじさんを守ってあげたいのね」

「そうさ。もうちっと、おとっつぁんを信じておやり。たとえ安さんのためとはいえ、お勝ちゃんを、無闇《むやみ》に傷つけるような真似はしやしないよ」

「そうだぞ、お縫坊。あの旦那のことだ、きっとうまいやり方を思案してくれるさ」

そうね、と呟いて、お縫は鼻をすすった。

母や文吉が言ったとおり、儀右衛門はお勝に、直に問いただしたりはしなかった。そのかわり、弥生鳶との関わりを確かめるために、案外大がかりな仕掛けを施した。

その網に弥生鳶がかかったのは、三日目のことだった。

「お縫坊、意外と似合うじゃねえか」

お縫は派手な格子《こうし》柄の着物に、だらりの帯、菅笠《すげがさ》をかぶり三味線をたずさえている。

「だがよ、くれぐれも唄《うた》うんじゃねえぞ。喉《のど》ばかりは、お縫坊はいただけねえからな。本職の門付《かどづけ》じゃねえと、すぐにばれちまう」

よけいなお世話だと、舌を出す。調子っ外れは承知しているが、こうずけずけ言われるとさすがにむっとする。

「本当はおれも、そっちの格好の方がよかったんだがな」

「女の格好じゃ、いざというとき弥生鳶を追えないでしょ」

ふたりは門付に化けていた。家の門口や店先で、音曲《おんぎょく》を披露して金品を得る芸人である。女のふたり連れが多いのだが、文吉は得意の女装は封印し、太鼓持ちのような派手な身なりだ。衣装を身につけ笠をかぶれば、お縫と文吉だとは誰も思うまい。ふたりの役目は、少し前を行く小間物売りから目を離さぬことだった。

「あっちは、大丈夫かしら」

「向こうは、兄貴たちに任せておけばいいさ」

もうひとり、見張られている者がいる。お勝である。安太郎とお勝、それぞれを四六時中見張る。それが儀右衛門の立てた策だった。むろんお勝は何も知らない。同じ者が一日中張りついていては気づかれる。長屋中の者が駆り出され、交替で張り番に立ち、さらに今日は浪人、明日は商人と、毎度衣装も変えるという念の入れようだ。

安太郎のために、一日も早く目鼻をつけねばならない。それだけ儀右衛門が、腹を据えている証《あか》しだった。

「にしても、まさか加助のおっさんまで数に入れるとはな」

「人手も足りないし、それにあの役ができるのは、加助さんだけだもの」

小声で話しながら、目だけは油断なく辺りを窺う。下谷《したや》広小路は、相も変わらず人でごったがえしている。残暑は未だに厳しく、日除《ひよ》けの笠の数も多い。見通しは悪いが、小間物を入れた道具箱は、人の頭より高いから見失うことはない。いまのところ藍《あい》の風呂敷《ふろしき》に包んだ道具箱に、異変はない。

「いまの人……」

笠をかぶった百姓が、お縫の脇《わき》を追い越していった。

その妙に速い足取りばかりでなく、何かが、お縫の気を引いた。くるぶし丈の野良《のら》着《ぎ》を着ている。なのに下から垣間見《かいまみ》えた足首と、草鞋《わらじ》から浮いた足の裏は、真っ白だった。

「あ、おい、どうしたんだ」

自《おの》ずとお縫の歩調が速くなり、文吉も後を追う。だが、上野寛永寺への参拝客や、露店を物色する者たちにはばまれて、思うように進めない。嫌な予感ばかりが、しだいにお縫の胸にふくらんでいく。しかし百姓は、そのまま背の高い道具箱を、素通りした。

「よかった……あたしの考え違いみたいだわ」

立ち止まり、ほっと胸をなでおろした。しかしお縫の脇を、するりと人影が抜けた。風さえも感じない。人をよけながら、うねるようにぐんぐん前に進む姿は、掴《つか》みようのないうなぎを思わせた。

「安おじさん！」

小さく叫び、慌《あわ》てて後を追った。道具箱を背負っているのは、安太郎ではない。

――安さんが気づかぬふりをしていれば、必ず弥生鳶の方から近づいてくる。きっと安さんの目の前で、仕事をする。そこを押さえるんだ。

重い道具箱を背負っていては、追いかけようもない。一方で、弥生鳶の仕事を見抜けるのは、安太郎より他にいない。だから儀右衛門は、安太郎に安太郎を見張らせた。

お縫と文吉の役目は、いざというときの助《すけ》っ人《と》である。

あっという間に安太郎は、笠をかぶった百姓に追いついた。腕をつかみ、問答無用で路地に引きずり込む。お縫と文吉も後に続いた。

「てめえごときの腕で、弥生鳶を名乗るなんざ百年早え」

安太郎ががっちりと握った手には、皮の財布があった。百姓の笠をとる。濃い眉の下の大きな瞳が、抗うように三人をにらみつけた。

「お勝ちゃん……どうして、こんなことを」

二代目の弥生鳶は、お勝だった。あまりのことに、それ以上言葉が出ない。

「文、娘を押さえてろ。こいつを、返してくる」と、財布をとり上げた。

「あいよ」と、文吉は、安太郎に代わってお勝の手首を握り、後ろ手にした。

待つほどもなく安太郎は戻ってきた。その後ろに、お勝を張っていた唐吉の姿も見える。

「文、すげえもんを見ちまったぜ。安さんが財布を手にしたまま、身なりのいい商人に近づいて、追い抜いたとたん財布が煙みてえに消えちまったんだ」

まるで手妻《てづま》のようだったと、唐吉はめずらしいほど興奮しながら語った。

安太郎は、お勝が抜いた財布を返し、今日の弥生鳶の仕事をなかったことにした。

己の金がいったん掏《す》られ、また戻ってきたとは、当の商人は夢にも思うまい。お勝が懐《ふところ》に残した、鳶に桜の紙片は、ちゃんと安太郎の手の中にあった。

紙片を手に、百姓姿の娘の前にしゃがみ込んだ。

「大きくなったな、金魚。すっかり見違えちまって、わからなかった」

お勝の頭を、ぽんとたたく。それまで固く引き結ばれていた口許《くちもと》が、ふいにゆがんだ。

「気づくのが、遅えよ……あたしは最初っから、おいちゃんだってわかってたのに……」

大きな目が、丸い金魚鉢のように見る間にあふれた。

「本当にあれだけで、安さんの助けになったのかい？」

お縫たちよりひと足遅く、長屋に帰った加助は、お縫の前で首をかしげた。

「ええ、大助かりよ。おかげで安おじさんの厄介は、事なきを得たし、今日でお役ご免よ」

偽《にせ》の安太郎は、加助であった。顔は笠で隠せるとしても、からだつきはごまかせない。安太郎と背格好が似ているのは、加助より他にいなかった。儀右衛門にしては苦肉の策だが、幸いこの男には、よく効くまじないがある。

「安さんがちょいと面倒を抱え込んで、商売を休まざるを得なくなった。あまり長く姿が見えないと、商売敵が入り込んじまうかもしれない。人助けだと思って、安さんのふりで、持ち場を歩いてもらえまいか」

人助けのひと言で、加助はあっさりと儀右衛門の方便を鵜呑みにしてくれた。

「後でおとっつぁんと安おじさんも、お礼に行くと言ってたわ」

加助と井戸端で別れ、お縫は家にとって返した。

千鳥屋の居間には安太郎が陣取って、お勝から仔細をきいていた。

「あの半端《はんぱ》な技を、見ればわかる。巾着切りは、爺《じい》さんに教わったもんじゃねえんだろ?」

儀右衛門はひとまず、下駄を安太郎に預けたようだ。お縫は父の横に腰を下ろした。

「うん……二度と真似《まね》するんじゃねえって、爺ちゃんにはこっぴどく叱《しか》られた」

品川へ移る、少し前のころだ。人気のない場所で、祖父が奇妙なことをしていた。

高くかかげた枝を、上から落とし、逆の手で受ける。あるいは、風にひるがえる布切れを、二本の指ではさむ。さらにひとつかみの小石をばらりと地面にまいて、すばやく数をかぞえる。

「そいつはきっと、勘を戻そうとしていたんだ」

枝や布は手指の、小石は目の訓練になると、安太郎は語った。巾着切りは、決して獲物を目で捕えるわけではない。手を動かす瞬間に、他人の目が向いてないか咄嗟《とっさ》に判断するために、視野を広げておくのが好ましいという。

「つまりは、爺さんがまた弥生鳶に戻ろうとしてたってことか？」

「たぶん……あのころ、母ちゃんがからだを悪くして、働けなくなったんだ。爺ちゃんひとりじゃ、稼ぎが足りなかったんだと思う」

そのころのお勝は、祖父が何をしているのか、さっぱりわからず、ただ面白い遊びのように思えた。びっくりさせてやろうと内緒で修練し、得意になって祖父の前で披露した。しかし滅多に怒ることのない祖父が、顔色を変えてお勝を平手で打った。

「爺ちゃんに叩《たた》かれたのは、あの一度きりだった……それからすぐに品川宿に越したんだ」

幸い酉造は、旅籠《はたご》の下働きの口を得た。おそらく、ふたたび悪事に手を染めずに済んだのだろう。

「それきり妙な修業のことも、爺ちゃんと母ちゃんの言い合いも、忘れてたんだ」

「言い合いってのは、何だ？」

「爺ちゃんに打たれた晩、夜中に目が覚めて……母ちゃんが泣きながら爺ちゃんに訴えていた。また弥生鳶に、巾着切りに、戻るつもりかって」

お勝は弥生鳶はもちろん、巾着切りの意味さえわからなかった。それでもきいてはいけない話だと、子供心にも察しがついた。祖父や母の前では知らぬふりを通し、年を経るうちに思い出すこともなくなった。けれど祖父が死んだ後、お勝はそれを見つけてしまった。

「爺ちゃんの着物の襟に、何か入っていたんだ。ほどいてみると、鳶に桜の紙切れが出てきた」

とたんに記憶が逆流し、お勝は一切を思い出し、そして理解した。たった一枚の小さな紙片が、祖父の遺言のように、お勝には思われた。

「それからこっそり、昔、爺ちゃんがやってた修業を、はじめたんだ」

「何だって、そんな馬鹿な真似を。二度とやるなと、爺さんから釘《くぎ》をさされていたはずだ」

「だって！　そうするより他に、食っていけなかったんだ！」

自分が打たれたみたいに、安太郎の目が大きく広がった。

祖父が死に、病がちの母は床を離れられない。働き手はお勝しかいない。やがて大《おお》店《だな》に奉公が決まり、母と一緒に、もといた小舟町に近い箱崎町に帰ってきた。けれどすぐに店を追い出され、悪い風聞のせいで、次の仕事も見つからない。お勝が弥生鳶の紙片を見つけたのは、そんなときだった。

「どうせ世間は、あたしを盗人だと思ってる。やってもいない罪を負わされるなら、本当の盗人になった方がましじゃないか！　弥生鳶の二代目を立派に継いだら、母ちゃんを守ってやれたら、爺ちゃんだってきっと許してくれるって……」

——堅気になるなら、もうお互い会わねえ方がいい。

安太郎が語った酉造の戒めを、お縫は思い出していた。まじめに生きて、その道がふさがったとき、身近に脇道があれば逸《そ》れてみたくなる。あたりまえの人の弱さだ。

悪業《あくごう》の本当の怖さは、そこにある。そうならないよう酉造は願っていたのに、倅《せがれ》も孫も、まったく同じ轍《てつ》を踏んだ。この長屋に育ったお縫には、とても他人事《ひとごと》とは思えなかった。

「ただ、母ちゃんには決して言えない。茶店で雇ってもらえたって嘘をついて……できるだけ懐の重そうな手合いを狙《ねら》ったんだ」

物持ちの財布なら、母娘ふたりのささやかな暮らしには、月に一度で十分だ。

「それを何だって、月に四度もやらかしたんだ」

「おいちゃんを、見かけたから……」

「それなら、声をかけりゃあ済む話だろうが！　捕まらなかったのは、たまたまだ。あれくらいの腕じゃあ、あっという間に牢屋《ろうや》行きだぞ！」

安太郎は仁王のような形相で怒鳴りつける。お勝が下を向き、ぽそりと何か言った。

「あたしの——か、確かめたかったから……」

「何だって？　きこえねえぞ」

「だから！　あんたがあたしの、父ちゃんなんだろ？　それを確かめたかったんだ！」

え、と父とお縫が固まった。安太郎はさらに度を失っている。二体の仁王をひとりでこなしているように、一瞬、顔が赤くなり、たちまち青ざめる。

「おめえの父ちゃんは、おめえが腹ん中にいたころに、死んじまったろうが！」

「爺ちゃんも母ちゃんも、そう言ったけど」

顔すら知らぬ父親より、小さいころよく遊んでくれた安太郎に、強い思いがあったのかもしれない。しかし母や自分を捨てたなら、名乗っても知らぬふりをされる。

「本当の父ちゃんなら、爺ちゃんの倅なら、弥生鳶の名を出せば、きっと気づいてくれる。そう思って……」

「まったく、とことん呆《あき》れた娘だな」

安太郎は大きく息を吐き、己の片袖《かたそで》を肩までぐいとまくりあげた。そこには、生涯消えぬ三本線が刻まれていた。お勝の目が、はっと見開かれた。

「おれも昔は、巾着切りだった。だが、三度お縄になって、ようやく目が覚めた。いまはこうして堅気になったが、昔の罪は一生ついてまわる。事あるごとに、役人や御用聞きに疑われる」

わかるか、とたずねると、お勝は素直にうなずいた。

「だがな、おめえにはそんな悪い血は、一滴だって流れちゃいねえ。おめえの父ちゃんも母ちゃんも、うんとまじめに生きてたからな。酉造の爺さんには、それが何よりの誇りだったんだ。だからな、金魚、おまえも胸を張って生きろ。あんな立派なふた親の血を継いでるんだ、二度と悪行なんぞに手を染めるな」

いいな、と念を押す。お勝はもう一度うなずいて、顔を上げた。

「本当に、あたしの父ちゃんじゃなかったんだ」

「ああ、すまねえな」

大きな手の平が頭に載せられ、とたんに金魚鉢が音を立てて割れた。お勝が子供のように、声を放って泣き出した。安太郎が、がらにもなくおろおろする。

「ど、どうすりゃいんだ、お縫ちゃん」

「泣かせたのは安おじさんなんだから、あとは何とかしてちょうだいな」

お縫はさっさと腰をあげた。儀右衛門も、残されるのは勘弁なのだろう、後に続く。

「まあ、色恋じゃあなかったようだが……いいのか、お縫、放っておいて」

「大丈夫よ、おとっつぁん。お勝ちゃんが頼りたかったのは、安おじさんなんだから」

実の父親の墓参りにも、お勝は行っていたときく。安太郎が父親ではないと、本当はわかっていたはずだ。お勝はただ、そう信じたかっただけなのだ。

掏摸《すり》をしながら、どうにか食いつなぐ。そんなみじめな暮らしから、抜け出せるかもしれない。安太郎を見かけたとき、お勝の胸に初めて光明がさした。

「お勝ちゃんはきっと、弥生鳶になった己を、安おじさんに止めてほしかったのよ」

「なるほどな……そう考えれば、あんな無茶も合点がいくな」

真っ赤になった子供のような泣き顔は、いっそう赤い金魚に似ていた。

兎《と》にも角《かく》にも

「おやまあ、何て顔をしてるんだい」

起きてきた娘の顔を見て、お俊がびっくりする。目は不機嫌な白兎《しろうさぎ》さながらで、朝っぱらから眉間《みけん》にいくつもしわを刻んでいる。

「ひと晩中、歯が病んで……眠れなかったの」

むっつりと、お縫はこたえた。

ここ二、三日、右下の奥歯がうずいていたが、昨夜床に入ってからにわかに痛み出し、じんじんからずきずきへ、さらにずっきんずっきんと、夜が更《ふ》けるほどに痛みは増した。

「どれ、見せてごらんな」

促されるまま口をあけ、お俊が中を覗《のぞ》き込む。

「ああ、これはたぶん親不知《おやしらず》だね」

親不知はだいたい、二十代半ばくらいまでに生えてくる。そのころには親を亡《な》くしている者が昔は多かったのか、その名がついた。

「うちは総じて早くてね。おまえの姉さんや兄さんも二十歳より前だったよ。逆に遅い人もいてね。ほら、隣町の佐野屋《さのや》のご隠居なんて、隠居してから生えてきたって自慢なすっていたよ」

「それ、何が自慢になるのかしら」

と、不機嫌に応じた。いまのお縫には、この世のすべてが癇《かん》にさわるものに思える。

「やれやれ、その調子じゃ、何も任せられないね。ここはあたしがやるから、奥で休んでいな」

「じっとしてると、よけいに痛いのよ」

お縫は無理にも手伝いはじめたが、糠床《ぬかどこ》の壺《つぼ》に蹴《け》つまずくわ皿を割るわと散々で、早々に台所を追い出された。居間に引っこむと、今度は父の儀右衛門に同じ顔をされる。

「何て顔だい、お縫。またずいぶんと加減が悪そうだな」

かける台詞《せりふ》までが一緒で、ますます苛々《いらいら》が募る。言葉少なにわけを告げ、茶を淹《い》れようとしたが、お茶っ葉を畳に撒《ま》き散らしたあげく、鉄瓶で小さな火傷《やけど》をこさえた。

「お縫、治まるまでは、せめて蔵には入らんでくれ。質草の茶碗《ちゃわん》でも割られては、かなわんからな」

「おとっつぁんは、あたしより質草が大事なのね」

父に八つ当たりして、ぷいと居間を出る。どうせ朝餉《あさげ》など食べられそうになく、家にいても気塞《きふさ》ぎなばかりだ。外に出たが、今日は徹頭徹尾ついていないようだ。ちょうど商いに出ようとしていた、季物《きもの》売りの兄弟に行き合って、三度《みたび》同じ文句をかけられる。

「ひってえ顔だな、お縫坊。それじゃ、あと五年は嫁に行けねえぞ」

文吉の言い草にたちまち頭に血がのぼり、それがいけなかったのか、にわかに痛みが増した。言い返すこともできず、右の頬を押さえた。兄弟も不機嫌のわけを察したようだ。

「歯病みかい。辛《つら》そうだな」兄の唐吉は、自分のことのように顔をしかめたが、

「安さんから買う歯磨きを、けちったんじゃねえのか」弟の文吉は、常のごとくからかい種にするつもりのようだ。

江戸っ子は、男も女も歯には気をつかう。毎日、房楊枝《ふさようじ》を欠かさず、歯が白くなるとの触れ込みで、房州砂や滑石を混ぜた歯磨きもよく使った。この長屋の者たちは、

小間物商いの安太郎から、歯磨きや房楊枝を購《あがな》っていた。

それでも虫歯になることはままあって、お大名家なぞには、歯や口の病を診る口中医が代々抱えられていた。あいにく町屋ではあまり見かけず、自分で糸をかけて抜くか、あるいは歯抜師に頼ることになる。

唐吉も、行ってみてはどうかと勧めてくれたが、お縫はあまり気乗りがしない。

「大きなやっとこを口の中に突っ込まれて、無理やり抜かれるのでしょ」

「それがよ、痛《いて》えの何のって。おまけに血の出ようも半端《はんぱ》じゃなくってな、噛《か》んだ手拭《ぬぐい》が、たちまち血染めになっちまって……」

「馬鹿《ばか》野郎、脅してどうすんだ」

唐吉が弟の頭に、ごつんと拳《こぶし》をお見舞いする。いってえ、と文吉が頭を抱えた。

「怖がらせちまってすまねえな、お縫ちゃん。こいつが大げさに言っただけだから、気にするな。材木町の歯抜師は、評判がいいそうだ。試しに行ってみちゃ、どうだい」

いつもなら大いに慰めになる唐吉の笑顔も、今日ばかりはあまり効き目がない。あいまいに返事して、ふたりを見送った。

白、黄、紅。ふたりが担《かつ》ぐ天秤《てんびん》の籠《かご》には、色とりどりの花が顔を覗かせる。九月にはいり、季物売りの兄弟は菊花を商っていた。

きれいな花さえも気晴らしにはならず、歯に留まらず頭までがずきずきする。

あいにくと、その日の昼過ぎ、頭痛の種はさらに増えた。

抱えてきたのは、いつものごとく長屋の加助であった。


「この人は、梅蔵《うめぞう》さん。二、三日、おれの長屋で養生してもらうことになりまして、差配さんにもご挨拶《あいさつ》をと思いまして」

儀右衛門に向かってにこにこと、菩薩《ぼさつ》顔をほころばせる。たとえ百年修行を積んだ聖《ひじり》でも、善行にかけては、この錠前職人には敵《かな》わない。よく承知している儀右衛門は、異を唱える真似《まね》はしなかったが、長屋に入れる以上、相手の身元くらいは確かめる必要がある。まだ三十前と思《おぼ》しき男に素性をたずねた。

「内藤新宿で、草鞋《わらじ》や土産物なぞを商っております……いえ、屋台に毛が生えたほどの小さな店で、あっしひとりで……へい、女房には四年前に先立たれ、以来やもめ暮らしで。この先の寺町に墓があるもんで、深川にはたびたび参りやす」

そう気のまわる手合いでもなさそうだが、儀右衛門の問いには淀《よど》みなくこたえる。

「足を痛めたときいたが、宋縁《そうえん》先生のところには寄ったのかい？」

加助に常々、面倒な患者をもち込まれても嫌な顔をしない、いまどき奇特な医者なのだが、加助は首を横にふった。

「いえ、医者に見せるほどでもねえと、梅蔵さんが申しますんで」

「ひねったただけで、たいしたことはありやせん。ただ、この足で内藤新宿まで戻るのは難儀で」

内藤新宿では舟も使えず、駕籠《かご》酔いがひどいたちだから、徒歩《かち》より他に帰りようがないという。ご厄介をおかけしますと、頭を下げた。

「佐野屋の前で、大八車に積んだ荷が崩れてきやしてね。通りかかった梅蔵さんが、俵の下敷きになっちまったんでさ」と、加助は仔細《しさい》を説いた。

「おやまあ、佐野屋で……ちょうど今朝、兎のご隠居の話が出てね」

妙に縁があると言いたげに、亭主の傍らでお俊が声をあげた。

雑穀問屋の佐野屋は、この長屋のある深川山本町の隣町、仙台堀に面した東平野町にあった。

五十を過ぎて親不知が生えたという隠居の卯兵衛《うへえ》は、名のとおり卯年生まれである。ごていねいにも、五年ほど前に怪我《けが》をして、以来、肌身離さずたずさえている杖《つえ》にも兎が象《かたど》られており、兎の隠居と呼ばれていた。

「佐野屋のご隠居さんは、親切な上に気前の良いお方ですね。あっしにもたいそうな見舞金を包んでくださって、かえって申し訳なく思いやした」

梅蔵は、恐縮気味にそう語った。ふっと儀右衛門が苦笑をこぼす。

「あの旦那《だんな》も兎がついてから、ずいぶんと変わりなすった」

「何のことです、差配さん？」

「そうか、加助さんは知らなかったな……いや、何でもないよ」

と、儀右衛門は片手をふって、その話は切り上げた。最後に、女房越しに娘を覗き見る。

「そういうわけだ、お縫。梅蔵さんのこと、おまえにも頼めるかい」

父の問いには、含みがあった。人の素性は、表からはなかなか見通せない。そんなとき儀右衛門は、娘の勘を当てにしていた。

お縫も目の前の男を見極めようと、身を乗り出したが、とたんにずっきんと大きな痛みが走った。口をきく気すらおきず、お縫は頬を押さえてただうなずいた。

「歯病みには、どこよりも霊験《れいげん》あらたかだそうだよ」

そう言い出したのは、長屋のおせきである。下駄《げた》売りの庄治の女房で、五人もの子供の母親だが、いまは下の三人だけでそう手もかからない。双子の末娘に留守を任せ、おせきは小石川へ妹を訪ねた折に白山神社まで行き、歯痛に効くというお守りを買ってきてくれた。

「知り合いの薬屋にたずねたら、この白虎湯《びゃっことう》が何より効くそうだよ」

亭主の庄治も、これを煎《せん》じて飲めばいいと、お縫に薬を渡した。夫婦の親切は身にしむほどに有難かったが、残念ながら効き目はさっぱりだった。

翌日になっても、歯病みも頭痛もいっこうに治まらず、

「しかめ面《つら》が、板についちまいそうだね」と、母にもため息をつかれた。

やはり抜くしかあるまいと、折にふれて両親からも言われたが、これ以上痛い思いをするのかと、どうにもふんぎりがつかない。逃げるように、お縫は外に出た。

昼を過ぎたいまごろは皆商いに出ており、女たちも洗濯などの家事を終えている。裏長屋がもっとも閑散とするころだが、今日はめずらしく先客がいた。

「こんにちは、お嬢さん。ちょいとこちらを、お借りしていやす」

木戸脇《わき》には、鉤型《かぎがた》に二台の床几《しょうぎ》が据えてある。その片方に、梅蔵が腰を下ろしていた。

お縫の父が営む質屋千鳥屋のとなりには、狸《たぬき》髪結の半造の床がある。そこから借り

たという黄表紙を手にしていた。

「加助さんの仕事の邪魔になりやすから、ここをお借りしていやす」

「そういえば、昼間は耕《こう》ちゃんが来るから、いっそう手狭になってしまうわね」

加助は錠前職人で、長屋で細工をする。その唯一《ゆいいつ》の弟子が、庄治とおせきの長男、十三歳の耕治《こうじ》だった。狭いひと間きりだから、昼間は居場所がないのだろう。

「今日はお日さまも出てないし、長く外にいては冷えちまうでしょ。うちでお茶でもいかがです？」

「いや、お気遣いなく。ご厄介になっておいて、お嬢さんにまでお手間をとらせるわけには」

梅蔵は遠慮したが、お縫がしきりに勧めると、杖をついて床几から腰を上げた。

「あら、その杖……」

黒檀《こくたん》の足に、象牙《ぞうげ》の柄。白黒の対比が鮮やかな、贅沢《ぜいたく》な造りに覚えがあった。象牙に彫られているのは兎の頭だ。目には紅珊瑚《べにさんご》が使われ、長く伸びた象牙の耳がもち手になっていた。

「へい、不自由だろうからと、佐野屋のご隠居さんが貸してくださいまして」

自分には勿体《もったい》ない代物《しろもの》だが、たいそう使い勝手がいいと嬉《うれ》しそうに告げた。

「でも、当のご隠居さんは、杖なしで大丈夫なのかしら」

「何でも、足はとうに治っているから、平気だと仰《おっしゃ》って」

「まあ、そうだったの……きっと身について、手放せなくなっていたのね」

加助の人助けも念が入っているが、高価な象牙の杖を、ぽんと見知らぬ男に貸してやるとは、隠居も負けず劣らずのお人好しだ。お縫は内心で苦笑しながら、梅蔵を居間に招じ入れた。

「さすがに表店《おもてだな》となると、立派なご造作ですね」

梅蔵はめずらしそうに首をめぐらせ、店へと続く廊下をながめた。両親は店にいるようで、客と談笑する声が廊下を伝って流れてくる。

葉をこぼさぬように用心しながらお茶を淹れ、茶受けには羊羹《ようかん》と塩昆布《しおこぶ》を添えた。出された茶を有難そうにすすり、梅蔵がほっと息をつく。

「そういえば、さきほど長屋を訪ねてきた方に伺いましたが、こちらさまは善人長屋と呼ばれているそうですね」

歯ではない別のところが、ちくりと痛み、急いで造り笑いを返す。

「たいしたことはしていないのに、仰々しい名がついちまって」

「いえいえ、差配さんや加助さんをはじめ、皆さん本当に気持ちのよい方々ばかりで。

あっしみてえなふいの者にも、親切にしてくださいます」

手を合わせんばかりに有難がられ、ますます居心地が悪くなる。

「おとっつぁんも長屋の衆も、それほどでは……本当の善人は、たぶん加助さんだけですよ」

つい、本音が出てしまった。加助を除けばこの長屋は、裏稼業《うらかぎょう》もちの悪人ばかりがそろっている。にこにことき入る梅蔵は、夢にも思うまい。

あらためて見ると、ひときわからだの小さな男だ。色の黒い顔は、干し杏《あんず》を思わせる。

「梅蔵さんは、ずっと内藤新宿に？」

話を逸《そ》らせるように、そうたずねた。

「へい、小さな店ですが、親父から継いだもので。ふた親とも、もう亡くなりましたが」

「じゃあ、ずっと店商《たな》いをなすってたのね」

相槌《あいづち》を打ちながら、何かが引っかかった。だが、考えようとしても痛みが邪魔をする。代わりに、別のことを口にした。

「ね、梅蔵さん。梅蔵さんも、親不知はあって？　いつ生えたのか、覚えていて？」

「……親不知、ですかい？」

梅蔵は一瞬、真顔になり、それからぼそりと呟《つぶや》いた。

「たぶん、十《とお》になったあたりですかね」

親不知は、大人の歯が生えそろった後に出てくるものだ。いくら何でも早過ぎる。

そう言い返せなかったのは、梅蔵の顔に濃くただよった陰のせいだ。そのころに片親でも亡くしたのかもしれない。まずいことをきいてしまったかと、お縫はあわてておお茶のおかわりを勧めた。

「すみません、いただきます」

梅蔵が顔を上げたときには、陰は煙のようにかき消えていた。からの茶碗を渡されたとき、玄関から大きな声がした。

「こんちは、耕治です。お客さんを連れてきやした」

先に加助の長屋へ顔を出したのだろう。耕治の後ろには、馴染《なじ》みの顔があった。

「ちょいと梅蔵さんの足の具合が気になってね、寄ってみたんだ」

ちんまりした目鼻の造作も、どこか兎に似ている。

訪ねてきたのは、佐野屋卯兵衛であった。

「房屋《ふさや》の練物をこんなに……すみませんねえ、うちにまでお気遣いいただいて」

と、お俊が恐縮する。房屋は御用達《ごようたし》看板をいくつも掲げ、値の張る菓子屋として有名である。季節柄、菊の花をかたどった白や黄色の生菓子が、季物売りの兄弟の天秤さながらに、いくつも並んでいた。

「昨日、あんなにいただいたのに、かえって申し訳ありません」

梅蔵もひどく恐縮したが、いやいやと、隠居は鷹揚《おうよう》に受けた。

「本当なら佐野屋で引き受けるのが筋なのだが、つい加助さんの申し出に甘えてしまいましてな。ほんのお礼の気持ちですわい」

と、色白の顔をほころばせる。居間には母と隠居と梅蔵が和やかに座し、襖《ふすま》をあけ放った隣座敷では、耕治が求肥《ぎゅうひ》と餡《あん》で拵《こしら》えた上等の菓子にかぶりついていた。

「うめ！　姉ちゃん、この菓子、すんげえうめえぞ」

「良かったら、あたしの分も食べていいわよ」

「ええっ、いいのか？」

干菓子なら日持ちがするが、生菓子ではそうもいかない。錦糸卵《きんしたまご》のような黄色い餡をちりばめた菓子を、耕治の手に載せた。

「こんなときに歯が痛えなんて、お縫姉ちゃんもとことんついてねえなあ。あ、おれがふたつ食べたってことは、母ちゃんには内緒にしてくれな」

耕治が幸せそうにふたつめの菓子を頬張ったとき、めずらしく母が頓狂な声をあげた。

「じゃあ、ご隠居さんは、あたしどもより前に、加助さんにお会いなすってたんですか」

お縫にとっても初耳だ。思わず耳をそばだてていた。

「まったく、不思議な縁もあるものだよ。ほれ、わしが石段から落ちて、足を痛めたことはお俊さんも覚えているだろう？」

「ええ、その兎の杖を、お持ちになられるようになったのは、そのためでしたよね」

お俊は梅蔵の傍らにある杖を示した。

「あのとき難儀していたわしを、助けてくれたのが加助さんだ」

「そうでしたか……」

五年も前の話で、加助は当時、赤坂に住んでいた。しかしふたりが出会ったのは赤坂ではなく、下谷《したや》にある幡随院《ばんずいいん》だという。

「幡随院の裏手に、知り合いの家を訪ねた帰りでな。境内を抜けようとして石段から足を滑らせた。その日は朝から雨もよいだったが、昼を過ぎて急に雨脚が強まって、幡随院の石段はまるで滝のような有様だった」

　卯兵衛は流れに足をとられる格好で、石段の中ほどから下まですべり落ちた。傘は手を離れ、足を痛めて動くこともできない。境内とはいえ人通りの少ない場所で、卯兵衛は途方に暮れたまま、長いこと雨に打たれていた。いつもなら小僧か手代が同行するのだが、ちょうど店が慌《あわ》ただしい時期で、人手が足りなかった。そう遠くもないからと、卯兵衛はひとりで出かけ、災難に見舞われたのだ。

「あのときばかりは、このままあの世に行くのではないかと、心底恐ろしい思いをした。そこへ通りかかったのが、加助さんでな」

「そのころから、人助けの種には恵まれていたんですねえ」と、半ばあきれ加減にお俊が応じる。

　下谷には、加助に錠前の手ほどきをした親方が住んでいた。その帰り道に、加助は倒れていた卯兵衛を見つけ、ずぶ濡《ぬ》れの隠居を背負い、近くの医者まで連れていった。右脚の骨は折れており、他にも打身やら捻挫《ねんざ》やらをいくつも拵える大怪我だった。

　その夜は医家の厄介になり、加助はひと晩中、卯兵衛の枕元《まくらもと》で看病にあたった。次の日の朝、深川まで自ら出向き、隠居の災難を知らせてもくれた。

　それでも加助は、さし出された礼金を、受けとろうとはしなかった。

——困ったときは、お互いさまでさ。

にこにこと微笑《ほほえ》む背中に後光が見えたと、感慨深げに卯兵衛は語った。

「深川でふたたび会えたのも、神仏のおかげであろう。もっとも、向こうはわしの顔を覚えとらんかったがな」

「親方にとっては、一日十善のうちのひとつに過ぎねえからな」

お縫のとなりで、耕治が呟いた。

年中、人助けの手伝いに駆り出される長屋の者にとっては茶飯事だが、梅蔵はたいそう感心しているようだ。己の傍らに横たえた杖を、大事そうに手にとった。

「そのような経緯がおありなら、この杖はご隠居さんにとって、思い出深いお品でしょうに……そんな大切なものを、あっしなんぞに」

「なに、わしもあんたも、同じお人の世話になった。いわば兄弟みたいなもんだからな、遠慮は無用だよ」

「かっちけねえ、旦那……」

涙ぐむ梅蔵の肩を、なだめるように卯兵衛がたたく。

よい場面のはずなのに、何故《なぜ》だか右頬が、ふたたびずきずきとうずきはじめた。

やはりじっとそのようすをながめていた耕治が、となりから言った。

「なあ、お縫姉ちゃん。ちっと相談してえことがあるんだ」

「何？」

ひときわ不機嫌な顔を向けると、耕治がにわかに怯《ひる》む。

「……いや、何でもねえ」

気にはなったが、それどころではない。気休めにしかならぬ薬を煎じに、お縫は急いで腰を上げた。


翌日、お縫の具合はひとまず小康を保っていた。

治ったわけではなく、時折刺すような痛みが走るのは相変わらずだが、慣れもあるのだろう、ひととおり家事をこなし、父の代わりに店にも立った。

この日、儀右衛門は、質屋仲間の急な寄合で昼前から出かけていた。質屋稼業には何かと御上の口がやかましく、触れだの達しだのが出されるたびにこの手の寄合が開かれる。

母も先ほど風呂に出かけ、お縫はひとりで店番をしていた。やがてひとりの男が、店に顔を出した。

「親父さんはいるかい」

見覚えのない男だが、正方の桐箱《きりばこ》と一緒に、目立たぬように割符を出した。

盗品の合図である。

千鳥屋は裏で窩主買《けいずかい》もしているが、誰でもというわけではない。信用のおける者が顔つなぎをするか、あるいは儀右衛門が直に見極めた頭に限られる。しかし一家をなす一味なら、盗品をたずさえてくるのは手下たちだ。

頭からたしかに預かってきた。割符はその証《あか》しなのである。

「父はあいにく、今日は寄合で……」

「いねえのか、そいつは困ったな」

若い手下が、顔を曇らせる。盗品は必ず、儀右衛門が受けとる。妻子にはできるだけ関わらせたくない。その心積もりもあったが、ものによっては預かれぬ場合もあるからだ。

「明日では、いけませんか？」

「ひと月ほど、江戸を離れることになってな。夕方には立たねえとならねんだ」

役人にでも目をつけられたか、落ち着かぬようすだった。

「金は後で構わねえから、ひとまず預かってもらえねえか。こんなものを懐《ふところ》にしていちゃあ、身動きがとれねえ」

桐箱の中身は、香炉《こうろ》であった。銅製だが、鶴亀《つるかめ》の吉祥文が螺鈿《らでん》で施され、ひと目で値打ものとわかる。おそらくどこぞの旧家から失敬してきたのだろう、雀《すずめ》が五匹向き合った、めずらしい家紋が透かしで入れられていた。

道中の関所で、荷を検《あらた》められることもある。見つかれば問答無用でしょっぴかれかねない代物だった。

「もし捌《さば》けない品でしたら、後でこのままお返しすることになりますが」

「ああ、それでも構わねえ」

手下が請け合って、お縫は下足札に似た割符を、半分だけ返した。

盗品は人目につかぬよう、すぐに蔵の床下へ仕舞うのが習慣だった。客が出ていくと、お縫は桐箱を手にしたが、ふと父の言いつけを思い出した。

「そういえば、歯病みが治まるまで、蔵へ入っちゃいけなかったわ」

どうしたものかと思案している最中、母屋《おもや》の玄関の方から大きな声がした。

「お嬢さん！　大変です、加助さんが！」

梅蔵の声である。あわてて桐箱を、傍らにあった質草の着物の下に突っ込んで、店から母屋へと急いだ。

「どうしたの、梅蔵さん、加助さんに何かあって？」

「あっしがいましがた長屋を覗いてみたら、加助さんが土間に倒れていて……」

「何ですって！」

草履をつっかけるのももどかしく、お縫が長屋に駆けつけると、梅蔵の言ったとおり、加助は土間にのびていた。使いにでも出されたか、耕治の姿はなかった。

「加助さん、しっかりして！　加助さん！」

いくら呼んでも加助は目を覚まさず、ぐったりとしている。

「どうしよう、卒中かしら……でも、あれはもっと年寄りに起きるものだし……」

不安ばかりがふくらんで、首筋に嫌な汗が浮いた。お縫は何もできず、ただ懸命に加助の名を呼んだ。

「どうしたんだい、お縫ちゃん」

お縫の声が届いたのだろう。戸口からおせきの顔が覗き、その後ろには狸髪結の夫婦の姿も見える。動顚《どうてん》するお縫をよそに、大人たちは迅速に動いた。

「ひとまず床をとって寝かせよう。おかる、手伝ってくれ。おせきさんは、宋縁先生を呼んできてくれ」

半造がてきぱきと指図する。おせきが出ていくと、半造の女房のおかるが言った。

「お縫ちゃんは、水をくんできておくれ。大丈夫、加助さんはこんなことで、くたばったりしやしないよ」

「おかるおばさん……」

「こいつのしつこさは、筋金入りだからな」と、仏頂面で半造も請け合う。

夫婦の言葉どおり、医者の到着を待たず、加助は目をあけた。

「加助さん、あたしがわかる？」

ぼんやりしていた瞳《ひとみ》が焦点を結び、口を開くまでがとてつもなく長く感じられた。

「お縫、ちゃん……」

こたえが返ったとたん、皆がいっせいに安堵《あんど》のため息をつく。

「ったく、心配させやがって。今度倒れるときは、おれに断りを入れてからにしろ」

半造が、いつもの調子に戻って文句を浴びせる。

「倒れた……おれが……？」

頭の中をまさぐるように考え込んで、次の瞬間、はっとした顔になった。お縫の袖《そで》を、ぎゅっと摑《つか》む。

「お縫ちゃん、梅蔵さんは……梅蔵さんは、どこだい」

「え、梅蔵さん？　あら、どこへ行ったのかしら……加助さんが倒れたと、うちに知らせにきて……」

「あたしらは、見ちゃいないよ」と、おかるが続ける。

「そんな……梅蔵さん、どうして……」

加助の唇が、わなわなと震え出す。気づいた半造が、顔色を変えた。

「おい、もしやあの居候《いそうろう》に、やられたのか！」

加助がこたえるより早く、お俊の姿が戸口に立った。半造と同様にあおざめて、額にいくつも汗の粒が浮いているのは風呂から帰ったためばかりではなさそうだ。

「お縫、おまえ、こんなところにいたのかい」

「ええ、加助さんが大変なことに……おっかさん、どうしたの？」

「やられたよ……空き巣に入られたんだ」

何とも言えぬ気味の悪い冷たさが、お縫の背中をすべり落ちた。

「つまり、あの梅蔵という男に、してやられたというわけか」

寄合から戻り、事のしだいをきかされた儀右衛門は、いつになく剣呑《けんのん》な顔をした。

父と向かい合っているのは、狸髪結の半造と、泥棒を裏商いとする下駄売りの庄治である。

「あっしがついていながら、こんな羽目になるなんて、玄人《くろうと》の名折れでさ。情けなく

って涙も出ねえや」庄治はすっかりしょげているが、

「これというのもあの男が、つまらん人助けなぞにかかずらわっているからだ。いつかこんな始末になるだろうと、かねがね危ぶんでいたが」

前々から加助を快く思っていない半造は、狸に似た面相に、柿渋《かきしぶ》を三重に塗りたくったような顔をした。半造が腹を立てているのは、加助に対してばかりではない。

「遅まきながら、旦那、急いで調べてみたんですが……あの梅蔵という男、いわゆる当たり屋をしていたようです」

「当たり屋？」と、庄治がたずねる。

「大八車に当たるから、当たり屋だ」と、半造はこたえた。

店先で荷下ろししている積荷を崩し、わざと下敷きになる。あるいは人や牛が引く荷車の縄を切ることもあるという。大げさに怪我を訴えて、見舞金をせしめる、いわば騙《かた》りの手口のひとつだった。

「ここんところ本所深川界隈《かいわい》で、立て続けに起きている。ひときわ小柄な、色の黒い男だそうですから、あの梅蔵でしょう……ただ、盗みについては」

「騙りはしても、盗みを働いたことはねえ、だろ？　髪結いの旦那」

半造の言葉尻《じり》を、庄治がさらった。

「盗みのやり口を見れば、一目瞭然《りょうぜん》でさ。探った棚や抽斗《ひきだし》は、すべて開けっ放し。あちこちにべたべたと、泥のついた足跡まで残してやがる。うちの耕治だって、も少しうまくやれやすぜ」

冗談のつもりだろうが、女房のおせきがきいたら卒倒しかねない。

半造は軽口にはつき合わず、いっそう渋面を募らせた。

「たぶん佐野屋で見舞金をせしめたら、そのままとんずらする気でいたんだろう。加助がよけいな節介をしたために、色気を出したんだろうが……気に入らねえな」

しばし下駄を預けていた儀右衛門が、低く言った。

「盗みや騙りなら目こぼしもするが……お互いさまだからな。だが、うちの店子を傷つけたことばかりは見過ごせない」

儀右衛門がいつになく剣呑なのは、加助を慮《おもんぱか》ってのことだった。

加助は頭を殴られて気を失っていたが、幸い医者の看立《みた》てでは大事はないとのことだった。それでも二、三日は休むようにと言われ、いまはおせきと耕治が枕辺についている。

頭の怪我よりも、気持ちの傷が大きかったのだろう。自分が騙《だま》されたのはともかく、千鳥屋が害を被《こうむ》ったことを何よりも悔いていた。儀右衛門が見舞いに行くと、加助は布団《ふとん》からとび起きて、土間にうずくまった。

「すみません、差配さん、申し訳ありやせん。申し訳、ありやせん……」

儀右衛門に土下座して、壊れてしまったように、ただ詫《わ》びだけを繰り返した。切ない姿を思い出したのか、儀右衛門は辛そうに眉間をしかめた。察したように半造が応じた。

「厄介な奴だが、あいつも千七長屋の身内です。こけにされたとあっちゃ、黙ってはおれやせん。この半造の名にかけて、梅蔵は必ず探し出してみせまさ」

固い決意に、儀右衛門は目を合わせてうなずいた。

「だがなあ、いくら髪結いの旦那でも、この広いお江戸で人ひとり探すとなると日《ひ》数《かず》がかかる……間に合えば、いいんですがね」

庄治が別の憂《うれ》いを口にして、儀右衛門も表情を翳《かげ》らせた。

心配の種は、お縫が預かった香炉であった。

「お縫坊、いい加減に泣きやめよ。悪いのは、香炉を盗んだあの男じゃねえか」

同じ屋根の下の二階座敷では、文吉が懸命にお縫をなだめていた。傍らにはお俊もいて、調子を合わせる。

「そうだよ、お縫。蔵に入るなと言った、おとっつぁんにも責《せ》めがあるんだから」

「でも、でも……香炉を店におきっ放しにしたのは、やっぱりあたしだもの……あれがもし、盗んだ品だと知れたら、うちが窩主買をしているとばれてしまう。おとっつぁんがお縄になったりしたら……どうしよう、文さん！」

お縫が、わっと顔を覆《おお》い、なぐさめ役のふたりが困り顔を見合わせる。

梅蔵は千鳥屋の母屋だけでなく、店からも金や質草を奪っていった。よほど慌てていたのだろう、二階の簞笥《たんす》や、鍵《かぎ》のかかっていた蔵は無事だったから、千鳥屋にとってはさほどの損害ではない。加助の怪我さえなければ、儀右衛門も見逃してやったかもしれないが、厄介なのは盗品の香炉である。

五雀という滅多に見ない家紋は、格好の目印になる。盗品と思しき品は届け出るよう、また、これこれこういう品が出回ってはいまいかと、御上はたびたび質屋に触れをまわしている。梅蔵が金に替えようとして香炉を質屋にもち込めば、この網に引っかかる恐れがあり、芋蔓《いもづる》で千鳥屋にも辿《たど》り着く。

「お縫、もう泣くのはおよし。お縫が預かったからこその、利もあるんだからさ」

「……利って？」

お縫がようやく顔を上げ、文吉がすでに三枚目となる手拭をさし出す。

「何も知らない娘が、ひとまずの形で預かった。相手が盗人だとは、夢にも思わなかった。もしものときには、そう言い逃れができるだろう？」

お縫は新しい手拭を鼻に当て、母親をじっと見た。半分は気休めだと、わかっていた。故買に対する御上の追及は厳しい。知らずに受けとっても罪になることはあるし、蔵まで検められる始末にもなりかねない。

それでもお縫は、涙を拭《ふ》いた。だからこそ、泣いている暇があるなら、やれるだけのことをしろ。お俊の目は、そう言っているように思えた。

「おっかさん、あたし、明日の朝いのいちばんで行ってくるわ」

「お縫坊、行くって、どこへだ？」

「材木町よ」

首をかしげる文吉の前で、お縫は拳を握った。


翌朝、お縫は材木町の歯抜師のもとへ行き、親不知を抜いてもらった。

顔面を射抜かれたような痛みに、声さえあげられなかったが、腕は悪くないという唐吉が語った評判は本当だった。意外にも血はそれほど出ず、止まると嘘《うそ》のように痛みが引いた。

「こんなことなら、もっと早く来ればよかったわ。そうしたら事が起こる前に、正体を見抜けたかもしれないのに……耕ちゃんでさえ、気づいていたんだから」

一昨日、耕治が言いかけたのは、そのことだった。一瞬だが、梅蔵の素顔を見てしまったのだ。

「仕事をしながら親方は、うちの長屋を褒めていたんだ。名に違《たが》わない、善人ばかりだって。そうしたら、親方の背中にいたあの男が、ものすごく嫌そうに顔をしかめたんだ」

頭の毛が逆立ちそうなほどに、ぞっとした。耕治は、そう語った。

「耕ちゃんは、せっかくあたしを頼ろうとしてくれたのに……」

「だよなあ。もっと早く来れば、顔中腫《は》らさずに済んだのにな」

どのみち商いには出ぬからと、文吉は材木町までつき合ってくれた。兄の唐吉は、半造を手伝って、梅蔵の行方を追っていた。

「文さんも、これから出るのでしょ？」

「ああ、ひとまず長屋に戻って、髪結いの旦那の首尾をきいてからな……と言っても、これといって目立つ野郎でもなかったからな」

「からだが小さくて色が黒いってだけじゃ、誰も覚えてやしないわよね」

ふたり同時にため息をついたとき、店先から声がかかった。気づけば仙台堀に面した東平野町で、佐野屋の前だった。

「さっき千七長屋を訪ねてね、差配さんからきいたよ。たいそうな災難だったね。うちが関わった男のために、何とも申し訳ないことをした」

「いえ、とんでもない。こちらこそ、ご隠居さんには顔向けができません……あんな値の張る杖を、盗まれてしまって」

梅蔵は千鳥屋の品々と一緒に、あの象牙でできた兎の杖をもち去っていた。

卯兵衛は、あの杖を大切にしていた。さぞかし気落ちなさるだろうと、お縫の両親は気を揉《も》んでいたが、何故か卯兵衛はさほど案じていないようだ。

「兎《と》も角《かく》のことなら、心配は要らんよ」

「ともかく？」と、お縫は首をかしげた。

「あの杖の銘だよ。二度目に戻ったときに、わしがそうつけた」

「二度目に、戻った？」今度は文吉がたずねる。

「実はあの杖が行方知れずになるのは、これで三度……いや、四度目になるか」

「そうなんですか！」と、ふたりそろってびっくりする。

すっかり治ったとは言えないまでも、一年ほど前から杖の必要はなくなった。それでも愛着のわいた杖をもち歩いていたが、晴れた日の傘と同じで、うっかり忘れることが多くなった。象牙と黒檀、さらに紅珊瑚と、ひと目で値打物だと知れる品だ。乗合船や茶店なぞにおき忘れ、そのまま盗まれたことも一度ならずあったが、杖はまるで忠義者の犬のごとく、卯兵衛のもとに戻ってきた。

「何が起ころうと、兎にも角にも、わしのもとへ帰ってくる」

「それで、兎も角ですかい」文吉が、思わずふき出した。「まあ、兎にも角にも、ひときわ目立つ杖ってことは確かだな。ひと目見たら、まず忘れねえ……」

「それよ、文さん！」

お縫の大声に、隠居と文吉が目を丸くする。

「あんな長いもの、風呂敷に包んでも収まりが悪いわ。きっとあれだけは、そのままもち歩いてるはずよ」

「そうか！　梅蔵じゃあなく、兎も角を追えばいいんだ」

「ご隠居さん、ありがとうございます。杖はきっと、とり戻してみせますから！」

隠居に見送られながら、この朗報を長屋に伝えようとふたりは走り出した。

お縫と文吉はいったん戻り、今度は千七長屋から梅蔵の足取りを追った。

「それにしても、兎も角の底力はてえしたもんだな」

「本当ね。ここまで覚えている人が多いなんて、思わなかったわ」

ふたりがびっくりするほどに、兎の杖を見かけた者は多かった。深川は堀と橋の町だ。人通りの多い橋のたもとには、茶店や屋台が必ずある。茶汲《ちゃくみ》女や屋台の主は、兎の杖を目に留めていた。

「ああ、見たよ。亀久橋を渡って、永代寺《えいたいじ》の方角へ急ぎ足で歩いていった」

「そいつなら、八幡橋のたもとで見かけた。乗合船を探している風だったが、どうしてあの杖を、見知らぬ奴が携えているのか気になってね。つい目で追っちまったんだ」

昨日、梅蔵らしき男を乗せたという船頭に行き当たったのは、長屋を出て、わずか一刻後のことであった。

「おう、降ろした場所はもちろん、奴のヤサもちゃんと摑んであるぜ」

得意そうに、船頭は胸を張った。その男の漕《こ》ぐ乗合船は、永代橋に沿うように大川を渡り、いくつもの堀川を経て芝へと出る。梅蔵が降りたのは、日本橋とならぶ江戸橋のたもとだった。

「乗せたときから気になってよ。『その杖、どうしたい』って、たずねたんだ。『佐野屋の前で足を痛めて、隠居が貸してくれた』とこたえたんだが、妙にそわそわし出してな。乗るときには汐留橋《しおどめばし》までと言っておきながら、途中の江戸橋で降りやがった。怪しいだろ？」

妙に思えて、一緒に乗船していた馴染みの職人に頼んで、梅蔵の後をつけさせたという。

「どうして、そこまで……」

お縫がたずねると、いやあ、と船頭は頭をかいた。

「兎の隠居は、気前がいいからよ。茶店でも屋台でも、釣りはとらねえときいた」

なるほどとうなずきながら、長屋から辿ってきた道筋を思い出していた。

「おれたち船頭にも同じでよ。前に船頭仲間が、舟に忘れた杖を届けたときには、たっぷりと礼金をいただいたそうなんだ」

「そういうわけだったのね」

現金な話だが、卯兵衛が積んだ徳の賜物《たまもの》とも言える。

「昨日は頼んだ職人に会えなかったからよ、今朝ききに行ったんだ。やっぱり塒《ねぐら》は、汐留橋に近い芝口でな。仕事を終えたら、佐野屋に知らせに走るつもりでいたんだ」

「お手柄だよ、兄さん。後のことはこっちに任せてくれ」

「佐野屋だけじゃなく、千鳥屋《うち》からもたんと礼金をはずむわ！」

お縫が請け合うと、船頭はいかにも嬉しそうに頰をゆるませた。

季物売りの兄弟が芝口に走り、梅蔵はその日のうちに、儀右衛門の前に引き据えられた。

兎の杖や香炉を含め、奪われた品もすべて戻ってきた。これ以上、事を荒立てることはしたくない、と告げながら、儀右衛門の表情は険しかった。

「当たり屋や盗みなら、見逃してやろう。だが、加助さんを殴ったことだけは了見できない。まかり間違えば、命に関わったろう。あれほど世話になっておきながら、どうしてあんなひどい真似《まね》をした」

儀右衛門の前に正座させられた梅蔵の背後には、唐吉と半造が控えている。いずれも剣呑なようすの男たちに囲まれながら、梅蔵の顔には怯《おび》えも悔いも浮かんではいない。まるで人が変わったようなふてぶてしさで、吐き捨てた。

「この長屋が、気に入らなかったんだよ」

「何だと」

「善人長屋なんて、ごたいそうな看板をかかげるてめえらに虫唾《むしず》が走ったのよ。施しだ？　人助けだ？　笑わせせんじゃねえよ。馬鹿らしくて反吐《へど》が出らあ。あの加助って野郎の菩薩《ぼさつ》顔には、何よりうんざりきたんだよ」

　三人の顔色が、さっと変わった。誰よりも早く動いたのは、唐吉だった。たちまち梅蔵の首根っこをつかみ、引き倒して殴りつける。

「てめえ、その汚《きたね》え口をとっとと塞《ふさ》ぎやがれ……さもねえとこの喉《のど》を、潰《つぶ》してやるからな」

「よさないか、唐さん。まだ、話は終わっちゃいない」

「旦那、こんな野郎、話なぞしたって無駄ですぜ」

　半造も肩入れしたが、儀右衛門はひとまずその場を押さえた。唐吉に脅されても、梅蔵の荒《すさ》んだ景色は変わらない。怖さとともに憐《あわれ》みが、胸に這《は》い上がる。お縫は隣座敷からようすを窺《うかが》っていたが、つい口を出していた。

「内藤新宿で育ったというのは嘘よね？　本当は、どこでどう暮らしていたの？」

　店持ちの商人にしては、色が黒い。お縫が引っかかったのは、そこだった。だが二日前は歯痛のために、そこまで考えが至らなかった。

「おれは生まれついての物乞《ものご》いだ。十歳になるまでずっと、親父とふたりで物乞いをしていた」

　億劫《おっくう》そうに、そうこたえた。物心がついたときにはすでに母はなく、足の悪い父親とともに、物乞いをしながら諸国を放浪していたという。

「子供がいた方が稼ぎになる。親父がおれを傍においていたのは、そのためだ」

乾いた目が、梅蔵の生い立ちを何よりも雄弁に物語っていた。十歳のときに父が死んでからも、やはり生計《たつき》は物乞いしかない。当たり屋をはじめたのは、その方が実入りになると気づいたからだ。

「荷の下敷きになって、足を痛めたふりをする。親父を見ていたからな、足が不自由なふりならお手のものだ」

以来、当たり屋や置き引きで糊口《ここう》を凌《しの》いでいたと、悪びれずに語った。

「前に、こんなことがあった。物乞いをしていた折、店の前を通るたびに、必ず銭をめぐんでくれる旦那がいた。祭の祝儀《しゅうぎ》だの店内で祝い事があっただの、いちいち断りをつけてな。気遣いのつもりだろうが、日が経《た》つうちに、おれはだんだんと腹が立ってきた。ある日、その旦那を突きとばし、財布を奪ってとんずらした」

「どうして、そんなひどいことを……」

呟いたお縫を、ちらりと梅蔵は一瞥《いちべつ》した。その目はやはり、干涸《ひから》びた井戸の底のようだった。

「施しなぞするのは、本当の貧乏を知らねえからだ。三日、四日食わねえのはあたりまえ、地べたを這いずりまわって銭を拾う。犬畜生にも劣る惨《みじ》めな暮らしなぞ、夢にも思わねえ目出度《めでて》え連中だ」

ひときわからだが小さいのも、満足に食えなかったためだろう。その暮らしぶりよりも、梅蔵の心の貧しさが、お縫には何より憐れに思えた。

「善人長屋とやらに住まうあんたらも同じだろ。中でもあの加助には、胸がむかついて仕方がなかった」

「……てめえ！」

唐吉がふたたび、梅蔵の胸座《むなぐら》を摑みあげた。いま一度儀右衛門が止め、静かに言った。

「施しだの人助けだのを、疎《うと》む気持ちもわからないでもない。だがな、あんたがいままで生き長らえてきたのは、そういう人たちのおかげじゃないのかい。あんたのそのからだは、人の善意で造られている。そうは考えられないかい」

「……だからこそ、嫌なんだ」

乾いた声がこたえた。それ以上、諫《いさ》める気も失《う》せたのだろう。ため息のように儀右衛門が告げた。

「もう、行っていい。おれたちは役人じゃないからな、あんたを罰することはできない」

「旦那、このまま放免するつもりですかい」と、半造が気色ばむ。

「そのかわり、二度と深川に足を向けるな。いいな」

ああ、と返事して、大儀そうに立ち上がる。

「頼まれたって、来やしねえよ」

捨て台詞《ぜりふ》を呟いて、去っていった。

小柄な姿が消えると、まるで浮塵子《うんか》の群れが去ったように、男たちは大きなため息をついた。

だが、入れ替わりに、また別の悶着《もんちゃく》が大慌てで走ってきた。

「お縫姉ちゃん、てえへんだ！」

とび込んできたのは、耕治である。半造が、狸面をしかめた。

「今度は何だい。加助の厄介なら、もうすでに腹いっぱいだよ」

「親方が、皆への迷惑を気に病んで、長屋を出ていくっていうんだ！」

思わずその場の四人が、顔を見合わせる。

「旦那、悪いことは言わねえ。このまま黙って見送ってやりやしょうや」

「そうもいかんだろう、半さん」

儀右衛門が腰を上げ、お縫がその後に続く。

「いい加減、諦《あきら》めなせえ、髪結いの旦那。身内だと、旦那も認めなすったんだろ」

「あれは、言葉のあやだ」

苦笑する唐吉に、半造はむっつりと返した。

「加助さん、考えなおしておくれ。盗まれたものも戻ってきて、うちは事なきを得たんだから」

「そうよ。加助さんが責めを感じることは、何もないのよ」

儀右衛門とお縫が、懸命になだめにかかる。布団に正座する加助は、白布を頭に巻いた痛々しい姿で、しょんぼりとうなだれていた。

「このままじゃあ、あっしの気が済みません。差配さんにも長屋の衆にも、嫌な思いをさせちまった。皆のせっかくの善行を、踏みにじるような真似をしちまった……あっしがいれば、きっとまた同じことが起こる。そいつがどうにもたまらねえんです」

背を丸め、ほろほろと涙をこぼす。

「そうかもしれんな」

儀右衛門が、ゆっくりと微笑を広げた。

「梅蔵のような輩は、広い世間にはたくさんいる。人の情けを、どこかに落っことしてしまったんだろう。だがな、加助さんのおかげで福を得た者も、もっと大勢いるはずだ。佐野屋の隠居も、そのひとりだよ」

え、と加助が、顔を上げた。不思議そうに、首をかしげる。

「本当なのよ、加助さん。杖を返しに行った折に、ご隠居さんが話してくれたのよ」

お縫がにっこり請け合って、儀右衛門もうなずいた。

「兎の隠居は、昔は守銭奴と言われていたお人でね。行く先々での心づけはおろか、寺への布施《ふせ》や祭りの奉納すら渋っていた」

養子の身であったから、よけいに気を張っていたのだろう。佐野屋の主人であったころは、銭勘定にうるさくみみっちいと評判はすこぶる悪かった。それが足を折って以来、すっかり金離れがよくなったとまわりは噂《うわさ》していたが、隠居を変えたのは実は加助であった。

「石段から落ちたとき、よほど心細かったんだろう。人の親切が、あれほど身にしみたことはなかったそうだ。あの兎の杖を見るたびに、加助さんを思い出してな、己も徳を積まねばと努めてなすったんだ」

人はひとりでは生きられない。あたりまえのそのことに、卯兵衛は遅まきながら気づいたのである。日々のこころざしも、誰かの笑顔に繋《つな》がり、めぐりめぐって返ってくる。

兎も角は、その証しであった。

「そういうことだよ、加助さん。厄介はついてまわるが、それでもあんたのしていることは、決して無駄じゃない。おれは、そう思うよ」

「差配さん……」

「いわば加助さんのおかげで、兎の杖も、うちの質草も戻ってきたのよ。だから出ていくなんて言わないで、ずうっとうちの長屋にいてね」

「お縫ちゃん……」

感極まった加助が、おいおいと子供のように泣き出した。

「なんだよ、親方、まだ収まってないのかよ」

ひょいと戸口に、耕治が顔を出した。佐野屋卯兵衛が訪ねてきたと、儀右衛門に伝える。

「杖のお礼にって、お干菓子《ひがし》をもらったんだ。お縫姉ちゃんも、今日は食えるんだろ？」

「ええ、兎にも角にもね」

ひときわ晴れやかな笑顔を、耕治に向けた。

子供質《こどもしち》

暖簾《のれん》がひらりと風に舞い、空の青が目に入った。

「いいわよね、紅葉狩り」と、お縫は呟《つぶや》いていた。

こうして店番をしていると、ついひとり言が多くなる。

今日、紅葉狩りに行ったのは、父の儀右衛門である。質屋組合の催しで、根津権現《ごんげん》へ出掛けていた。根津権現は紅葉の名所として知られ、十月のいま時分は、紅葉狩りを楽しむ客で大いににぎわう。おりしも気持ちのよい快晴で、母はさっき買物に出ていった。

「根津はちょっと遠いけれど、上野山や浅草寺の紅葉も見頃のようだし、皆で同じ日に休みをとって、長屋総出で出かけようかしら」

他愛《たわい》のないことをつらつらと考えていたところに、ふいを突かれた。

「こんにちは、お縫ちゃん。今日も良い日和《ひより》だね」

自らお日さまを背負っているかのような、まぶしい笑顔にもかかわらず、たちまち悪寒《おかん》が走った。加助の次の台詞《せりふ》を待たず、お縫は急いで先まわりした。

「加助さん、今日は駄目よ。おとっつぁんもおっかさんもいないから、あたしは店を動けないの。人助けの手伝いには、駆り出さないでちょうだいね」

加助が長屋に引き入れた男が盗みを働いたのは、ついこの前のことだ。あのときばかりはたいそう悔いて、加助は長屋を出ていくとまで言った。人助けの病も、少しは収まるかと思いきや、加助はやはり加助である。ここ二、三日はことに御用繁多で、お縫は回り続ける糸車のごとく、休みなしに人助けを手伝わされていたのである。

お縫の精一杯の牽制《けんせい》も、この男にはコンニャクに釘《くぎ》である。刺さるより前につるんとすべる。

「今日はお縫ちゃんが店番かい。そいつはちょうど良かった。お客さんを連れてきたんだ」

加助が連れてくるのは、客でも福でもなく、厄介に限られている。

背中に声をかけ、店の中に招き入れたのは、たぶんお縫より、ふたつ三つ上、二十歳前後と思《おぼ》しき女と、五つくらいの男の子だった。

身なりから察するに、裕福な商家の息子と、そのおつきの女中であろう。男の子の羽織と着物は、そろいの薄藍《うすあい》の絹物で、羽織には鼓《つづみ》模様を散らしてある。女は冬物の木綿一枚で、江戸の水にまだなじんでいないような、どこか垢抜《あかぬ》けない風情《ふぜい》があった。

「この人がね、質入れしたいものがあるそうなんだ」

質屋に来たのも、初めてなのかもしれない。女はどこか落ち着かないようすでいたが、加助ににこやかに促され、子供とともに店の上がり框《かまち》に腰を下ろした。お縫も急いで、店用の居住まいに切り替える。

「いらっしゃいまし。お品はどのようなものでしょう？」

「あの、これを……」

と、女はやおら、自分の髷にさしていた櫛《くし》と笄《こうがい》をすべて抜いて畳においた。

「これで、お金を都合してほしいんです。できれば二分《にぶ》ほど」

二分といえば、一両の半分である。櫛がひとつ、笄が二本。いずれも粗末な代物《しろもの》で、二分どころか、その四分の一の二朱にも届かない。

「申し訳ありませんが、とてもそこまでは……うちばかりでなく、たぶんどこの質屋でも同じかと思います」

用立てられる額を明かすと、女の顔が泣き出しそうにゆがんだ。

「一刻も早く、小田原まで行かねばならないのに……あんな騙《かた》りになぞ遭わなければ……」

思わず顔を伏せた女の頭越しに、突っ立っていた加助を仰いだ。

「この人は騙《だま》されて、小田原までの路銀を一切、奪われちまったそうなんだ」

いかにも気の毒そうに、加助が告げた。


「すみません、わけがあって……お店《たな》や坊ちゃんの素性は申し上げられませんが」

女はおいまといい、さる大店で奉公をしているとだけ語った。連れている子供はその店の息子で、おいまは世話係を務めているようだ。

「小田原には、坊ちゃんのおじいさまがいらして、あたしはご隠居さんの口利《くちき》きで奉公にあがりました」

おいまが言ったご隠居とは、子供の母方の祖父にあたる。小田原にある大きな海産物問屋の隠居であり、おいまの兄はその店で手代を務めている。おいまは小田原に近い小さな漁村の生まれだが、兄と隠居の口利きで、初秋のころに江戸に出てきた。

「半年前に、ご隠居さんの娘さん、坊ちゃんのお母さまが病で亡《な》くなられたんです。男手ひとつでは大変だろうとご隠居さんが案じて……うちはあたしの下に六人も弟妹がいて、子守は慣れていますから」

江戸に来て三月ほどでは、こちらの水に馴染《なじ》んでいないのもうなずける。だからこそ、騙りのカモにされたのだろう。

「あたしは浜育ちですから、足は達者です。小田原まで二日で行けますが、坊ちゃんが一緒ではそうもいきません。ずっと歩かせるのも可哀想《かわいそう》で、品川あたりまで舟で行けないかと、大川の向こう岸の船着場でたずねてみたんですが……」

おいまが悔しそうに唇をかみ、後を加助がひきとった。

「船頭と話をしていたら、男が声をかけてきたそうなんだ。それなら小田原まで一足とびに、船で行く方が早いとね」

小田原までとなると、海を行かねばならない。外海を渡ることができるのは、西へ荷を運ぶ菱垣廻船《ひがきかいせん》のたぐいの大きな船に限られた。

「ちょうど今日の午後、上方《かみがた》に向けて出る船がある。船頭とは見知りだから、頼んでやると言われて……」

男が告げた船賃は一両だったが、おいまが二分金しかもっていないと知ると、気前よく半値にまけてくれたという。

「騙りによくある手口だわね」

と、つい口から漏らしていた。騙りの玄人《くろうと》なら、ごく身近にいるから、ひととおりの手口はわきまえている。

大型の船は沖に停留し、岸から船までは伝馬船《てんません》を使う。伝馬船は深川から出るから、そこまでは乗合船で行けばいい。乗合船の船頭に万事話をつけたから、何の心配もいらない。男はそう言って、おいまと子供を乗合船に乗せた。

「深川で乗合船を下ろされたとき、船頭にたずねてみましたが、まったく与《あず》かり知らないと言われて……」

「ちょうどおれが、その場に行き合わせてね」

いつものごとく、首を突っ込んだというわけかと、お縫が合点する。

「ね、おいまさん。ひとまずは奉公先のお店に戻ってはどうですか？　坊ちゃんも疲れていなさるみたいですし」

子供はさっきから、ひと言も発しない。何かに怒っているかのようなしかめ面《つら》で、土間から浮いた足を、座敷の羽目板に盛んに打ちつけている。どん、どん、という音は、子供の苛立《いらだ》ちをそのまま示すように、しだいに大きくなっていた。

まるで自身の背をたたかれでもしたように、おいまの瞳《ひとみ》がうろうろと迷い出す。

「もしや、預かった路銀を奪われたことを、気にしているんですか？　お店のご主人から、お咎《とが》めを食らうとか」

「いえ、とられた二分金は、あたしのお金です……奉公が決まった折に、小田原のご隠居さんからいただいたご祝儀《しゅうぎ》で」

「それなら、なおさら……」

「お店には、戻れません！」

何かを決意するかのように、妙にきっぱりとおいまは言った。

「あたしはどうしても、坊ちゃんを連れて小田原に行かないといけないんです」

奉公先を言おうとしないのも、考えてみればおかしい。何かよほどのわけがありそうだ。

関われればたぶん、もっと厄介な羽目になる。お縫の勘はそう告げていたが、何故《なぜ》だかこのおいまという女中を、助けてやりたいという気持ちがわいた。

何を背負っているかはわからないが、まるでこれから戦場にでも行くような、覚悟と気合が自《おの》ずと伝わってきたからだ。おそらくは自身のためではなく、世話をしているこの子のためだろう。お縫には、そうも思えた。

「質に入れる以上は、受けとりにくる心づもりがあるということですよね？」

「はい、もちろんです。きっと小田原のご隠居さまが、立て替えてくださると思います」

「でしたら、そちらの坊ちゃんの着物はいかがです？」

おいまは初めて気づいたように、子供をふり返った。

子供を素っ裸で行かせるわけにはいかないから、質流れ品の安い木綿物を代わりに着せる。その代金も含めながら、お縫は素早く算盤《そろばん》をはじいた。

「それでも二分には遠くおよびませんが……一分一朱なら、お預りできます」

「一分一朱……」

呟いて、おいまがじっと考え込んだ。

東海道の小田原宿は、日本橋からおよそ二十里、江戸から数えて九つ目の宿場になる。男の足なら、早朝に立てば翌日の夕刻には着けようが、すでに日はほぼ真南にある。おいまは脚は達者なようだが、子供連れとなると、二、三泊は旅籠《はたご》に泊まることになろう。もっとも安い旅籠でも、ふたりで四百文はとられる。三泊なら千二百文、他に食事や茶店、渡し船とこまごまかかり、やはり二千文、つまり金二分はかかるだろう。

旅に出たことはないが、人の話や絵草子で、そのくらいはお縫も知っていた。

「やっぱり、小田原までのふたり分の路銀には、足りませんよね」

お縫が告げた額は、二分の半分ほどだ。お縫は残念そうに算盤を置いたが、

「いいえ、一分一朱で構いません。坊ちゃんの着物で、都合してください」

やはりひどく思い詰めた顔で、おいまは頭を下げた。女中がその額を手にすると、加助がほっと息をつく。

「やっぱりお縫ちゃんがいてくれてよかった。お金のことばかりは、おれにもどうにもならなくてね」

腕のいい錠前職人だから、それなりに実入りは良いのだが、日頃から惜しげもなく他人に撒《ま》いてしまうため、加助の財布はふくらんだためしがないのである。

「ちょいと丈《たけ》を、確かめさせてもらいますね」

土間に降り、蔵から替えの着物をとってくる前に、お縫は子供の前にかがみ込んだ。子供の腕をとろうとして、初めて気がついた。子供の右手の人差し指に、ていねいに白布がまかれていた。

「おてて、痛そうね。どこかで傷をこさえたの？」

よく見れば顔や、布の巻かれていない左手の甲にも、小さなみみずばれや引っかき傷がいくつもあった。——猫でも、飼っているのかしら？　お縫は首をかしげたが、問いを発する間もなく、引ったくるようにして、おいまは子供を抱き上げた。

「丈は二尺六寸、裄《ゆき》は一尺五寸でお願いします」

おいまの慌《あわ》てようは、いささか度を越していた。腑《ふ》に落ちない思いを抱えながらも、その勢いに気圧《けお》されて、お縫はうなずいて蔵へと急いだ。

子供の着替えなぞ、その場で済ませればよいはずが、おいまはそれも拒んだ。

「厠《かわや》も借りたいし、井戸端を使わせてもらえませんか」

「それなら、おれが案内するよ」

加助が気軽に言って、ふたりを連れて出ていった。

何やら胸騒ぎがしてならない。お縫は精一杯堪《こら》えたが、とうとう待ちきれず、井戸端に走った。おいまの姿はなく、井戸の脇《わき》に、木綿の着物に着替え終わった子供が、ぽつんと立っていた。

「ああ、お縫ちゃん」と、いちばん奥の自分の長屋から、加助が出てきた。手には菅《すげ》笠《がさ》をたずさえている。「あれ、おいまさんは？」

「やだ、加助さんと一緒じゃなかったの？」

「笠を貸してほしいと言われてね、長屋にとりに行ったんだ」

厠や木戸の外を覗《のぞ》いてみたが、やはり見つからない。ふたりは最後に子供にたずねた。

「おいまさんは、どこに行ったの？」

子供は黙って、井戸の脇を指さした。井戸脇の土は、ほどよく湿っている。その地面に、枝か小石で書いたらしい走り書きが残っていた。仮名の多いその文字を、お縫は声に出して読んだ。

「『路銀が足りないので、ひとりで行きます。必ず五日で戻るので、それまで坊ちゃんを預かってください。どうぞお頼み申します』……これって、加助さん！」

「……この子を、置いてっちまったってことか？」

思わず間抜けな顔を見合わせて、次の瞬間、ふたりそろって真っ青になった。

「子供を、質に入れられただと？」

儀右衛門が、仔細《しさい》をきいてまず仰天する。紅葉狩りの席で少したしなんできたのか、機嫌よく帰ってきたが、ほろ酔いなぞたちまち吹きとんでしまったようだ。

「あたしがもう少し、早く帰っていれば……例によって古着屋で引き止められちまってさ」

と、母のお俊も困り顔を向ける。古着屋の女房は、話が長いことで評判なのである。

「せめて質草を受けとるときは、名や所を記してもらわねばまずいだろう。御上からもそのように触れが出されているのだから」

「一応、書いてはもらったのよ……ただ、その女中さんの郷里《さと》にあたる、小田原近くの村だそうだけど」

それでは何の役にも立たないと、儀右衛門が渋い顔をする。身の置きどころがなくて、お縫は精一杯小さくなった。

「まあ、もとはといえば、いつものごとく加助さんの厄介だしな」

加助については、すでに儀右衛門は、達観の域に達している。早々に矛《ほこ》を収めたが、代わりにじろりと居間をながめやった。障子は一枚残らず穴だらけで、まるで礫《つぶて》でも降ってきたように、無残に骨を晒《さら》していた。

「で、この障子の有様は、やっぱりあの子のせいかい？」

「おいまさんがいたときは、まだ大人しかったのだけれど……いなくなったとたん、いっときもじっとしていられないみたいで」

ちょっと目を離すと、すぐさま走り出す。大きく身を乗り出して井戸の底を覗き、落ちる寸前で辛うじて抑えると、今度は木戸によじのぼろうとする。さらには千鳥屋のささやかな庭に乱入し、椿《つばき》や沈丁花《じんちょうげ》の葉やつぼみを片端からむしりとる。

「生傷だらけなのも道理だわ。隣の猫でさえ、あの子にくらべればよほど大人しいものの」

わずかなあいだ相手をしただけで、加助ですら疲れきってしまった。やがてお俊が帰ってきて、ひとまず家に入れてみたが、たちまち障子を的にされた。

「鉄砲玉さながらでさ、襖《ふすま》を守り切っただけでも褒めてほしいくらいだよ」

やれやれと、お俊は肩に片手をおき、首をまわした。

「とにかく破ったり壊したりが大好きなようで、半おじさんのところから、あれをいただいてきたのよ」

なるほどと、儀右衛門が隣座敷をながめやる。

半造の髪結店には、客のために黄表紙が置いてある。幸い屑屋《くずや》に売り払う前の黄表紙がたくさんあって、これを好きなだけ破いてもよいと、お縫は子供に渡した。

「黄表紙を渡したら、ようやく大人しくなってくれてね」と、お俊が苦笑した。

畳に両足を投げ出した格好で、子供は一心に紙を破いている。すでにまわりには紙吹雪の山ができつつあった。

「それにしても、やはりこのままにしてはおけんだろう。その女中は五日で戻ると言ったそうだが、当てにもできんしな。やはり番屋には、届けた方がよかろう」

「でも、おまえさん、どこの子かわからないんじゃ、迷子と同じだろ？」

「あのくらいの歳《とし》なら、店や己の名くらい言えるだろう。きいてみたのかい、お縫？」

「それが……何をきいても、うんともすんとも言わないのよ」

名は？　家は？　家業は？　いく度も根気よくたずねてみたが、ふてくされたような顔のまま、子供は口を開こうとしない。

「呼べばふり向くから、耳はきこえているはずなんだがね」

「もしかしたら、言葉が出ないのかしら？　笑いもしないし、声を一度もきいてないわ」

ううむと、親子三人が同じ表情で子供をながめていると、玄関から大きな声がした。

「お縫坊、いるか？」

勝手知ったるようすで上がり込んできたのは、長屋の文吉だった。兄とともに季物売りを生業としており、今日の商売は終えたようだ。

「加助のおっさんからきいたぜ、まあた間抜けをやらかしたそうだな。まったく、おっさんとお縫坊が組むと、まさに鬼に金棒だな」

お縫のしくじりを、容赦なくこきおろすのはいつものことだ。怒る元気すらとうになく、

「坊やを大事にあつかっていたから、まさか置いていくなんて夢にも思わなかったの

よ」

むっつりとこたえた。ふうん、と文吉は、紙吹雪に埋もれそうな子供をながめる。

「おっさんがこぼしていたが、やっぱり何もしゃべんねえのか？」

「ちょうどいま、その話をしていたんだよ。あたしらも困っちまってね」とお俊が応じた。

「そんなこったろうと思って、ひとっ走りして買ってきた」

文吉は、懐《ふところ》から紙袋を出した。紙袋の口からは、竹串《たけぐし》らしきものが覗いている。

「なあに、それ？」

「まあ、見てなって」

文吉は紙吹雪の山を足で器用にかき分けて、子供の前にあぐらをかいた。

竹串をつまみ、紙袋から抜くと、子供の前にかかげた。串の先には、白いかたまりがついている。それまで暗く翳《かげ》っていた子供の目が、急に光を得たように輝き出す。

「これ、何だ？　当てたら、食っていいぞ」

文吉が手にしているのは、飴《あめ》細工であった。間髪入れず、子供の声が座敷中に響いた。

「ネコ！」

「残念、虎《とら》だ」

文吉はにんまりと笑い、また細工の飴を、袋に仕舞ってしまった。むうっと子供がふくれ面になる。

「そんな意地悪するものじゃないわ、文さん」

初めてきいた声にびっくりしながら、お縫は居間からたしなめた。お縫をちらりと見て、文吉はまた、子供に向きなおった。たぶん虎とこたえたら、逆に猫だと言い張るつもりでいたのだろう。白い細工はどちらにもとれる形をしていた。

「まあ、猫も虎も形は似ているし、おまけしてやってもいい」

「ほんと？」

すっかり文吉の調子に呑《の》み込まれているようだ。子供が身を乗り出した。

「そのかわり、おめえの名を教えてくれ」

「おいまが、決して言っちゃならないって」

「どうしてだ？」

「家に連れ戻されるから……おれはあの家にいちゃいけない、殺されるって」

飴細工と子供の声で、いっときゆるんだ空気が、一瞬で凍りついた。質屋の一家三人も、そして文吉も、子供の代わりに声を奪われたかのように黙り込んだ。一拍おいて、たずねた文吉の声は、かすかにかすれていた。

「殺されるって、誰にだ？」

「わからない」

はっきりと子供がこたえ、文吉はふうっと肩の力を抜いた。

「ほら、食いな」と、袋から出した飴を渡す。

子供はとびつくように手を伸ばし、しげしげとながめてから、白い飴を口に入れた。

「文さん、ちょいとその子を頼めるかい？」

「構いませんぜ。よう、坊主《ぼうず》、うちに遊びにくるか？」

儀右衛門が含めた意味を即座に察し、文吉が子供と一緒に腰を上げる。

「できれば明日も、子守を頼みたいんだがね。手当は、はずむからさ」

お俊の申し出に、文吉は残念ながらと頭をかいた。

「すいやせん、明日から回向院《えこういん》で勧進相撲がはじまるもんで、商売が忙しくなるんでさ」

「残念だねえ。子守にうってつけの、おせきさんもいないし……」

庄治とおせきの夫婦は子供たちも連れて、女房の実家へ里帰りしていた。

「おかみさん、子守なら、すでに名乗り出てる者がおりますよ。おっつけここに、来なさるでしょうよ」

言葉どおり、文吉と入れ違いに、ひと組の夫婦がやってきた。

「きいたよ、子守を探してるんだって？　あたしらに、やらせてみちゃくれないかい？」

夫婦で煮豆売りをしている、菊松《きくまつ》とお竹《たけ》だった。

「殺すだなんて、あんな小さな子供をかい？」

お竹がまず、きつく眉《まゆ》をひそめる。その横で菊松も、ふうむと考え込んだ。

こうして座敷に並ばせると、からだつきの差がいっそう際立《きわだ》つ。

酒をいっぱいに満たした、四斗樽《しとだる》よりまだ重い。いつだったか菊松が、女房の目方をきかれたときに、そうこたえていた。逆に菊松は、寸法も目方も女房には遠くおよばない。四斗樽のとなりにちんまりとならぶ、銚子《ちょうし》のような男だ。

この千七長屋に住まう者たちは、加助を除いて、すべてが裏稼業《うらかぎょう》をもっている。

蚤《のみ》の夫婦も同様で、ふたりで騙りを働いていた。どうやら子守を申し出たのには、その理由もあるようだ。お竹がからだに似合わぬ、細いため息をついた。

「加助さんからきいたよ。おいまさんと言ったっけ、その女中さんも、騙されて路銀を奪われたんだろ？　どうにも他人事《ひとごと》とは思えなくてね」

　ふたりがこんな稼業をはじめたのには、わけがある。それでも罪の意識はあるのだろう。せめて残された坊やに何かしてやりたいと、お竹は熱心に言った。

「とにかくはしっこいし足は速いしで、お竹おばさんじゃ、とても追いつけやしないわよ。おまけにやたらと物を壊したりちぎったり……それこそ親の顔が、見てみたいものだわ」

　さんざんふり回されたお縫が、口を尖《とが》らせる。

「あのくらいの歳の男の子なら、めずらしくはないんじゃないかい？」

　お竹はおっとりと、丸い顔にふくよかな笑みを乗せる。となりの菊松が、ちらと女房に気遣わしげな視線を走らせたが、すぐに儀右衛門に顔を戻した。

「それより旦那《だんな》、あの子の言ったことが本当なら、おいそれと家にも帰せません。どうなさるおつもりで？」

「そこなんだ」と、儀右衛門は、白髪が数本混じった両の眉を八の字にした。

　昼間のようすから察するに、おいまは子供を守るために、黙って親元から連れ出した目算が高い。きっと信頼のおける小田原のご隠居、つまりはあの子の祖父のもとに、送り届けるつもりでいたのだろう。お縫の推量に、儀右衛門もうなずいた。

もしもあの子の親が、女中に子供をさらわれたと御上に訴えていれば、番屋に話を通したとたん、子供は親元へ帰される。

「やっぱり、それだけはしちゃならないわ、おとっつぁん。おいまさんは、それこそ命がけで小田原へ向かったのよ。坊やに万一のことがあれば、おいまさんの一切の労苦が無駄になってしまうもの」

子供を置いていった分、多少身軽になったとはいえ、女のひとり旅はまさに命がけだった。弱い者から平気で金を奪ったり、乱暴を働く輩《やから》はいくらでもいる。若い女が供もつけず、ろくな旅支度すらせぬままに、たったひとりで旅するなぞ正気の沙汰《さた》ではない。

お縫が止めなかったのは、止めても無駄だとわかっていたからだ。あらゆる危難を覚悟した上で、旅に出ると決めた。まるで烈火のような強い思いは、少々水をかけたところで消えはしまい。

「おれも番屋に届けるつもりはないよ。少なくとも女中が戻るまでは、この長屋にかくまってやるのが、いちばんよかろう。おいまさんもきっと、おまえと加助さんを信用したからこそ、あの子を預けていったのだろうしな」

「ありがとう、おとっつぁん！」

「しかし待つだけってのも、何やら癪《しゃく》に障《さわ》りますね」

「それはおれも同じだよ、菊松さん。あの子の祖父が、首尾よく厄介を除いてくれればいいが……亡くなった母親の身内となると、正直いささか心もとない」

「ね、おとっつぁん、いまのうちにあたしたちで、できるだけのことをしてみない？」

「何の手がかりも、ないのにか？」

「あら、手がかりならあるわ。住まいは大川の向こうで……たぶん、日本橋界隈《かいわい》の大《おお》店《だな》じゃないかしら。で、半年前にお内儀が亡くなって、その実家《さと》が小田原で、五歳くらいの子供がいて……」

「それでは探すとっかかりにもならないぞ、お縫」

「たとえ玄人でも、見つけ出すよりも前に、女中が帰ってきちまうだろうな」

儀右衛門と菊松が苦笑いしたとき、奥の間に引っ込んでいたお俊が戻ってきた。

「手がかりなら、もうふたつばかり見つけたよ」

お俊の手にあるのは、子供が身につけていた着物と羽織だった。

「着物の袖《そで》の中に、これを見つけてね」

さし出したお俊の手には、掌と同じくらいの綿のかたまりが載っていた。

「仕立ては上等だから、こんなかたまりが出てくるほどのほころびもなかったし、江戸ではいまどき、家で布団《ふとん》の打ち直しなぞしないだろ？」

「つまり店の稼業は、綿問屋か布団問屋。そのあたりってことね？」

おそらくと、娘に向かってお俊がうなずいた。

「それともうひとつ、ここを見てごらんな」

四人の目が、羽織の背の部分に吸い寄せられる。

「これって、もしかして……家紋？」

薄藍の地に鼓模様。ただの柄だと思っていたが、たしかに三つ紋の場所にだけ、他の模様より華やかな、同じ柄の鼓が描かれている。

「真向き鼓と呼ばれる、鼓紋のひとつでね」

「なるほど、加賀紋か」

合点がいったように、儀右衛門は女房とうなずき合った。質屋という稼業柄、ともに家紋のたぐいには詳しい。

「加賀紋というのはな、言ってみれば洒落紋《しゃれ》のことだ」

いつも正式な家紋では重すぎる。そう考えた粋人がはじめたもので、替紋にしてみたり、織や刺繍《ししゅう》で遊び心を加えたりして洒落っ気を出したのが洒落紋である。最初は加賀友禅によく描かれる草花紋を用いたために、加賀紋とも呼ばれると儀右衛門が説いた。

「真向き鼓が、替紋ではなく家紋なら、たしかに大きな手掛かりになるな」

日本橋界隈で、綿か布団に関わっており、真向き鼓の紋をもつ店。

「これだけの材があれば、半さんならどうにかしてくれるだろう」

儀右衛門は、誰よりも信頼している情報屋《ねたもと》の名を出した。

「それじゃあ、あたしは、坊やを迎えに行こうかね。そろそろお眠《ねむ》の頃合だからね」

大きなからだをいつになく身軽にもち上げて、いそいそとお竹が出ていった。その背中をちらりと見遣《みや》る菊松の顔は、やはり冴《さ》えない。

「菊松さん、何か気になることでもあるのかい？」と、儀右衛門が水を向ける。

「いや、お竹のやつが、張りきり過ぎているもので……たぶん昔駄目にした腹の子と、重ねているのだと思います。確かめてもいないのに、どういうわけかお竹は、男の子だったと信じているようで」

そうか、と儀右衛門が、気の毒そうに視線を落とした。その流産で子供は望めなくなり、騙りに手を染めるようになった。夫婦の経緯は、お縫もきいていた。

「おばさんひとりじゃ大変だから、あたしも一緒に面倒を見るわ。あたしもずっと傍にいるから、だから……」

中途半端な慰めでも、気持ちだけは伝わったようだ。菊松は嬉《うれ》しそうに微笑《ほほえ》んだ。

気持ちと気合だけは十分あったが、子供の腕白ぶりはさらに輪をかけてすさまじい。

「これ、橋坊《はしぼう》、危ないからおよし！」

「橋坊、そっちへ行っちゃ、駄目だってば！」

翌日から千七長屋には、絶えずお竹とお縫の悲鳴が響くようになった。

夕方には声すら嗄《か》れ、子供が寝ついてくれたとたん、ぐったりと座り込み小半刻《こはんとき》も動けない。そんな状態がまる二日続いたが、たったひとつだけ収穫があった。

子供がようやく、名を教えてくれたのである。お竹の粘り強い説得の賜物《たまもの》で、上半分だけでも教えてほしいと乞うと、子供は『橋』とこたえた。橋蔵か橋五郎か定かではないが、ひとまず『橋坊』と呼ぶことにした。

お竹とお縫が、その名を一日中叫び続ける羽目になったのは皮肉である。

土地勘のない場所で迷子になるかもしれないし、何より預りものの子供に万一のことがあってはいけない。だが、ふたりがかりで見張っていても、ほんのわずかよそ見をした隙《すき》に、毎度とんでもないことをやらかしてくれる。

往来に向かって石を投げる、堀にとびこもうとする。このくらいはまだ序の口で、二日目の昼のことだった。お縫は子供のために近所に菓子を買いに行き、だが帰ってみると、子供の顔や手の傷は、三倍にも増えていた。

「いったい、どうしたの！」

「この子が猫をつかまえてさ、尻尾《しっぽ》を離さなかったんだ」

暴れた猫に、ところ構わずひっかかれたと、疲れ果てたようすでお竹は説いた。見ればお竹の顔も傷だらけで、子供から猫を引き剝《は》がすときに、とばっちりを食らったようだ。

ひとまず家で傷薬をつけてやりながら、お縫はらしくない説教を試みた。

「犬や猫は生き物なんだから、無闇《むやみ》にいじめてはいけないのよ」

「いじめてない。尻尾をつかんだだけだもの」

「猫は尻尾を摑《つか》まれるのをことさら嫌うから、きっと痛いのよ。橋坊だって、猫に引っかかれたときは、やっぱり痛かったでしょ？」

「痛くない」

ぷい、と横を向く。そういえば、とお竹が思い出した。

「猫にバリバリやられていたときも、この子はまるで痛がるようすを見せなかったよ」

「痛くないもの」と、子供はあくまで言い張る。

「男の子って、どうしてつまらないことに、意地を張るのかしら」

ふう、とため息を漏らしながら、お縫は子供の着物の袖をまくり、はっとした。

「何、これ……ひどい打身じゃない」

「他にも、傷をこさえてたのかい？　まったく油断も隙も……」

覗き込んだお竹が、お縫と同じ顔で固まった。肘《ひじ》の下に、大きな青紫色の痣《あざ》が浮いていた。子供の細い腕には、あまりに痛々しい。

「これは、二、三日のうちについたもんじゃないよ。たぶん、もっと前からだ……」

子守初日にあたる昨日は、風呂屋へ連れていく気力もなく、着物のまま寝こけた子供を起こすのも可哀想かと、お竹は寝巻に着替えさせることをしなかった。

「そういえば……あのときも妙な気がしたのよ」

質に入れた絹物から木綿物に替えさせるとき、何がしかの違和感があった。子供を置いていくための算段もあったろうが、たぶんそれだけではない。おいまは子供のからだを、加助とお縫の目に晒《さら》したくなかったのだ。

「他にもあるかもしれない。確かめてみよう、お縫ちゃん」

帯を解き、着物と肌着を剝いで、お縫は思わず呻《うめ》いていた。

「ひどい……」

両の腕と足、さらには背中から腹まで、子供の小さなからだは痣や火傷《やけど》に覆《おお》われていた。火箸《ひばし》を押しつけられたような跡もあり、火事による火傷なぞとは明らかに違う。

お竹もまた、物《もの》の怪《け》でも目にしたように、呆然《ぼうぜん》と口をあけた。

「もしかして、右手の人差し指もそうなの？」

白布をとり去ると、人差し指の先から根元まで、やはり生々しい火傷を負っている。ていねいに手当ては施されていたが、火ぶくれが潰《つぶ》れて、皮がべろりとめくれていた。

「橋坊、どうやってこんな傷をこさえたの？　いったい、誰にやられたの？」

口をへの字にし、いつにも増して顔をしかめる。子供は頑迷にこたえを拒んだ。

「可哀想に……さぞかし痛かったろうに」

お竹は泣きながら、橋坊のからだを抱きしめた。ふかふかの大きな布団にくるまれたみたいに、からだの傷はお竹の着物の袖に隠されて、見えなくなった。

「どうして、おばちゃんが泣くの？」

「橋坊の傷が、おばちゃんには痛くて痛くてならないからだよ」

「痛いって、どこが？」

「ここだよ」お竹は自分の胸に、手を当てた。「橋坊が痛い思いをすると、おばちゃんのここが、きゅうっと痛くなるんだ」

よくわからないと言いたげに、お竹を仰ぐ。頑是《がんぜ》ない顔に、お縫の胸も締めつけられた。

「橋坊は、半年前におっかさんを亡くしたのでしょ？　そのとき、寂しいとか悲しいとか辛《つら》いとか、そんな思いをいっぱいしたでしょ？」

「……うん」

「それがね、痛いってことよ」

ひどくびっくりした顔で、橋坊はお縫を見詰めた。お竹は大事そうに、また子供に着物を着せる。向かい合うその姿は、本当の親子のように睦《むつ》まじく見えた。

「いや、待たせちまって悪かったね。ようやく子供の素性がわかったよ」

その日の晩、訪ねてきた半造は、お縫の顔を見るなりそう言った。

「どうも表のことは、話が拾いづらくってね」

髪結いの半造は、裏の情報屋でもある。言い訳をしながらも、仕事には間違いがない。

お俊は台所で酒肴《しゅこう》をととのえ、座敷には店仕舞いを済ませた儀右衛門とお縫、さらに菊松の姿があった。皆が居間に膝《ひざ》をそろえると、半造は話しはじめた。

「日本橋の北側、本町三丁目に、利根屋《とねや》という大きな布団問屋がありましてね。主人は三十二で、死んだかみさんとのあいだに、ひと粒種の長男、五歳の橋助《はしすけ》がおりやす」

「橋坊は、橋助というのね」と、お縫が呟《つぶや》いた。

「あの子の父親、つまり利根屋の主人は才右衛門《さいえもん》といいまして、商いぶりは手堅く、気性は真面目《まじめ》で穏やかだと、ひどく評判のいい男です」

才右衛門はすでにふた親を亡くしており、妾《めかけ》のたぐいも一切いない。今年の四月に女房を失ってからは、家族と呼べるのは橋助だけだという。

「半おじさん、そのお父さんが、橋坊を叩《たた》いたとか蹴《け》ったとか、そういう噂《うわさ》はなかった？」

「いや、まったく。むしろ子煩悩《こぼんのう》で知られていてね、たいそう大事にしていたそうだ」

「それじゃあ、橋坊にあんな無体を働いたのは、お父さんじゃなく、店の奉公人てことかしら……」

橋助の傷については、すでに半造にも語ってある。店に探りを入れてみたが、子供の害になりそうな材は、いまのところ見つからないという。

「ただ、ひとつだけ妙なことがあってね。利根屋からは、子供がさらわれたとか、いなくなったとか、そういう訴えは出ちゃいないんだ」

おいまのようすから察するに、主人に黙って橋助を連れ出した見込みが高い。しかし主人は番屋に届けることもなく、息子は女中とともに親戚《しんせき》の家に行っていると、他の奉公人には告げていた。

「つまりは、旦那さんも承知の上ということ？」

「そのあたりまでは、わからなくてな……大店は、案外中身が見えづらくってね」

情けない狸のように、半造が顔をしかめる。

「利根屋の主人も、案外おれたちと同じかもしれない」

そう言い出したのは、菊松だった。

「何か後ろ暗いものを抱えているから、番屋にも届けられない……そういうことかい？」

儀右衛門に向かって、菊松がうなずいた。

「あれほどの痣や火傷を子供につけられて、父親が気づかぬはずはない。子煩悩だというならなおさらだ」

奉公人の仕業なら、それこそ御上に訴えるか、首にすれば済む話だ。利根屋には決して帰してはいけないと思い詰めていた、おいまの言動にも納得がいく。

「橋坊をあんな目に遭わせたのは、やはり主人の才右衛門しかいないように思います」

その目には、いつも冷静な菊松らしくない強い憤《いきどお》りが燃え盛っていた。

「そうね、そうかもしれない。橋坊は利根屋に帰ったら殺される……おいまさんもきっと、それを危ぶんでいたのだわ。あんな小さな子が、毎日殴る蹴るされていたら、本当に死んじまうわ」

無残な姿が目に浮かび、ふたたびお縫の目に涙がにじんだ。菊松が畳に両手をついた。

「旦那、ひとつあっしらに、利根屋を探らせちゃもらえませんか」

「あんたら夫婦に頼めるなら、おれとしても何より心強い。だが、当てはあるのかい？　半さんの話じゃ、利根屋は守りが堅そうだからね」

「はい。ひとまずは主人と近づきになって、後はおいおい……なにせお竹が張り切っていましてね。好きにさせることにしました」

菊松がさっくりと筋立てを語ると、お縫は黙ってはいられなくなった。

「ね、おじさん。利根屋に乗り込むなら、あたしも連れていって！」

「おい、お縫……」

「お願いよ、おとっつぁん。あたしどうしても、橋坊のお父さんに会ってみたい。子供に無体をはたらく人かどうか見極めて、万一真実《ほんとう》なら、わけをききたいの」

お願いします、と菊松に向かって頭を下げた。

「そうだな……夫婦者よりも母娘《おやこ》の方が、むしろ潜り込みやすい。儀右衛門の旦那のお許しがいただけるなら、お竹のつきそいはお縫ちゃんにお願いするよ」

胸の前で両手を握りしめ、父親に目で訴える。儀右衛門はあきらめ顔で許しを与えた。

「おばちゃん、何してるの？」

お縫に抱っこされた橋助が、目を丸くして屋根の上を仰ぐ。

「さっき橋坊がしたのと、同じことをおばちゃんもするんだよ」

お竹は屋根の上から、下にいる橋助に向かって声を張り上げた。

午後には利根屋に行く段取りを立てたというのに、朝餉《あさげ》の後、またぞろ橋坊は騒ぎを起こした。千鳥屋の二階から窓を抜け、あろうことか屋根からとび下りたのである。日頃の呑気《のんき》さからは思いもよらない俊敏さでお竹が両手を伸ばし、間一髪で子供のからだを受けとめた。

「どうして、あんな真似《まね》を！　首の骨でも折ったら、どうするんだい！」

こっぴどく叱《しか》っても、反省する素振りもない。ついに頭にきたお竹は、今度は自らが屋根に上がった。いつもとは逆の立場を、橋助に見せようというのだ。

「橋坊は、痛い思いをしても、痛くないと言い張る。きっとさんざん痛い目に遭わされるうち、痛くないと思い込むようになったんだ」

小さな生き物にやさしくできないのも、己をわざと危ない目にさらすのも、やはりそのためだ。お竹はそう考えていた。

「だからと言って、まさかおばさんが屋根に上るだなんて……」

「あの目方じゃあ無事ではすまないよ。とび下りるより前に、屋根が抜けて落ちちまうよ」

四斗樽より大きな姿を、お俊とお縫の母娘がはらはらと見守る。

「橋坊、こっから落ちたらどうなるか、ようく見ているんだよ」

子供に向かって声をかけ、あらためて下を覗き込む。上からだと、地面は何倍にも遠く思えるに違いない。お竹がごくりと生唾《なまつば》を呑んだ。その緊張が伝わったのかもしれない。お縫の腕の中で、橋助が身を固くした。

「南無三……」

低く呟いて、お竹は、えい、ととび下りた。まるで猿蟹《さるかに》合戦の臼《うす》さながらだ。四斗樽が、地響きを立てて地面に落ちた。

「大丈夫？　お竹おばさん」

千鳥屋の母娘があわてて駆け寄る。本当は怖かったのだろう、お竹の顔は青ざめていた。

「なに、このくらい……あ痛っ！」

気丈に顔を上げたが、たちまち痛そうに顔をしかめた。お俊とお縫、ふたりがかりで両脇から支えながら、千鳥屋の居間にはこび込む。

どうやら右の足首をひねってしまったようだ。みるみる腫《は》れてきたが、それだけで済んだのは幸いだったと、お俊が胸をなでおろす。

「おばちゃん、痛い？」

「ああ、とっても痛いよ。でも橋坊も、ちょっとだけここが痛くないかい？」

大きな手を、橋助の胸に当てた。橋助は、あれ、という顔をした。

「痛くは、ないけど……どきどきがいっぱい鳴ってる」

「橋坊がね、あたしを心配してくれた証《あか》しだよ。それもね、痛いってことなんだよ」

「そう、なの？」と、橋助があらためてびっくりする。

「おばちゃんもさっき、橋坊が屋根からとび下りたとき、ここがとっても痛くなった。この足の腫れなんかよりも、ずっとね」

すっかり呑み込めないまでも、何がしかは伝わったのかもしれない。橋助は、白布を巻かれたお竹の足首を、小さな手でそっと撫《な》でた。

「でも困ったわね。お竹おばさんがこの有様じゃ、利根屋に乗り込むこともできやしない」

橋助がお俊とともに厠《かわや》へ行くと、お縫はため息をついた。

「いやだね、お縫ちゃん。うちの人からきいてなかったのかい？　これもいわば、騙《かた》りのための下拵《したごしら》えさね。本当は、ふりだけで済ませるつもりだったんだがね」

橋助のために無茶をしたのは嘘《うそ》ではないが、どんなものでも無駄なく罠《わな》の材料にするだけのしたたかさも備えている。菊松とお竹は紛れもなく、騙りの玄人《くろうと》であった。

「あのう、こちらは、橋助坊ちゃんのおうちで間違いないでしょうか？」

常より上等な衣装を着こんだお竹が、品よく店の手代にたずねる。

利根屋は問屋の他に、小売りや打ち直しもしているようで、店内には真新しい布団に混じり、古布団も山と積まれていた。

「私は武蔵熊谷で、質屋を営んでおります。娘と一緒に江戸見物に参ったのですが、道中でこちらの坊ちゃんとお女中に行き合いまして、こちらの旦那さまへの言付けを頼まれました」

手代が奥へ伝えにいくと、待つほどもなく利根屋才右衛門が店に出てきた。

色気はないものの、端整な顔立ちと言える。目鼻の造りは、橋助とよく似ていた。橋助も、始終張りつけている仏頂面《ぶっちょうづら》さえなければ、たいそうかわいい子に違いない。

神妙な顔をしながら、お縫はそんなことを考えていた。お縫の出立《いでた》ちはといえば、もともと質屋の娘だから、いつもと変わりがない。

「橋助やおいまと会ったというのは、本当ですか！」

やはりふたりの出奔は、主人にとって見当の外だったのかもしれない。才右衛門は挨拶《あいさつ》もそこそこに、ふたりの消息をたずねた。

「おふたりとも、息災にしておりますよ」と、お竹が請け合う。

才右衛門はあからさまに安堵《あんど》を見せた。明らかに、やつれが目立つ。長く寝ついて床上げを済ませたばかりのような、顔色は悪く、目の下には隈《くま》が浮いていた。

「話は奥で伺います。どうぞこちらへ」

主人は自らふたりを、奥の座敷に通した。樫《かし》の杖《つえ》でからだを支え、足を引きずりながらお竹が後にしたがう。着物の裾《すそ》からは、足首に巻かれた真新しい白布が垣間見《かいまみ》える。ふり返った拍子に目についたのか、才右衛門が言葉をかけた。

「もしや道中に、足を痛められたのですか？　ご不自由なようですね」

「ああ、これですか？　実は橋助坊ちゃんに、ふいを突かれちまいましてね。私も油断しておりまして、まさか空から子供が降ってくるとは、思いもよりませんでしたから」

相手を安心させるように、あくまで笑い話にして語る。しかし度を越えた倅《せがれ》の腕白ぶりは、父親も承知しているのだろう。ただでさえ生気のない顔が、さらに色を失った。

「橋助が、また何かやらかしたのですか」

「道端の木の上から、いきなり降ってきましてね、正直あれにはびっくりいたしました」

「もしや、橋助も怪我を……」

「坊ちゃんなら、大丈夫ですよ。子供に何事もなかったのは、本当に幸いでした」

「それは良かった……あ、いえ、何ともはや、倅が申し訳ないことを」

「たいしたことはありませんし、ちょうど江戸までの舟もありましたから、障りはございませんでした。どうぞお気遣いくださいますな」

歌うようになめらかに、お竹が語る。お縫はそのとなりから、一挙手一投足も見逃さぬよう、主人をじっと見詰め続けた。この男の裏の顔を暴《あば》くのが、お縫の役目である。

我が子を足蹴にする、鬼畜のような男だ——。頭からそう信じていたのに、目の前にいるのは、何よりも先に子供の無事に安堵する、あたりまえの父親だった。

「それで……倅や女中とは、どちらで？」

気が急《せ》いてならないようすで、茶が出るより前にお竹にたずねる。

「坊ちゃんやお女中とは、中仙道を下る道中、蕨《わらび》の辺りでお会いしました。蕨の近くから、江戸へ下る舟が出ておりましてね」

毎度のことながら、お竹の芝居は堂に入っている。どこから見ても質屋の——しかも千鳥屋なぞよりよほど裕福そうな——お内儀に見える。

それでも主人の才右衛門は、怪訝《けげん》そうにかすかに眉をひそめた。

「中仙道ですか……いえ、てっきり西へ向かったものと思い込んでいたもので」

お竹がわざときょとんとして見せると、才右衛門は急いでそうとり繕った。

「おいまさんから、ぜひとも旦那さんに伝えてほしいと、言付けを頼まれまして。こうして参った次第です」

ただひたすら子供を案じる親の顔に、初めて屈託がさした。あけてはならない禍々《まがまが》しい扉を、細く開いてみるような――怯《おび》えを含んだ声がたずねた。

「……おいまは、何と？」

「『橋助坊ちゃんは、傷ひとつつけず、大事にお預りしています』と、そのように」

まるで脳天を打たれたように、才右衛門のからだがびくびくっとはずみ、呆然と目を見開いた。やがてその目から、滂沱《ぼうだ》と涙が流れ出した。

「橋助、すまない、許してくれ……私は、何てことを……」

ゆっくりと前にのめり、畳に這《は》いつくばるようにして、才右衛門は激しく嗚咽《おえつ》した。

哀れなその姿を、お竹とお縫はとまどい気味にながめていた。

菊松の算段では、江戸見物のついでと称して、毎日でも利根屋に通う腹でいた。弱い者をいじめる輩は総じて、表には出ないよう隠そうとする。じっくりと時をかけて、父親の本性を炙《あぶ》り出せ。菊松はそう言って、お竹もお縫もそのつもりでいた。

まさか最初の一矢《いっし》で、あっさりと陥落するとは思ってもみなかったのだ。不測の事態は、お竹に判断が委《ゆだ》ねられる。しばし考えた後、お竹は押さえた口調でたずねた。

「坊ちゃんのあの傷は、旦那さんがつけなすったんですか？」

お竹は、正門から攻め込む道をえらんだ。

「……あなたがたは、橋助の傷をご覧になったのですか？」

「はい……あれは、旦那さんが？」

身を起こした才右衛門は、あいまいなうなずき方をした。

「あの子の腕や腿《もも》を、叩いたりつねったり、いたしました……」

「どうして、そんな酷《ひど》い真似を……折檻《せっかん》のつもりですか！」

それまでずっと堪えていた何かが、お縫の中で切れた。我を忘れてお縫は主人を責めた。

「いいえ、決してそんな！　何より大事なひとり息子です。折檻なぞするものですか！」

「だったら、何故《なぜ》……」

「……おそらく、申し上げても信じてはくださらないでしょう。私ですら、できれば信じたくない、嘘であってほしいと願っているのですから」

「旦那さん、わけがあるのなら話してもらえませんか？　あたしらは、あの子が可愛《かわい》くて……だからこそ不憫《ふびん》でならないんです」

質屋の女房ではなく、橋助を大事に世話してきたお竹の、心からの訴えだった。

「私があの子を傷つけたのは、たった一度……おいまが橋助を連れて出奔した前の日です」

「それなら他の傷は……焼け火箸の跡や、いくつもの痣や、右手の火傷は、いったい誰が？」

「あれはすべて、橋助自身がやったことです」

そんな馬鹿な話があるものか。まさかこの期《ご》におよんで、当の倅に罪をかぶせる気なのか。が、才右衛門は首を横にふった。

「橋助には、痛くないからです。あの子は痛みを知りません」

「どういう、ことですか？」お竹が、あえぐようにたずねた。

「橋助は生まれつき、からだの痛みを一切、感じることができません。痛みというものが何なのかすら、あの子にはわからないのです！」

奇妙な空気が、座敷に満ちた。

頭の中が忙しすぎて、とても顔にまでは手がまわらない。お竹とお縫は、どちらも表情をそっくり忘れてきたような顔でかたまっていた。

黙り込んだふたりの前で、父親は沈鬱《ちんうつ》な面持ちで語り続けた。

「見るために目があり、きくために耳がある。それと同じに、痛みを感じるための何かを、人はもっているのでしょう。誰にとってもあってあたりまえの何かが、橋助には授からなかったのです」

まるで紅葉の中に、一枚だけ空のように青い葉がある。そう言われてでもいるように、あまりに不可思議で信じ難い話だ。それでも橋助の過ぎる無茶を思い出すと、ああ、とうなずいてしまいそうな、ひどく得心のいく思いがする。

「あの子はおそらく生まれてこの方、痛みを覚えたことなぞ一度もないのでしょう。それが子供にとって、どんなに酷いことか……！」

痛い思いをしてはじめて、子供は用心を覚えるものだ。橋助には、それができない。最初に気づいたのは、やはり母親だった。橋助は痛みに対してあまりに鈍すぎる。病身の妻はそう訴えたが、才右衛門は考え過ぎだととり合わなかった。

「母親が死んでから、あの子も寂しかったのでしょう。にわかに行いが荒くなり、そのうち私も、遅まきながら気がつきました。あの子は己のからだを、まるで物のようにあつかうのです」

棘《とげ》のついた草木を握りしめる。額から血が出るほどに壁に頭を打ちつける。高いところからとび下りるのは茶飯事で、この半年、骨を折らなかったのが不思議なくらいだと、才右衛門は疲れきった表情で語った。

「女房の心配が本当だったと思い知ったのは、ほんの四日前のことです」

つまりはおいまが橋助を連れ出した、前の日だ。

腐った魚を焦《こ》がしたような嫌なにおいがして、才右衛門は奥の座敷を覗《のぞ》いてみた。おいまはおらず、今年据えたばかりの火鉢の前に、橋助がひとりで座っていた。

「最初は、何か変なものを燃やしているのかと思いました……橋助が炭に突っ込んでいたものは、己の指でした……」

真っ赤に熾《おこ》った炭が、まるで才右衛門の頭にも詰め込まれたようだった。混乱しながら、子供の指を炭から引きはがし、どうしてこんなことをするのかと、柄にもなく大声で叱りつけた。橋助は、焼けただれた己の人差し指をながめ、呟いた。

『となりの子が、炭で火傷をして、たいそう痛かったときいたから……痛いってどういうことか、わからないから……』

本気でとらなかった妻の訴えや、これまでの橋助の奇異なふるまいが、ひと息に才右衛門を押し流した。橋助は、痛みを感じることができない――。流されて着いた場所には、そのこたえしかなかった。

「決して大げさではなく、からだの震えが止まらず、目の前が真っ暗になりました。どうしたらいいのかわからず、ただうろたえました」

火傷の手当てすら頭になく、才右衛門はただ、目の前にある現実を打ち消そうと試みた。倅の言葉が嘘だと、そのからだで確かめようとした。けれど触ればわかるのに、どこをたたいてもつねっても倅は平然としている。手足に痣だけが増え、けれど橋助の心は少しも動かない。まるで底なしの沼に落ちていくようだった。

そのようすを、おいまは見てしまったのである。

橋助の世話をしていたおいまも、日に日に傷が増えていくことに、心を痛めていた。橋助は自分でやったと告げたが、おいまが鵜呑《うの》みにするはずもない。誰かに――おそらくは父親に、あらぬ暴力を受けているのではないか――かねてからおいまは、才右衛門に疑いの目を向けていた。

おいまは主人の手から橋助を奪いとり、あくる日の朝には、ふたりの姿は店から消えていた。才右衛門はふたりの行方を追わず、奉公人には親戚の家へ行かせたと嘘をついた。

「どうしてすぐに、探そうとなさらなかったんです？　わけを話せば、おいまさんだってきっとわかってくれたはずです」

ひとつには、おいまを信用していたからだと、才右衛門はお縫にこたえた。

「勘違いをしたのも、橋助を大事に思っているからこそ。それにおいまの行く当ては、ひとつしかないと思っていましたし……小田原にいる橋助の祖父のところです」

才右衛門は、はなから見当をつけていたのだろう。中仙道ときいて、妙な顔をしたのもそのためだった。

「おいまが橋助を連れ出したと知ったとき、正直なところ、心のどこかでほっとしました」

つかみどころのない気持ちを、いくつも寄せ集めたような、泣き笑いの表情が浮かんだ。

「連れ戻したところで、あの子をどうやって育てていけばいいのか、私にはわかりません……己の痛みを知らない者に、他人の痛みがわかる道理がありません」

やがて橋助が大人になっても、他人の痛みが察せられないようでは、大きな子供と変わりない。語った横顔には、子供の先を憂《うれ》う、深い苦悩だけが刻まれていた。

「……それが、何だっていうんだい」

裕福な質屋の内儀には似つかわしくない、切口上だった。さっきまでの姿を探すように、主人の目がうろうろする。

「大人になっても間違いをしでかす者なんて、世間にはたんといる。そのたんびに、叱ってやりゃあいいじゃないか。十遍粗相をしたって百遍間違えたって、やっぱり我が子はかわいくてならない。それが親ってもんだろう」

いつしか厚化粧を施した頬に、涙がいく筋も伝っていた。

「あの子は確かにやんちゃで、まだものを知らなくて……それでも懸命に覚えようとしてるんだ。痛いってのがどんなことか、必死で感じようとしているんだ。あの子が傷を増やしてばかりいたのも、そのためじゃないか」

お竹の言うとおりだった。人があたりまえだということが、自分にはわからない。それでも橋助はあきらめず、わからないことをわかろうとして、挙句に炭で己の指を焼いたのだ。それは父をいっそう嘆かせ、おいまを憤らせた。

千鳥屋に来たとき、橋助はしかめ面で羽目板を蹴っていた。どん、どん、というあの音は、苛立《いらだ》ちではなく、途方もない悲しみだったのかもしれない。

「旦那さんは、いちばん大事なことを忘れていなさる」

「大事な、こと……」

「旦那さんの橋坊は、ちゃんと生きているじゃないか！　他に何の不足があるんだい！」

まるでお竹の厚ぼったい掌で、平手を食らわされたようだ。才右衛門はそんな顔をした。

「親なんてね、子供が生きてさえいてくれたら、それでいいんだ。馬鹿だろうが乱暴者だろうが、たとえ咎人《とがにん》だってかまやしない。親より長生きしてくれりゃ、十分に釣りがくる。そういう愚かな生き物が、親ってものじゃないのかい」

だからこそ、親だけがもち得る、たったひとつの幸せがそこにはある。

子を育て、その子の人生に誰よりも深く関わることができる。唯一《ゆいいつ》無二の幸運に、才右衛門は気づいたようだ。

悪夢から覚めて、朝日を浴びているような。それまで凍えていた主人の頬に、初めて血の気が上った。

「……仰《おっしゃ》る、とおりです。私は先行きばかり憂えて、いちばん大事なものを見落としておりました。何より大事なのは先ではなく、いまのあの子です！」

声に出した言葉は、何よりよく効くまじないだったのかもしれない。霧が晴れたように、急に才右衛門の姿がくっきりと際立《きわだ》って見えた。

「大丈夫ですよ、旦那さん」

着物の袖で涙を拭《ぬぐ》いながら、お竹がにっこりと笑う。

「たとえ己の痛みがわからなくとも、他人の痛みを知ることはできます。橋坊はすでに、そのとっかかりをつかんでいますよ」

橋助にとって痛みとは、母親の死であり、お竹の腫れた足首だった。

どちらも橋助に、この上ない愛情を注いだ。痛みとは、そういうものかもしれない。

親子や男女の情の裏に、ぺったりと張りついているものかもしれない。

「おそらく明日には、橋坊とお女中はここに戻ります。ご自身の目で、確かめてみてくださいな」

おいまはきっと、約束どおり五日で戻る。その日限《ひぎり》が明日だった。

「もしやあなた方は、息子とおいまの居所を、ご存じなのですか？」

お竹に目顔で促され、お縫はあらためて才右衛門に向きなおった。

「橋助坊ちゃんは、質屋千鳥屋が、間違いなくお預りしております」

丸火鉢の炭がはぜ、子供の拍手のように、ぱちぱちと快い音を立てた。

雁金貸《かりがねが》し

寺の瓦屋根《かわらやね》が、冬の日を浴びて鈍く光る。

見上げるお縫は、何十遍目かのため息をついた。

お縫は今日、母の使いで本所《ほんじょ》に来ていた。吾妻橋の東に広がるこの辺りは、いわば寺町で、広々とした寺院の敷地に間借りするような格好で、そこここに町屋が挟まっていた。

「よりによってお花《はな》長屋だなんて……呑気《のんき》でおめでた過ぎて、ちっともそぐわないわ」

使いの先は、本所荒井町のお花長屋である。別にお花という名の娘の言い伝えがあるわけでもなく、お釈迦《しゃか》さまの花祭りとも縁がない。となりにそびえる寺の頭文字をいただいたに過ぎず、ごくごくあたりまえの長屋である。

お縫はさっきから、横川と寺町を結ぶ北割下水の堀端を、行きつ戻りつしながら、ため息の数ばかりを稼いでいた。

だからいきなり背中から声をかけられたときには、とび上がるほどに驚いた。

「お縫ちゃんじゃないか、こんなところでどうしたんだい？」

「加助さん！」

どうしたは、こっちの台詞《せりふ》である。この男の神出鬼没ぶりは、名うての盗賊の上を行く。

鉛一貫を裏に張りつけたような足を引きずって、大川をさかのぼり深川から本所まで歩いてきたのである。あげくに今朝会ったばかりの、長屋の店子《たなこ》に出くわしたのだ。からだ中から力が抜けた。

「何だか、これまでの道のりが、すべて無駄だったように思えるわ」

思わず漏れたぼやきは、辛《かろ》うじて口の中にとどめ、母の使いだとこたえた。

「加助さんは？」

「いやね、深川八幡《はちまん》の前で、迷子を拾ってね。家がこの近くだというから送ってきたんだ」

子供はすでに、母親のもとに送り届けてきたという。この錠前職人は、少なくとも一日三善はこなす男だ。昼前にすでに一善目をやり終えて、晴々しい表情だった。

「どうやら親に黙って、ひとりで八幡さまを目指したみたいでな」

「ここから八幡さまっていったら、たいそうな道のりじゃない。ずいぶんと、信心深い子供ねえ。もしかして、鷲《おおとり》神社へ行きたいのに、方角を誤ったんじゃなくて？」

冗談半分でお縫は言った。今日は十一月最初の酉《とり》の日にあたり、大川を渡った先にある下谷《したや》の鷲神社では、大きな酉の市が開かれていた。

「いや、その子が行きたかったのは、ふたつ上の姉さんのところでね」

「え……」

ふいを突かれて、胸がどきりとした。お縫のようすには頓着《とんちゃく》せず、加助は話を続ける。

「半年前、深川八幡に近いお店に、奉公に上がったそうなんだ。どうしても姉さんに会いたいと、ひとまず八幡さまに行き着いて、店の名を頼りに探しまわったそうなんだが……なにせ店の名が、伊勢屋だからね」

伊勢屋、稲荷《いなり》に犬のくそ、と歌われるほどに伊勢屋は多い。その子は途方に暮れてべそをかいていたが、深川の守り神は、己の代わりに加助を使わした。姉の奉公先はすぐに見つかって、短いながらも姉妹の顔合わせは果たされた。

「いや、姉妹ってのはいいもんだと、つくづく思ったね。おれはひとりっ子だから、兄弟がいるってだけでもうらやましいが、女同士となると、ことさら仲がいいじゃねえか」

「そうかしら」

思わず、固い声が出た。

「たとえ同じおっかさんから産まれても、気が合う合わないはあるわ。必ずしも、仲良しとは限らないわ」

いつになく険のある物言いに、驚いたのだろう。加助は口をつぐんだ。

居心地悪くあいた間を埋めるように、お縫は急いで言った。

「加助さん、ひとつ、頼まれてもらえないかしら？」

「……ああ、構わないよ。何でも言っておくれ」

頼まれ事が、三度の飯より好きな性分だ。我に返ったように、加助が笑みを浮かべなおした。

「あそこに、長屋の木戸が見えるでしょ？　あのお花長屋に、次吉《じきち》という漆喰《しっくい》職人がいるの。その人の家を、覗《のぞ》いてきてもらえないかしら？」

「漆喰師の、次吉さんだね」

「次吉さんがひとりでいるかどうか確かめて、ひとりならあたしを呼びにきてほしいの」

「ひとりじゃないと、駄目なのかい？」

「ええ、そのう、あそこのおかみさんが厄介で……千鳥屋を快く思っていないのよ」

商売も人柄も誠実そのもの。そんな質屋のいったい何が気にいらないのかと、加助が意外そうな顔をする。それでも疑いもせずに引き受けて、加助は木戸の内に姿を消し、またすぐに戻ってきた。

「次吉さんが、お縫ちゃんに会いたいとさ。おかみさんは、今日は仕事に出たそうだから、夕方まで戻らないそうだ」

顔を合わさずに済むとわかったとたん、張りついていた一貫もの鉛のかたまりは、足の裏からたちまち剝《は》がれた。お縫はすっかりかるくなった足で、木戸をまたいだ。

「久しぶりだね、お縫ちゃん。いつものこととはいえ、無沙汰《ぶさた》をしちまってすまなかったね」

出職らしく、よく日に焼けてはいるものの、思いのほかにやつれて見えた。

加助とともに六畳ひと間の座敷に上がると、挨拶《あいさつ》もそこそこに、お縫はたずねた。

「足の具合はどう？　おっかさんからきいて、びっくりしたわ」

「心配かけて、すまねえな。普請場《ふしんば》で、屋根から落ちちまってね。気をつけていたつもりだが、急な雨に降られて片づけにばたばたしてな。雨で足がすべったんだ」

石灰や貝灰を水でこね、海藻を加え、亀裂《きれつ》を防ぐために麻や紙を混ぜる。この漆喰をもっぱらとするのが漆喰師であり、いわば左官である。土蔵の壁や塀に重宝されていたが、屋根に瓦を載せるとき、糊《のり》の代わりにも使われる。その仕事の最中に、屋根から落ちて足を折り、腰も痛めたようだ。

次吉は越後の百姓の倅《せがれ》だが、十二で江戸に奉公に出された。商家は合わなかったらしく、一年も経ずにとび出してしまったが、幸い本所の漆喰師の親方とめぐり合った。次吉は十年の修業を経て、いまも同じ親方の元で働いていた。

「急な雨なんて、いつ降ったかしら？」

話の途中で、お縫は首をかしげた。

「屋根から落ちたのは、今年の二月でね」

「いやだ、半年以上も前じゃない！　どうしてもっと早く、知らせてくれなかったの！」

「千鳥屋には決して知らせるなと、お佳代《かよ》に釘《くぎ》をさされちまって……」

「いかにも姉さんらしいわね」

面目なさげな次吉の前で、お縫は、はあっ、とわざとらしいため息をこぼした。

「姉さん？」

不思議そうに、加助は首をかしげた。舌に乗せるには重過ぎる。お縫にとっては、そういう話題だ。それでも加助を巻き込んだ以上、明かさないわけにはいかない。

「次吉兄さんの女房は、あたしの実の姉さんなの」

「そうなのかい！」と、加助は目を丸くする。「そういや、茶問屋にいなさる兄さんの他に、姉さんもいるとはきいていたが……」

お縫の五つ上の兄、倫之助は、日本橋の茶問屋、玉木屋に婿《むこ》養子に入った。玉木屋の蔵の錠前を手掛けた経緯もあり、兄のことは加助もよく承知している。しかし倫之助より五つ上、お縫とは十《とお》違うお佳代については、驚くほどに何も知らされていない。

いまさらながらに気づいたようで、加助はしばし口をあけた。

「おれが千七長屋に来て、二年は経《た》つが……いっぺんも訪ねてきたためしがねえから、もっと遠くに住んでいるものと、てっきりそう思っていたよ」

子供の足には遠くとも、同じ大川の東側である。大人なら行き来できない距離ではない。

「加助さんが驚くのも無理ないわ。二年どころの話じゃないもの。なにせ姉さんは、嫁いでこの方、いっぺんも里帰りしていないしね」

本当ならお佳代は、地の果てほども千七長屋から離れたいに違いない。しかし次吉はいまも、本所の親方の元で働いており、住まいを川向こうに移しては何かと不便だ。お佳代もこればかりは仕方なく、亭主とともにこの荒井町に住まっていたが、嫁に行って以来、一度も実家には足を向けたためしがなかった。

へえっ、と加助が、さらに仰々しくのけぞってみせた。

「あたしですら、お佳代姉さんの顔なぞ忘れちまったわ」

お佳代が嫁いだのは、ちょうど十年前、十八のときだった。お縫はそのとき八歳で、まる十年、実の姉に会っていない。

「いやまったく、申し訳ない……お佳代は情が細やかで、亭主にはよく尽くしてくれる。おれには過ぎた女房だが、これぱっかりはひどく頑固でな。おれも折に触れて、たまには帰るよう勧めちゃいるんだが……」

一方で次吉は、律儀《りちぎ》な男である。夏には中元を送ってくるし、暮れの頃には女房の目を盗むようにして、千鳥屋に挨拶に来てくれた。十年も音沙汰なしの姉よりも、この義兄の方が、お縫にはよほどなじみがある。

「次吉兄さんが、そんな顔をすることないわ。姉さんのあの性分は、お嫁に行く前からだもの」

「あんな良い旦那《だんな》さんやおかみさんの、いったい何が気に入らないんだい？」

聞き手の加助には、どうにも合点がいかぬようだ。やじろべえのように、しきりに首を左右にかしげる。

「さっき加助さんに言ったでしょ。親姉妹《きょうだい》でも、馬が合う合わないはあるわ。それだけよ」

お縫はさっさとこの話を切り上げて、持参した風呂敷包みをほどいた。

「これ、おっかさんから預かってきました」

怪我《けが》の見舞いにと、卵に白砂糖、そしてお守りも入っていた。

「頼まれていたものも、ちゃんとここに入っていますから」

卵の籠《かご》と、砂糖の紙袋のあいだに、小さな白い包みがある。目立たぬように、お縫は示した。

「かっちけねえ……」と、次吉は大事そうに押しいただいた。

包みの中身は二両。裏長屋住まいには大金だが、質屋を営む千鳥屋にとってはたいした痛手にはならない。

「お見舞いだから、返さなくていいと、おとっつぁんが」

「いや、そんな不義理はできねえよ。少しずつでも必ず返すからと、お義父《とう》さんには伝えてくれ」

次吉はそう言って、神妙に頭を垂れた。やはり何か仔細《しさい》がありそうだ。

「加助さん、少しだけ外してもらってもいいかしら？　次吉兄さんと、大事な話があるの」

「ああ、構わねえよ。おれは外で、待たせてもらうよ」

次吉のようすに、やはり何がしか感づいたのか、加助は気軽に腰を上げた。その姿が消えると、お縫はいくぶん声を落としてたずねた。

「次吉兄さんが、こんな頼み事をするなぞ初めてだもの。よほどの面倒を被《こうむ》ったのじゃないかと、おとっつぁんが気にかけているの」

お佳代には内緒で、どうしても早急に二両が要り用になった。次吉は儀右衛門にそう書いてきた。いたってまじめな婿であり、無心を乞《こ》うたためしなど一度もない。

「単に暮らしに詰まって手許不如意《てもとふにょい》になったのなら、心配はないのだけれど……」

「いや、暮らしの方は、親方が何かと目配りしてくれて、事なきを得たんだが……」

親方が良い医者に見せてくれ、女房のお佳代も懸命に看病してくれた。おかげでどうにか動けるようになって、ひと月前から普請場にも出ているという。

「力仕事はまだ無理だが、漆喰を按配《あんばい》したり、若い者に指図したりはできるようになった」と、次吉はその日初めて、明るい表情を見せた。

「ただ、長く歩くのはまだ難儀でな、駕籠《かご》を使うのも何やら仰々しい。こっちから深川に出向くのが筋だとわかっちゃいたんだが……」

「それなら、このお金は何に？」

次吉はいかにも言いにくそうに、ひと呼吸おいて切り出した。

「実は、お佳代が金貸しに、借金をこさえちまったんだ」

「姉さんが？」

「初めのうち、医者の見立てより治りがはかばかしくなくってな。お佳代はさぞかし気を揉《も》んだんだろう、しばらくのあいだ膏薬《こうやく》を買ってきて毎日貼《は》ってくれた……『南《なん》金膏《きんこう》』って知らないかい？」

「南金膏なら、知っていてよ。南蛮渡りの生薬が使われていて、たいそう効き目があるそうだけど、値もとびきりなのでしょ？」

腰をやられたなら、下手をすれば寝たきりになりかねない。ここまで回復したのも、その膏薬のおかげかもしれないが、南金膏は長屋住まいの分際ではおいそれとは購《あがな》えない。

「お佳代は月に何遍か、近くの門前町の菓子屋に手伝いに行っていた。おれたちには子供はいねえし、小遣い稼ぎにもなるからな」

祭礼なぞで門前町がにぎわうときだけ、頼まれて助《すけ》っ人《と》に入っていたという。

「その菓子屋に、さる後家が客として通っていてな」

「後家さん？」

「お佳代が金を借りたのは、沢渡重《さわたりしげ》というその後家なんだ」

夫に先立たれた妻の生計のために、幕府は武家に限り金貸しを認めている。後家貸しと呼ばれ、めずらしいことではない。沢渡重もまた、御家人だった夫を亡《な》くしてから、後家貸しをはじめたようだが、お佳代がそれを知ったのは、次吉が怪我をした今年の二月のことだった。

「当分は店に出られそうにないと、おれの看病の合間に、お佳代は菓子屋に断りを入れに行ったんだ。その折に相手の後家に会ったそうでな……おれやお佳代の身の上をたいそう案じてくれて、南金膏を教えてくれたのも、その後家だそうだ」

顔見知りでもあり、女同士という気安さもあったのだろう。次吉は思うように回復せず、看病疲れと重なってお佳代は見るからにやつれていた。熱心に話をきいた沢渡重は、お金なら貸してあげるから、南金膏を試してはどうかと説いた。

「なるほどね……人一倍用心深い姉さんが、お金を借りるなんておかしいと思ったけれど、そういうわけだったのね」

「蓄えなんぞ端《はな》からねえし、世話をかけっ放しの親方に、無心をするのもはばかられたんだろう……お佳代はおれにも黙って、その後家から年季貸しで三両を借りたんだ」

　年季貸しとは、一年貸しのことである。もともと職人は、銭には疎《うと》い。宵越しの金は持たないという江戸っ子の身上も、職人をさしてのことだ。次吉は博奕《ばくち》はやらず、酒もほどほど。決して金遣いが荒い方ではないが、事あるごとに気前よくふるまうから、余分な金はないに等しい。

「せめて借りるなら、親元にすれば良いものを……身内にこそ借りを作りたくないってのが、お佳代の性分だからな」

「千鳥屋に頼むくらいなら、堀から身を投げる方が、姉さんにとってはましだものね」

　性分《いい》ではなく、金のことならなおさら、両親を当てにしたくない理由が姉にはある。義理の兄には明かせないが、肺腑《はいふ》の隅々にしみ渡りそうなため息を、内心でついた。

「年季貸しで三両ね。向こうの利は、いかほどなの？」

「二分だ。あらかじめ二分をさっ引いて、二両二分をお佳代は受けとった」

「……安くはないけれど、年季貸しとしては、そう阿漕《あこぎ》でもないわね」

家が質屋だから、この手の勘定ならお縫は素早い。一両は四分だから、利息二分は三両の六分の一、年利にすれば一割六分ほどで、町場の金貸しとしては相場であろう。

「ただ、その後家貸しは、ひとつだけ変わったところがあってな。秋の終わりから春先までしか金を貸さないそうだ」

沢渡重は、晩秋から春先、つまり九月から二月のあいだだけ金貸し業を営んでおり、年季貸しのみで金子を貸し、翌年の同じ時期に返してもらうことを旨《むね》としていた。

「それでここいらじゃ、雁金貸《かりがねが》しと呼ばれているそうだ」

「雁金貸し……」

お佳代もやはり質屋の娘だ。頭の中でお縫と同じ算盤《そろばん》をはじいて、悪くないと踏んだのだろうが、思わぬ落とし穴が待っていた。

「借りた三両が、いつのまにか五両に化けていたんだ」

「……どういうこと？」

「年季貸しだから、日限《ひぎり》は来年の二月だが、お佳代はきっちりした性分だから、長く金を借りているのが落ち着かなかったんだろう」

本調子ではないながらも、次吉が仕事に復帰すると、三両の借金について打ち明けた。驚いたものの、自分を案ずるあまりに拵《こしら》えた借金だから、次吉もすぐに納得した。

「一日でも早く返したいと言って、おれも承知した。親方にかけ合って三両をどうにか工面して、お佳代は金と証文をもって後家の家に行ったんだが……」

と、次吉は、眉根《まゆね》がくっつきそうなほどに顔をしかめた。先月、十月の末のことだった。

「その証文には、『参両』じゃあなく、『伍両《ごりょう》』と書かれていたんだ」

証文のたぐいには、不正を避けるために漢数字ではなく、いわゆる大字《だいじ》が使われる。一、二、三は、壱、弐、参という具合だ。次吉は己の掌を指でなぞり、参と伍を示してみせた。

「……えっと、証文は間違いなく、この家にあったのよね？　姉さんが借りたのは三両で、証文は五両だったたってことは」

「いや、証文は、おれも見たんだ。たしかに『参』とあったのが、お佳代がもち帰った証文には、『伍』と書かれていた」

「それじゃあ、その後家さんの家で、すり替えられたってこと？」

次吉はこれにも、やはり嫌々をするように首をふった。

「同じ証文に間違いないと、女房は言っている。なのに、当の後家が証文を開いたときには、五両に化けていた……お佳代は、そう言い張るんだ」

まさに狐《きつね》に化かされたような話だが、借金が五両に増えたことだけは現実だった。借金証文は、二枚したためて、双方が一枚ずつ手許におく。沢渡重が保管していた証文にも、やはり伍両の文字があった。

「……ということは、おそらくは騙《かた》りね」

しばし思案して、お縫はそう断言した。情けなさそうに、次吉がうなだれる。

「お佳代はどうにも収まりがつかないんだろう。三両しか返さないの一点張りでな」

「あの姉さんなら、そうでしょうね」

「このところ、おれの普請場にまで妙な連中が顔を出すようになって、残る二両は必ず払えと脅しやがる。何やら薄っ気味悪くてな、二両ですむならさっさと片をつけてえと」

三両を都合してもらった後では、親方へも頼みづらい。儀右衛門への無心は、そういうことかと、お縫は合点した。

「でも、当の姉さんは、承知しないのじゃないかしら?」

人を見たら、泥棒と思え――。

このたとえを、誰よりも肝に銘じているのが、他ならぬお縫の姉である。自分は決して騙《だま》されない――。日頃から固く戒めていた分、騙された自分が許せない。おとなしく二両を払って事なきを得るという考えは、毛頭ないに違いない。

「ね、次吉兄さん、その証文はいまも手許にあるのよね？」

「ああ、日限まではまだ間があるからな」

五両のうち三両のみを支払った。そう追記がなされた証文を、お佳代はもち帰ってきた。

次吉は茶箪笥《ちゃだんす》の抽斗《ひきだし》から、茶色の紙を出して、お縫に渡した。

「これが、借金証文？」

茶色の、やけに厚ぼったい紙である。

「雁にあやかって、証文も雁羽色にしているそうだ」

その雁羽色の紙を開こうとしたとき、ふいに背中の入口障子が開いた。ふり向くと、やせぎすな女がひとり、立っていた。

――こんな女だったろうか？

十年前に見たきりの姉と、目の前の女がどうしても重ならない。お縫の十上だから、お佳代は二十八のはずだが、亭主の怪我や借金の心労が重なったためだろうか。ひどくやつれて、老《ふ》けて見えた。

相手もまた、お縫がわからないのだろう。どこかで会ったはずだが、思い出せない――そう言いたげな表情をしていたが、

「……姉さん」

お縫が呟《つぶや》くと、目じりがわずかに上がりぎみの目が、はっと大きく見開かれた。

「おまえ、お縫かい……」

十年ぶりの、姉妹の再会だった。涙をこぼしながら抱きしめ合うという光景を、頭に描いていたわけではないが、さすがに懐《なつ》かしさが先に立った。

お縫は思わず腰を上げ、その拍子に、膝《ひざ》の上にあった雁羽色の紙がひらりと舞った。

とたんに姉の形相が、能の面変わりのように、がらりと変わった。

「千鳥屋とは、縁を切ったはずだよ。いったいどういうつもりで、ここに来たんだい？」

「お佳代！　いくら何でもその言い草は……」

次吉は女房の暴言を止めようとしたが、かえって藪蛇《やぶへび》だった。亭主の膝先には、金の包みが置かれている。それですべてを察したのだろう。お佳代の面長の顔が、たちまち朱に染まった。

「こんな汚いお金、受けとれるわけがないだろう！　さっさと出てお行き！」

何を言う暇さえない。腕を引っ張られ、長屋を追い出された。

「さっさとこれをもって、盗人長屋にお帰りな！」

お縫の額を打ったのは、投げつけられた金の包みだった。どんな固い石よりも、お縫には痛かった。あまりに大きな怒りに触れて、声さえ出ない。しばし呆然《ぼうぜん》と立ち尽くしていたが、

「大丈夫かい、お縫ちゃん……」

背中からおそるおそる声がかかり、我に返った。ふり向くと、吹き出すほどに情けない顔がそこにあった。

「嫌ね、何も加助さんが泣くことはないでしょ」

「だってよ、お佳代さんの物言いが、あんまりにも情けなくって……」

大の男が、ほろほろと涙をこぼす。どこにももって行き場のなかった気持ちを、加助が代わりに痛んでくれる。胸にふくれ上がったやるせない思いが、空気が抜けるように穏やかにしぼんでゆく。

「帰りましょ、加助さん」

この重過ぎる荷物を、ひとりで深川まで抱えて帰らずにすむことが、いまは何より

ありがたかった。やはり風呂敷ごと放り出された、卵の籠や砂糖をふたりで拾い集め、お花長屋の木戸を出た。お縫がさし出したちり紙で、加助が、ちんと洟《はな》をかむ。

「そういや、盗人とか汚ねえ金だとか……何だってお佳代さんは、あんなひでえことを」

「……質屋稼業《かぎょう》はあざといって、姉さんは昔から嫌っているのよ」

質屋もまた金貸しであり、金には世間の垢《あか》がこびりついている。きれいなだけではいられない商売だ――。お縫が説くと、お人好《ひとよ》しの加助は納得してくれた。

本当のところは違う。お佳代が心底憎んでいるのは、千鳥屋と、そして加助を除いた長屋の者たちがそれぞれにもつ、裏稼業だった。

「昔から、可愛《かわい》がってもらった覚えなぞまるでないけれど、根性悪にはさらに筋金が入っていたわ！」

加助の涙は慰めになったものの、長屋に帰ると、またぞろ怒りがこみ上げてきた。とはいえ、これればかりは両親に愚痴をこぼすわけにもいかない。お縫が姉を悪く言うたびに、父と母は一様に、悲しそうな顔をするからだ。

ふたりの前ではそつなくふるまったが、代わりに格好の相手を見つけ、存分にぶちまけた。夕方に商いから帰ってきた、文吉である。

「そうまくし立てられてもよ、おれは肝心のお佳代さんを知らねえんだ。何を返しようもねえんだが」

文吉が兄とともに千七長屋に来たのは、お縫が十歳のとき。お佳代はそれより前に所帯をもったから、文吉は一度もお佳代に会ったことがない。

「いつか見せたげるけど、そのころにはきっと、間違いなく鬼婆《おにばば》になっているわ」

唐吉と文吉の兄弟は、季物売りをしている。今日は初酉であったから、下谷鷲神社の傍で酉の祭土産の、芋頭《いもがしら》を売り歩いていたという。たいそうな人出で、里芋もよく売れたようだが、その分くたびれているのだろう。ひどく重そうなまぶたをもち上げながら、それでも律儀にお縫の文句につき合ってくれた。

「だいたい子供のころだって、あたしを可愛いがってくれたのは兄さんだけよ。姉さんときたら、笑いかけてくれた覚えすらないんだから」

お佳代はいつも不機嫌で、ことあるごとに両親に嫌味とあてこすりをくり返した。あまりの口汚なさに儀右衛門に叱《しか》られれば、腹いせに兄やお縫を無闇《むやみ》にいじめる。姉にまつわる記憶に、良いことなどひとつもなかった。

「悪党ぞろいの長屋に育ったんだ。揺り返しで、悪党嫌いになっちまったんだろ」

「それでも、ほどというものが、あるでしょうに」

お佳代が常に求めているのは、まっとうであることだ。故買をしているその金で、己の飯や着物が購われている。いわば汚い金で育った己自身が、我慢がならないのだ。

お縫もまた、同じ後ろめたさはある。わからないでもないが、お佳代の反応はあまりに鋭すぎる。いくら立派な考えでも、まわりをああも傷つけて良いはずがない。

「姉さんのやり方は、まるで大義と銘打った大鎌《おおがま》を、ふり回しているのと同じことよ」

立派過ぎる大鎌は、ひとふりでまわり中を丸坊主《まるぼうず》にする。後には草木も残らず、そこには虫も鳥獣も住めない。刈られた茎の尖《とが》った先だけが、ただ痛々しい。

両親ばかりでなく、お佳代は半造や長屋の者たちにも容赦がなかった。これにはさすがに儀右衛門が立腹し、お佳代を打《ぶ》ったことがある。あれほど父を、恐ろしいと思ったことはない。そのときのことを、お縫はよく覚えていた。

「おれのことは、どう腐しても構わない。だが、半さんや店子の皆を貶《おとし》めるような真《ま》似《ね》は、金輪際するな！」

以来、非難を口にすることはなくなったが、仏頂面《ぶっちょうづら》の方は、嫁に行くまでとうとう治らなかった。お佳代が嫁いだのは十年前、十八のときだった。近所の隠居がもってきた最初の見合い話に、一も二もなくとびついたのである。

次吉をひと目で気に入ったと、周囲にはその建前を通したが、お佳代は両親と千鳥屋から、そして千七長屋から、ただ離れたい一心だったに違いない。嫁入りは、女の子にとって何よりの憧《あこが》れだ。お縫もこのときばかりは、掛け値なしに喜んだ。妹の無邪気な祝福に、姉はにこりともせずに返した。

「こんな家、長居するもんじゃない。お縫も一刻も早く、嫁にいくがいいよ」

十八とは思えぬ、冷めた眼差しと乾いた声だった。雪女に氷づけにされたように、お縫の小さなからだは、たちまちかちかちに固まった。

十年を経たいまですら、思い出すと寒気に襲われる。ぶるりと身震いして、お縫は別の話を文吉に打ち明けた。

「でね、文さん。ひとつ、妙なことがあるのよ」

「んあ？　妙なことって？」

半分、船を漕《こ》いでいた文吉が、目をこすりながら応じた。

「姉さんに向かっては、おっかさんも強く言わないのよ。どうしてかしら？」

いつもならぽんぽんと、遠慮会釈《えしゃく》のない口ぶりの母が、こと姉のことになると妙に歯切れが悪い。何かお佳代に対して、引け目があるのだろうか——。そうも思えたが、これぱかりは母にたずねるわけにもいかない。いつまでも置き去りにされたまま、埃《ほこり》をかぶった忘れ物のように、お縫の心にかかっていた。

「どうしてって、おれにきかれてもなあ」

とうとう堪《こら》え切れなくなったのか、文吉から大きなあくびが返る。

「それよりも気がかりなのは、その後家貸しだろ？　儀右衛門の旦那は、どうするつもりなんだ？」

「やっぱり放ってはおけないみたいで、半おじさんに調べてもらうようよ」

いかにも不満そうに、口を尖らせながらお縫はこたえた。

「そうか……で、その後家ってのは、歳《とし》はいくつだ？」

「三十くらいときいたわ……後家さんの歳が、どう関わるのよ？　そういえば文さんは、年増《としま》女には滅法受けが良かったわね」

ぷい、とそっぽを向いたお縫に、文吉はにやりとした。

「女に証文とくりゃ、おれよりも打ってつけの奴《やつ》が、いるじゃねえか」

冬場のいまですら、初夏の涼気をまとっているかのような。そんな男が、この長屋にはひとりいる。ぽん、とお縫は手を打った。

「たしかに、新《しん》さんならこれ以上ない役どころだわ！」

手紙や証文の代筆を生業としている、梶新九郎《かじしんくろう》である。


「すみません、旦那。肝心のもんが、手に入らなくて……」

髪結いの半造は、儀右衛門の前で、まず詫《わ》びを口にした。

「構わねえよ、半さん。ひとまず、摑《つか》んだ話だけでも教えてくれまいか。後のことは、新さんとも相談して決めようや」

儀右衛門の言葉に、梶新九郎がゆったりとうなずいた。姉の一件が障《さわ》りになったのか、母のお俊はここ二、三日、頭病みが続いている。早めに床に入り、代わりにお縫が酒肴《しゅこう》をととのえ、長火鉢の前で燗番《かんばん》をしながら三人の話に耳をかたむけていた。

お縫が本所を訪ねてから、三日目の晩であった。

その日、儀右衛門は、半造と新九郎を千鳥屋に呼んだ。

梶新九郎は、上野国《こうずけ》出身の侍であったが、わけあって国を追われた。いまは表裏を問わず代筆を請け負っている。表では故郷《くに》の母親に便りを送る、孝行息子の文をしたため、裏では関所を抜ける盗人のために手形を拵えていた。

「沢渡重は、金貸しのあいだじゃ、雁金貸しのお重で通っておりましてね」

半造が話しはじめ、儀右衛門と新九郎は、盃《さかずき》をかたむけながら黙ってきき入る。

貸すのは冬をはさんだ時節に限り、また年季貸ししかしない。次吉からきいたとおりのことを、半造もくり返した。しかし半造は、情報屋《ねたもと》としては凄腕《すごうで》である。お重についても、あらゆる話種をならべてみせた。

「三年ほど前に、北割下水に近い松倉町に越してきて、小さいながらも塀をまわした一軒屋でさ。短歌の師匠ってえふれ込みだが、弟子をとっているようすはありやせん。それでも近所への外聞が悪いってことで、金の貸し借りに応じるのは夜だけだそうです」

「女ひとりの身で、夜に人を招くとは、不用心ではないのか？」

と、梶新九郎がたずねたが、いやいや、と半造が厚ぼったい手をひらひらさせる。

「その心配はいらねえよ、新さん。松倉町の家には、強面《こわもて》のふたり組が同居していてな、金のとり立てもこいつらがやっている。何でもお重の弟だとか従弟《いとこ》だとか、とにかく縁続きのようでさ」

他に通いの女中がひとりおり、身のまわりの世話をしていた。

「弟子もとっていないとすると、暮らしは金貸しだけでまかなっているのかい？」

「どうやら、さるお武家の妾《めかけ》をしているようで」

旦那は四百石どりの納戸《なんど》組頭で、数年前に病で他界した夫の、上役にあたる。

「上役に女房をかっさらわれちゃ、亭主も立つ瀬がねえな」

塩をひとつまみ含んだような顔で、儀右衛門が応じた。

「金貸しの元手も、やはりその納戸組頭が工面しているようで、御上にも届けは出しておりやすから、旦那も承知の上なんでしょう。ただね、儀右衛門の旦那」

半造のずず黒い狸面《たぬきづら》が、にんまりと横に広がる。

「雁羽色の証文は、一昨年から使っておりましてね。年季貸しに限るようになったのも、そのころだ。その日限を迎えたころ、つまりは去年から、お重にまつわる阿漕《あこぎ》なやり口が噂《うわさ》に上るようになった」

「証文と年季貸しは、ひとそろいということか……そのあたりに、からくりがあるやもしれぬな」新九郎が考え込んだ。

「もっと新さんに向いた、面白え話があるんだよ」

「ほう、何だ？」

「あのお重って女、どうやら別の若い男を引き込んだようで……まあ、旦那が六十を過ぎた爺《じい》さんだからな、無理もねえが」

「そういえば、肝心なことをきいていなかったな。お重当人は、どのような女子《おなご》だ？」

「歳は、ちょうど三十。色は少々黒いが、なんともなまめかしい風情《ふぜい》がありましてね。ことによくしなる、なよ竹みてえな腰がたまらねえと……」

「半おじさん、お酒のお代わりはいかが？」

「おっと、すまねえ。嫁入り前の娘に、きかせるような話じゃなかったな」

むっつりとしたお縫に、半造が首をすくめる。

「ええっと、どこまで話したっけな……そうそう、その若い男ってのが、いわゆる遊び人でね。お重に散々貢《みつ》がせたあげく金が底をついたと見るや、さっさとずらしやがった」

「女癖が悪いなんて、まるでどこかの誰かさんみたいね」

ちらりと梶新九郎に、嫌味な視線を向ける。やめなさいと、父親は目で制したが、当の侍の涼やかな居住まいは少しもくずれず、罪の意識などまったくなさそうだ。

見目の良さに加え、物腰は上品。さらに女のあつかいに長《た》けているものだから、新九郎という餌《えさ》を落としたとたん、池中の鯉《こい》が群れるごとく女が集まってくる。文吉の言ったとおり、女金貸しが相手なら、これより適した者はいなかろう。

「お重が騙りをはじめたのも、どうやらその間男のためでしてね」

「つまりは旦那に黙って、余分な利鞘《りざや》を稼ぐためということか」

儀右衛門の言に、半造がにんまりとうなずいた。

「騙されたという者は幾人もおりますが、いまのところ表立った騒ぎにはなっておりやせん。そのあたりは、うまく按配しておりやしてね」

もともと金絡《がら》みの悶着《もんちゃく》は、町奉行所は介入せず、当人同士で内済するよう御上から達せられている。加えて、相手が女だからという安心があるのだろう、お重から金を借りるのは、もっぱら女が多いという。もとより借金は、人目を忍ぶ行為だ。女の身で騒ぎ立てるわけにもいかず、泣く泣く言われた額を支払うことになる。

「上乗せする金子の加減も巧みでね、どうにか出せるだろうという額をふっかける。金子の都合には、二、三日待たせるそうですから、そのあいだに客を調べているんでしょう」

お佳代が余分に負わされた二両も、亭主の稼ぎや、その親方を考慮に入れれば払えない額ではない。そこまで下読みがなされた上で、姉は罠《わな》に嵌《は》められたのだ。

「それでも、いつもいつも読みどおりに運ぶわけもねえ。つい先だって、とうとう死人が出やしてね」

「本当なの、半おじさん！」

腰を浮かせたお縫に向かい、半造は狸に似た顔を苦そうにしかめた。

お佳代と同様、亭主の病のために金を借りた女だという。無理をして薬代を工面したが、当の亭主は死に、与《あず》かり知らぬ借金まで背負わされた。若くきれいな女房で、金を返せぬのなら妾奉公か色街に口を見つけてやると、お重にせっつかれたようだ。女房は世をはかなんで、堀に身を投げた。

「同じ娘をもつ身としては、何ともやりきれない話だな」

儀右衛門が重いため息をつく。いくらそりの合わない姉でも、お佳代が同じ目に遭ったら、お縫も心安らかではいられない。

「からくりの鍵《かぎ》は、やはり証文だろうな」

「そいつはおれも、重々承知していやすがね、新の旦那」

いかにもばつが悪そうに、半造が盆《ぼん》の窪《くぼ》に手をやった。

「なにせ借金となると、世間体が悪い。いくつか当たってみやしたが、証文を拝借するにはいたりやせんで」

「証文なら、差配殿の娘御がもっているのだろう?」

「娘って、お佳代姉さんのこと?」

「いくら新さんでも、そいつは無理だと思うがな」

親子そろっての訴えを、新九郎は綿の羽子板でつくように、やんわりと返す。

「おれもお佳代さんには、会《お》うたためしがないからな。挨拶《あいさつ》がてら行ってみるよ」

翌日、梶新九郎は本所に出掛けていき、機嫌よく長屋に帰ってきた。手にはちゃんと、雁羽色の証文をたずさえている。

「いったい、どんなまやかしを使ったのかしら……」

「ここまで来ると、妖術《ようじゅつ》を通りこして神がかっているな」

涼やかな微笑を前に、儀右衛門とお縫はひたすら首をかしげ続けた。

「借金証文にしては、何とも風情豊かだな」

厚みのある紙に、ざっくりとした風合い。浅い茶色に入った繊維のむらが、雁の羽を思わせる。さらに紙の下半分には、秋草が優雅に散らされていた。

「これは、押し花よね？」

「紙を漉《す》き、その上に押し花や落ち葉を載せる。その上でもう一度漉きをほどこせば、このような紙ができるのだ」

紙の繊維を水に浸し、四角い枠に簀子《すのこ》を張った、簀桁《すけた》と呼ばれる道具ですくう。水は下に落ち、乾かすと紙の繊維だけが残る。紙漉きの工程を、新九郎は簡単にお縫に説いた。

地は茶色だが、二度目に漉かれた紙は白く、萩《はぎ》や楓《かえで》の上に、雲のようにうっすらとたなびいていた。

新九郎の長屋には、墨のにおいが立ち込めている。紙、筆、硯《すずり》といった、いかにも代書屋らしい道具の他に、医家にありそうな薬簞笥も置かれている。紙の古びた色を出すための岩絵具や薬、鉱物のたぐいが仕舞われており、ヤットコに鑿《のみ》に錐《きり》、刷毛《はけ》やヤスリといった、道具のたぐいも多い。

「まるで金銀の細工師か、絵師の住まいみたいですね」

しばし暇になり、つい部屋中を見回した。新九郎はお佳代から預かった証文を、自分の長屋にもち帰り調べていた。お縫は待ちきれず、最前からここに居座っていた。

「……そうしていると、易者のようだけど」

新九郎は虫眼鏡を片手に、雁羽色の証文を隅々まで検分している。ふと気づいたように虫眼鏡を一点に据え、先の尖った毛抜きでつついた。『金伍両』と書かれた、伍の辺りに紗《しゃ》のようにかかった紙の上辺をもち上げて、懐紙に落とす。それを毛抜きで慎重にほぐした。より分けたのは、塵《ちり》と見紛うような、わずかな欠片《かけら》だった。

「……証文の仕掛けは、これかもしれんな」

「それ、何ですか？」

「おそらくは、糊《のり》のたぐいだ」

「糊？」

「さよう。紙の厚みも、雁羽色も秋草も、すべては仕掛けのためだ」

紙も諸々《もろもろ》、とりそろえているのだろう。新九郎は箪笥の下の長い抽斗をさぐり、よく似た紙をとり出した。こちらは薄桃色で、桜の花が散らしてある。新九郎は先ほどの毛抜きと、ごく細い小刀を用いて、桜の一片を地紙からはがした。あいた隙間《すきま》に、『伍』と書き入れる。その上に、また桜を張りつけた。

「そういう、からくりだったんですね……」

桜をはがすとき、その上に乗った霞《かすみ》のような二番漉きの紙を、花よりふたまわりほど大きく切った。それがのりしろとなり、桜に傷をつけることなく紙はもとに復した。

書かれた『伍』は、どこにもなかった。

「証文を交わす折に、参と書いて、後からそれをはがしたのね！」

たぶんそうだろうと新九郎は応じたが、顔つきは冴《さ》えない。

「もう半分のからくりが、わからなくてな……どうやってそれをお佳代の前で、気づかれぬようにはがし果《おお》せたか、肝心のそれが摑めぬのだ」

たしかにお佳代の性分なら、お重が検《あらた》めるあいだにも、一時たりとも証文から目を離さなかったに違いない。

「この埃《ほこり》、じゃなく、欠片を調べてみれば、何かわかるのではないかしら？」

たとえ蘭鏡で調べたところで、埒《らち》があかない。知りたいのは、一瞬で確実に糊をはがす、騙りに使われた手口である。

「手がかりは、雁金貸しにあるような気がするのだが……」

「雁金貸しって、どういうことです？」

「男のためにより多く稼ぎたい折に、商売を半季に限るというのは妙ではないか？」

お重が金貸しを、冬から春に限るようになったのは、若い男とねんごろになってからだと、半造からきいている。言われてみればそのとおりだと、お縫はうなずいた。

「たぶんこの仕掛けは、寒い時節でなければできぬ代物《しろもの》なのだろう」

「どうしたらそれを、証《あか》し立てできるのかしら？」

「証しなら、雁金貸しのもとにそろっていよう」

その晩、新九郎は戻らず、次の日、朝帰りとは思えぬ清々《すがすが》しい顔で長屋に帰ってきた。

「よもやたったひと晩で、目鼻がつくとはな」

「びっくりを通り越して、呆《あき》れちまうわね」

見守る儀右衛門とお縫が、ひそひそとささやき合う。

「お重が毎日通う風呂屋は、半造が調べていたからな」

きこえたのか、長火鉢の向こうから新九郎がこたえた。風呂屋の帰り道を待ち伏せ、偶然を装《よそお》って近づいて、お重の家に上がり込む。新九郎にとっては朝飯前だ。

三人は千鳥屋の居間で、長火鉢を前に向かい合っていた。

「だがな、新さん、向こうのからくりを、どうやってつきとめたんだい？　いくら何でも、初めて家に上げた男に、そこまで気を許すとは思えねんだがな」と、儀右衛門がたずねた。

「お重が眠っているあいだに、家探しをしたまでだ。探す暇は、十分にあったからな」

間男を家に上げる折には、いつもそうしていたのだろう。縁者だという男ふたりは、お重から金をもらって色街に出掛けていった。誰はばかることなく、探し物ができたという。

「いつ相手が目覚めるか、わからないじゃない。それとも、眠り薬でも使ったんですか？」

「そのような物騒なものを使わずとも、女子をぐっすりと眠らせるやり方は、いくらでもあるからな」

赤面する娘の横で、儀右衛門は具合の悪そうな咳払《せきばら》いをした。

新九郎は、客に渡す前の証文やら、からくりの大本たる糊の材料やらを、お重のもとから失敬してきた。丸一日かけてその材を調べ、工夫して、その日の晩に千鳥屋を訪ねてきた。そしてふたりの前で、さらさらと筆を動かした。

「よし、種明かしの仕度はととのった。差配殿、これを確かめてくれぬか」

新九郎がさし出したのは、雁羽色に秋草を散らした借金証文である。新九郎のていねいな筆で、金参両を借りる旨《むね》が示されている。儀右衛門が目を通し、証文はまた、新九郎の手に戻された。炭を熾《おこ》した長火鉢の上で、証文を広げる。

「お縫、金の代わりに、その茶碗《ちゃわん》を渡してくれ」

はい、とお縫は、茶碗をさし出した。新九郎が受けとり、にこりとする。

「それでは差配殿、もう一度、証文を見てもらえるか」

証文を受けとった儀右衛門が、あっ、と声をあげた。

「金伍両……いつのまに……」

ふふ、と笑った新九郎の手には、霞《かすみ》のような薄紙をまとった小さな紅葉が残っていた。

「茶碗をとり上げるとき、あたしは一瞬、目を離しちまったけれど……おとっつぁんは、ちゃんと見ていたのでしょ?」

「まばたきすら惜しんで、ながめていたつもりだが……いったい、どんな手妻を使ったんだい、新さん?」

「仕掛けはな、これだ」

新九郎が指したのは、長火鉢の上の鉄瓶だった。

「証文をこうして、糊をおいた場所を鉄瓶の肩に触れさせる。この糊には、わずかに蠟《ろう》が混ぜてあってな、鉄瓶の熱で容易に溶ける」

金を受けとりながら、証文をひとふりすれば、上紙と秋草はたやすくはがれ、後家の膝に落ちる。糊の按配《あんばい》はもちろん、炭火に直にかざしてみたり、鉄瓶からのぼる湯気を当ててみたりと、あれこれ試して行き着いたという。

「こいつは驚いた……いや、新さん、見事な手妻じゃないか」

儀右衛門が手放しで褒め、お縫も思わず拍手した。新九郎がにっこりと笑う。

「かっかと炭を熾した長火鉢の前に、夏に座るのは無理がある。冬をはさんだ時節にしたのも、そのためだ」

一年という年季貸しも、時をおいた方が糊がはがれやすくなる。その理由からではないかと、新九郎は推測を語った。

「証文のからくりと、お重の悪事、ついでに後家の浮気も足しておくか。一切合切を書いて、証文をつけて送ってやれば、旦那の納戸組頭も、放ってはおけんだろう」

体面大事の旗本なら、己の尻《しり》に火がつく前に、お重を見限るに違いないと、儀右衛門が説く。

「それだけじゃ、何だかてぬるいわ。死人まで出ているのだから、もっとがつんと、こらしめてやりたいものだわ」

「それなら、おれたちに任せてもらえないか」

店に繋《つな》がる廊下の方から、ふいに声がした。長暖簾《ながのれん》を分けて、唐吉と文吉の兄弟が顔を出す。その後ろには、母のお俊の姿もあった。

「いやだ、ふたりとも、いつからそこにいたの？」

「こんな寒い廊下に長居できるかよ。いま来たばかりだよ」と、文吉が口を尖らせる。

「ちょいと店仕舞いを、手伝ってもらってね。大きな道具箱を三つも預かったもんだから、蔵に運んでもらったんだ」

お俊は決して、やわな女ではない。頭痛は三日で収まり、顔色もよくなった。すっかり元通りになった母の姿に、お縫は何より安堵《あんど》していた。

「で、唐さんと文さんは、何をやるつもりだい？」

儀右衛門は兄弟を座らせて、そうたずねた。

「旦那、あっしらの商売は、わかっていなさるでしょうに」唐吉がにやりとし、

「髪結いの旦那から話をきいてな、おれが思いついたんだ」文吉が得意そうな顔をする。

兄弟が裏でしているのは美人局《つつもたせ》。つまりは男を騙す商売だ。

「男相手のやり口が、どうして後家さんに通用するのよ」

お縫は文句をつけたが、兄弟の自信ありげな顔つきは変わらない。

「新の旦那に、ひとつだけ頼みがありましてね。明日の晩、家で待っているように、後家に文を出してくれませんか」

唐吉は、用心棒代わりのふたりを、家から遠ざけたいようだ。お安い御用だと、新九郎が請け合った。

「雁金貸しを、本所から追い払ってやる。細工は流々、仕上げをご覧《ろう》じろだ」

文吉の言葉は、本当になった。数日後、沢渡重は、本所松倉町から姿を消した。

「まさか、幽霊の真似事《まねごと》をするなんて」

本所の南一帯は、隙間に無理やり詰め込むようにして、ぎっしりと小ぶりな武家屋敷が立ち並ぶ。梶新九郎とその道を行きながら、お縫は呆れたようにため息をこぼした。

「たしかに、いまの時節に幽霊はそぐわぬが……」くくっと新九郎が、喉《のど》の奥で笑う。

「それでも効き目は大きかったようだな」

弟が絶世の美女に化け、男を誘い、それをネタに兄が強請《ゆす》る。兄弟の美人局のやり方だが、今回、文吉が化けたのは、美女ではなく幽霊だった。

雁金貸しの督促に疲れ、堀に身を投げた女がいる。半造からそうきいて、文吉が思いついた策だった。その女が、ずぶ濡《ぬ》れの幽霊となって化けて出たものだから、お重の肝の潰《つぶ》しようは、並大抵ではなかった。そのようすを、文吉は面白おかしく長屋で披露した。

「兄貴が提灯《ちょうちん》をうまく按配してな、我ながらなかなかの出来だったんだ。後家の驚きっぷりといったら凄《すさ》まじくてな。叫ぶやら泣くやら許しを乞《こ》うやら、半狂乱の有様だ。お縫坊にも、ひと目見せてやりたかった」

得意そうに、ひとくさり語ったが、この話にはとんだ落ちがついた。

「帰ってきた折に、またもや加助さんに見咎《みとが》められちまったのよ」

「どうも加助については、あの兄弟は運が悪いな」

長屋の者の悪事を何も知らない加助は、文吉の女装をたちの悪い悪戯《いたずら》だと思っている。見つかるたびに文吉は、油売りより長くしつこい加助の説教を、食らう羽目になる。

「実を言えば、お佳代から証文を借りるとき、おれも同じ女を引き合いに出してな」

「どういうこと？」

「亡《な》くなった女と、浅からぬ縁にあった故《ゆえ》、何としても仇を討ちたいとな、お佳代を説き伏せた」

「よくもそんな嘘《うそ》八百を……」

「嘘ではないぞ。お花長屋に行く前に、その女の墓に行き、線香をあげてきたからな。浅からぬ縁であろう？」

あきれて二の句が継げないが、そういうところがあるから、この侍は憎めない。

「雁金貸しが払われたのだ。少しはあの女も浮かばれよう」

女の菩提寺《ぼだいじ》があるという方角を仰ぎ、新九郎は声を落とした。

やがて北割下水に出て、やはりお縫の足は止まってしまった。

借りた証文を返しがてら、もう、雁金貸しの心配は要らない。それを姉に伝えるために出向いてきたが、先日、罵詈雑言《ばりぞうごん》を浴びせられたことを思い出すと、どうしても足がすくんだ。

「新さん、やっぱり……あたしはここで待っているわ」

「そうか」

新九郎は無理強いせず、ひとりでお花長屋に入っていった。しかしほどなく、新九郎は長屋から出てきた。背中には、姉のお佳代を伴っていた。

「姉さん……」

借金から解放された安堵からか、笑みこそないものの、姉の顔はずっと穏やかなものに見えた。

「この前は、言い過ぎたよ……親への恨み言はあっても、おまえにはどうにもできないことだからね」

「姉さんの言い分もわかるけど……あたしももとは、皆の悪事に気が引けてならなかったもの……でもね、おとっつぁんも長屋の皆も、同じように後ろめたさを抱えてて、その心許《こころもと》なさが、少しだけわかってきて……」

「お縫、あたしの考えは、変わらないよ。辛《つら》くとも、まっとうに生きるのが人の道だ」

　どこまで行っても交わることがない。どんなに言葉を尽くしても、互いに承服できない。そういう思いは人の中に、必ずある。あいた隙間にさしこむ風は、木枯らしのように冷たかった。

　それでも対岸に立つ姉の像が、いままでより少しだけ、くっきりと見えたような気がして、お縫は姉に微笑《ほほえ》んだ。

「姉さん、義兄《にい》さんと達者で暮らしてね。おとっつぁんもおっかさんも、願うのはそれだけなんだから」

　用心を解かなかった姉の目が、かすかに広がった。ふう、と大きなため息をつき、呟くように口にした。

「あたしは、ふた親のどちらにも似ていない。おまえも、知ってるだろ？」

　こくりと、お縫はうなずいた。兄は面立ちの良い母に似て、自分は父に似た。だが、お佳代だけは、たしかにどちらにも似ていない。

「それで近所の悪ガキ連中から、よくはやされたんだ……あたしはおとっつぁんの子供じゃない、おっかさんが他所《よそ》でこさえた子だってね」

「そんな……そんなはず、決してないわ！」

お俊は儀右衛門と一緒になって、すぐにお佳代を身籠《みごも》った。美貌《びぼう》できこえ、水茶屋勤めをしていたお俊のもとには、通う男が引きもきらなかったとは、お縫もきいている。やっかみ半分に、近所の者があらぬ噂を流し、子供たちに伝わったのかもしれない。

お俊がお佳代に感じていた引け目は、これだったのかとお縫は気がついた。

だいぶ後になって、遠方に住む父方の叔母が訪ねてきて、この人がお佳代にそっくりだった。それでようやく母の汚名は晴れたようだが、お佳代の気持ちはすでに十二分に傷ついていた。

「あたし自身が、汚い者に思えて仕方がなくってね。だからよけいに、あの長屋にいたくなかったんだ」

「姉さん……」

妹の同情の目をふり払うように、お佳代は背を向けた。

「おまえも早く、あの長屋とは縁を切ることだね」

言い残し、足早に去っていく。その背中はいつのまにか、お縫より小さくなっていた。

「おまえの姉は、加助に似ているな」

竪川にかかる橋を越え、深川に入った。それまで黙って歩いていた梶新九郎が、ぽつりと言った。

「加助さんと、お佳代姉さんが？」

「文吉からきいたのだが……お佳代はまるで大鎌をふりまわしているようだ。痛々しくてならないと、お縫が言ったのだろう？」

ああ、と思い出した。眠そうな文吉を相手に、そんな話をした。

「おれも加助を見ていると、同じ痛々しさを感じるときがある。ああもまっさらな善は、人には重すぎる。それを懸命にもち上げ、ふり回しているのは、おまえの姉と同じだろう？」

加助がどんなに刈りとっても、悪事という雑草が絶えることはない。倒れそうな足を踏ん張りながら、たったひとりで鎌をふるうその姿は、ひどく孤独なものに思えた。

同じ幻を見ているみたいに、新九郎が言った。

「本当は、おれたちのような悪党こそが、そういう辛さを味わって然《しか》るべきなのだろうが……差配殿の世話になったおかげで、ひとりで後ろめたさを抱えずともすむ」

「新さん……」

「おれは千七長屋に住まえて、運がよかった」

ひときわ晴れやかな笑顔に、通りかかった女の顔がいくつもふり向いた。

「じゃあ、行ってくるぜ」

おう、と気のない返事をして、出かける兄を背中で見送った。

真夜中まであと半刻《はんとき》ほど。すでに町木戸も閉まり、色街へくり出すにも遅すぎる刻限だ。

妙な夜歩きがはじまったのは、たぶん今月の初めころか。四、五日おきに、今日でかれこれ四度目になる。兄弟ふたりきりの暮らしで、こんなことはかつてなかった。

「野暮なこたぁ、きくんじゃねえよ」

たずねてみても、はぐらかされるばかりだ。ぐっと拳《こぶし》を握り、文吉は立ち上がった。

「ちきしょう、見てろよ。今日こそ、尻尾《しっぽ》を捕まえてやる。おれに隠し立てなんざ、十年早《はえ》えや」

尾行はお手のものだが、相手が唐吉となると、細心の計らいが要る。長屋の木戸をまたぐ頃合を見計らい、そろりと入口障子をあけた。

深川浄心寺裏の山本町から、仙台堀へ出て、最初の橋を唐吉は渡った。

姿を目の端にとらえつつ、決して相手を注視しない。それが尾行の鉄則である。人の視線というものは、案外あからさまなものだ。じっと注いでいると、ふいと気づいたように相手がふり返ることがある。唐吉ならなおのこと、並より気配には敏感なはずだ。

——この前は、うまいこと撒《ま》かれちまったからな。

胸の裡《うち》で舌打ちし、上背のある兄の姿に、意識だけ向けて足をはこんだ。

町々の木戸は閉まっていても、新道《しんみち》とか小路《こうじ》とか、いわゆる抜け道はいくらでもある。唐吉が行く仙台堀の南側一帯も同様で、くねくねと角を右に左に折れながら、木戸をよけて進む。堀で区切られた海に町が浮かぶがごとく、この辺りはことさら水路も多い。

唐吉はいくつも小橋を渡り、ときに土手を歩き、あまりに煩雑《はんざつ》な道筋を辿《たど》る。五日前は、律儀《りちぎ》に後を尾《つ》けながら、うっかり途中で見失ってしまった。自分の庭同然の場所でへまをして、文吉は地団駄を踏んだ。

今日はある程度目鼻をつけ、あえて唐吉とは別の道を行った。足の速さだけは、数段上手だ。まもなく町屋を抜けて、大川に出た。

「おれの見当どおりなら、きっと兄貴は大川を渡るはずだ」

この前は、ことさら風の強い晩だった。川風があまりに強くて、耳がもげそうになった——。唐吉が、そう漏らしたのを、文吉はきき逃さなかった。

この辺から大川を渡るなら、永代橋に違いない。文吉は先に橋を渡り、橋の西詰にある稲荷《いなり》社の入口にある大きな榎《えのき》の木の下に身をひそめた。稲荷の向かい側には船番所があるが、すでに役人は帰った後なのだろう。灯りが消え、真っ暗だった。

「にしても、場所も時節も、立ちん棒には向かねえな」

呟《つぶや》いた拍子にくさめが出そうになり、鼻をつまみながら堪《こら》えた。

十一月も半ば、江戸はすでに冬一色だ。この前、たいそうな雪が降った折には、隅田川には雪見の船がいくつも浮かんだ。火鉢を据えた障子船から、両岸の雪景色を愛《め》でるのである。もとは文人墨客や位の高い武家の遊びであったが、近ごろは物持ちの町人も多いときく。あいにく裏長屋の棒手振りには縁のない贅沢《ぜいたく》だが、兄弟で季物売りをしているだけあって、季節や風物にはそれなりに気がまわる。

以前はもっぱら、天秤《てんびん》を担《かつ》いでの商売であったが、香具師《やし》連中にも見知りができて、祭事の折に助《すけ》っ人《と》を頼まれることも多くなった。雨風にも左右されず、実入りもいい。

この二十二日からは、西本願寺で開かれる「おこう」に出張ることになっていた。一向宗の開祖、親鸞聖人《しんらんしょうにん》の忌日を祈るもので、七日間のあいだ、報恩講が各地で催される。中でも築地《つきじ》の西本願寺と浅草の東本願寺は、規模も人出も最たるもので、境内にはこれを当てこんだ露店が立ち並ぶ。

唐吉と文吉の兄弟は、仏画の刷り物を捌《さば》く店を手伝うこととなり、すでに香具師の親方にも挨拶《あいさつ》をすませていた。

今日はさほど風のある日ではないものの、川から吹く風は、綿入れをつき抜けて刺さるほどに冷たい。腕を組み、小さく足踏みをしつつ、待つ時間はことさら長く感じる。

「つかしいな……やっぱり行先は、深川のどこかなのか？　当てが外れたか……」

つい稲荷から、往来に出た。そのとたんに、後ろから声をかけられた。

「文さんじゃねえか。こんな夜更《よふ》けに、どうしたんだい？」

まさにとび上がらんばかりに驚いたが、叫び声はどうにか喉《のど》の奥に押し戻した。ふり向くと、男がひとり立っていた。その頭上に、月半ばの大きな月が光っている。顔は陰になっていたが、あまりに見馴《みな》れた姿だ。文吉も、すぐに声の主を察した。

「おっさん、脅かすんじゃねえよ！」

同じ長屋の、加助である。堅気の錠前職人だが、深川ではちょっと名が知られている。

「いや、脅かしたつもりはねえんだが……」

加助が頭をかき、そのとき橋の向こうに人の気配を感じた。加助の首根っこを摑《つか》むようにして、もとの大榎の陰へと引っ張り込む。どうやら唐吉ではなく、色街帰りのふたり連れのようだ。女の話を声高に語りながら、永代橋を渡りきり、日本橋の方角へ去った。

やれやれと文吉はため息をつき、加助に小声でたずねた。

「おっさんこそ、こんな夜遅くに、川向うで何やってんだ」

「いやね、佐賀町《さがちょう》で、四つになる子供が行方知れずになってな、さっきまで長屋の者たちと一緒に探していたんだ。もしや川を渡っちまったんじゃねえかと、おれは橋を越えてここら辺りの番屋を覗《のぞ》いていたんだが、ついさっき、無事に見つかったとの知らせが入ってね」

佐賀町は、永代橋の東側にある。同じ深川とはいえ山本町からでは、ご近所と呼ぶには遠すぎる。いわば無駄な労力を使ったに等しいというのに、事なきを得てよかったと、加助は心底嬉《うれ》しそうだ。満足そうな顔に、思わずため息が出た。

「相変わらずだな、加助のおっさんは」

この独り身の錠前職人は、人の世話を焼くことを生甲斐《いきがい》としている。千七長屋の加助といえば、いまや深川で知らぬ者はいない。菩薩《ぼさつ》のようだと有難がられる一方で、度の過ぎた節介は鬱陶《うっとう》しがられることも多いのだが、本人はいっこうに気にしていない。

そしてこの男は、とんでもなく間が悪い。いてほしくない時に限って、何故《なぜ》だか加助は現れるのである。

「もしや文さん、また悪戯《いたずら》をしにいくつもりじゃなかろうな？」

「違《ちげ》えよ！　ほら、女の形《なり》なぞしてねえだろ」

「だったら、どうしてこんな場所でこそこそと……」

疑わしげな加助に向かい、しいっ、と指を立てた。

橋の向こうから、男が歩いてくる。間違いない、唐吉だ。

「あれは、唐さんかい？」

文吉は黙ってうなずいて、近づいてくる兄の姿を目で追った。背の高いからだを縮めるようにして、猫背気味に永代橋を渡る。寒さのせいばかりでなく、やはり人目を忍んでいるように文吉には見えた。

「唐さんは、どこへ行くつもりだい？」

「それがわからねえから、こうして張ってんじゃねえか……色街なぞの遊びなら、おれも連れていってくれるのによ、何だって弟のおれにこそこそしやがるのか、とんとわけがわからねえ」

口を尖《とが》らせると、加助はふっと微笑《ほほえ》んだ。

「唐さんと文さんは、本当に仲がいいねえ」

「そんなんじゃねえよ……ずっと兄弟ふたりきりで生きてきた。それだけだ」

むすっとこたえても、やはり加助はにこにこしている。

橋を渡り終えた唐吉は、稲荷と船番所のあいだを通り過ぎ、すぐに南へ曲がり、また橋を渡った。大川に注ぐ、北新堀川の河口にかかる橋である。

文吉はすぐに後を追ったが、何故だか加助もついてくる。

「何でおっさんが、一緒に来るんだよ」

「いや、おれも唐さんが心配でよ」

「兄貴は、四つの子供じゃねえんだぞ！」

「こんな夜更けに、文さんにも内緒だなんて、考えられるのはひとつだけだ。きっと、博奕《ばくち》に嵌《は》まっちまったに違いねえ。もしかすると、博奕場への借金が嵩《かさ》んで、首がまわらなくなっちまったのかもしれねえ」

金を返すために、また賭場《とば》へ足を向け、さらに借金が増える。人の世話に終始している加助は、この手の話は嫌というほど耳にしている。

「博奕は……ねえと思うんだ」

ぽつりと、こたえた。

「親父で、懲《こ》りてるからよ」

父親の博奕狂いの果てに、兄弟は陰間《かげま》茶屋に売られた。元服前の少年が、男を相手にする商売だ。唐吉が弟を連れて逃げ、おかげでほんの短いあいだで済んだが、その大本となった博奕を、唐吉はことに疎《うと》んじている。唯一《ゆいいつ》、賭場に出向くのは、情報屋《ねたもと》の半造に頼まれて、探索をする折に限られた。

兄弟どちらも、お涙ちょうだい話なぞ苦手な性分だ。自分たちの身の上も、女ならことに、よくある話だ。たいしたことはないと、日頃は傷をたしかめる真似《まね》もしない。そろりと袖口《そでぐち》をめくって覗いてみるような、そんな気分になったのは、兄に置いていかれたようで、心細かったのかもしれない。

かすかな感傷を、文吉はたちまち後悔した。

「すまねえ、文さん……文さんたちの生い立ちをきいていながら、ころりと忘れちまっていた」

「何でおっさんが、泣いてんだよ。頼むからやめてくれ」

いまはそれどころではないと、小さく見える唐吉を示す。物音ひとつもはばかられる。加助もそれは承知しているようで、はなをすすり上げるのはやめて懐《ふところ》から手拭《てぬぐい》を出した。

唐吉は大川を南に下るような道筋で、霊巌島《れいがんじま》を北から南へ抜けた。

ふたりはその姿を遠目で追いながら、ささやき声を交わしていたが、やがて唐吉が京橋川の河口にかかる橋を渡ったときに、文吉が思いついた。

「ひょっとして、用があるのは西本願寺か？」

京橋川を渡った先は、築地である。西本願寺を囲むようにして、大名や大身旗本の屋敷が立ちならび、町屋は少ない。

半月ほど前に香具師の親分に挨拶に行き、数日後からはじまる一向宗のおこうで商売をすることを、加助に告げた。

「もしかすっと、所場《ショバ》かみかじめで親分と揉《も》めているのかもしれねえ。それでたびたび足を運んで……」

もっともらしく加助に語りながら、やはりぴんと来ない。香具師は所詮《しょせん》やくざ者だ。

いくら礼儀を尽くしても、難癖をつけられることもあり、逆にいかにも気に入った風な顔で面倒を押しつけてくる輩《やから》もいる。

だが、そんなとき唐吉は、あっさりと手を引く。

「わかりやした。どうやらあっしらには、分不相応だったようで。お手間をとらせて、申し訳ありやせんでした」

詫《わ》び料をおいて、さっさと退散するのが常だった。いざとなれば裏稼業《うらかぎょう》という手もあり、何よりもよけいなしがらみを、唐吉は嫌った。もって生まれた性分もあろうが、下手に親分連中と関わりをもてば、厄介の枝葉を広げることになる。

千七長屋と、差配の儀右衛門のために、それは決してしてはいけない——。唐吉は肝に銘じ、他人が思う以上に、せっせとまめに枝葉を刈りとっている。

「何の見返りもなしに、おれたちみたいに臑《すね》に傷もつ連中を預かってくれる。そんな殊勝なお方は、江戸広しといえど、なかなかいるもんじゃねえ。その運に、ただ胡坐《あぐら》をかいてちゃ罰が当たる」

時折、思い出したように、そんなことを呟く。

表の世間以上に、裏社会は高い代償がつく。恩だの義理だの、いかにもな御託をならべ、その実、命がけの危ない橋さえ平気で渡らせる。人の命なぞ、蟻《あり》や木の葉ほどに軽い。それが闇《やみ》に塗り込められた裏世間というものだ。

文吉は大人になるまで、あまり意識していなかった。千七長屋にいれば、たいした後ろめたさを感じずに、あたりまえの暮らしができた。差配の儀右衛門の心配りに加え、さらに兄の唐吉が、ずっと風よけの役目を果たしてくれたからだ。

――大丈夫だ、しんがりにはおれがいる。おまえはただ息の続く限り、できるだけ遠くへ、力いっぱい走ればいい。

陰間茶屋を逃げ出すとき、兄は言った。文吉が、もうすぐ十二になるころだ。ちびりそうになるほど怖くてならなかったが、三つ上で、すでに大人に負けぬからだつきだった兄が、かっきりと請け合ってくれたからこそ、廓《くるわ》破りという大罪に踏み出す勇気がもてた。

以来ずっと、実の父親よりよほど頼り甲斐のある石垣として、雨風から守ってくれた。

誰かはわからないが、唐吉が何度も足を運んでいるのなら、相応に厄介な相手のはずだ。兄と違って華奢《きゃしゃ》な自分では、頼りにならぬのだろうが、少しでも重荷を肩代わりしたい。そんなつもりもあった。

京橋川を越えて、短い町屋を過ぎ、やがて大きな武家屋敷ばかりがならぶ場所に出た。両側は見事に白壁ばかりが続く堀端に、いまはすでに葉を落とした柳並木がある。

唐吉は、その中ほどで足を止めた。誰かを、待っているようだ。

「目当ては、西本願寺ではなかったようだね」

加助が、小声で告げる。西本願寺は、ここから数町先になる。上屋敷と思われる、ひときわ長い塀をはさんで、その陰からふたりは顔を出した。

「もしや、逢引《あいびき》かね？」

「逢引にしちゃ、また色気のねえ場所だな」

ふたりの当ては外れ、やがてやってきたのは、笠《かさ》をかぶった小柄な武士だった。

「兄貴がお武家に、いったい何の用だ？」

日頃はまったく縁がなく、いくら頭をひねってもこたえらしきものは浮かばない。

何か話しているようだが、ふたりにはまったくきこえない。侍の側が何か訴えていて、唐吉はやや困ったような風情《ふぜい》で応じている——。そんなふうに見えた。

文吉の胸に、かすかな引っかかりが生じた。

——武士にしては、何か妙だ。

違和感を覚えたが、その正体がわからない。尾行の鉄則を忘れて、つい身を乗り出したときだった。

背の低い侍が、ひしと唐吉にしがみついた。

「げっ！」

思わず発した声を、口の中に押し戻すように、片手で口をふさいだ。

一方の加助は、文吉以上に慌《あわ》てている。

「ととと、唐さんは、衆道《しゅどう》の気があったのか？」

「ない……と思っていた……これまでは」

こたえがどんどん尻《しり》すぼみになっていく。

唐吉はやはりとまどった素振りを見せながらも、何事か低くささやいている。

それ以上、見ておられず、どちらも黙ってその場から離れた。

永代橋を渡りきるまで、ふたりはひと言も発しなかった。


「そりゃ、弟のおれには、話せねえよな……」

ずっと放心の体でいたが、深川の空気に触れて、ようやく口をきく気がおきた。

「おれも色恋ばかりは、どうにもできねえからな」

人の世話をもっぱらとする加助も、疲れたようにため息をつく。

「おっさん、今日のことは見なかったことにしてくれねえか？　兄貴もばつが悪かろうし、おれもどんな面《つら》していいか、わからねえし」

「わかったよ、文さん。誰にも話さねえよ」

加助はすぐに請け合ってくれたが、文吉はしつこく食らいついた。

「本当だぞ、おっさん！　儀右衛門の旦那《だんな》にも、おかみさんにも……誰よりもお縫坊にだけは、決して明かしちゃならねえぞ」

「お縫ちゃんに？」

「お縫坊は、兄貴を好いてんだ。兄貴がよりによって、男に入れ上げているとなれば、目え回して寝込んじまうかもしれねえ」

必死に訴えたが、今度は歯切れのよいこたえは返らない。何ともいえない表情を、加助はした。

「何だよ、その顔は？」

「いや、何というか……おれには、そんなふうに見えなくて」

やはり言い辛《づら》そうに、いっとき黙り込む。じいっと、気味が悪いほど文吉を見詰めてから、おずおずと切り出した。

「お縫ちゃんが好いているのは、唐さんじゃなく……」

「わかってる！　皆まで言うな」

大急ぎで、文吉はさえぎった。

「お縫坊が町方同心に岡惚《おかぼ》れしたのは、いっときの気の迷いだ」

「それ、何の話だい？」

どうも話が通じない。加助が、首をかしげる。

半年ほど前、計らずも長屋に関わり合った南町の同心に、お縫は心を惹《ひ》かれていた。文吉にとっては、思い出すだけで腹立たしい。収まったはずの噴火にいく度も見舞われ、そのたびに噴煙がもくもくと上がり溶岩があふれ出る。そんな出来事だった。

幸い同心は江戸を去り、お縫も何事もなかったような顔で日々を過ごしている。

「あれはな、若い娘がよくかかる、はしかみてえなものなんだ」

うんうんと相槌《あいづち》を打ちながら、やはり歯の隙間《すきま》にものがはさまっているような、加助の表情は消えない。

「なにせお縫坊は、こおんな小《ち》っこい十《とお》の時分から、ずっと兄貴が好きだったんだ。兄貴はシジミの味噌汁《みそしる》が好きだとか、昔一度刺されて以来、実は毛虫が嫌いだとか、いかにも酒が強そうに見えて、よく二日酔いになるとか、みいんなおれが教えてやったんだ」

「なるほど……そういうことか！」

加助が、ようやく合点がいったように、右の拳で左の掌を、ぽんと打った。

「何が、そういうことなんだ」

「文さんはずうっと、お縫ちゃんは兄さんが好きだと、きかされ続けていたんだね？」

「……まあ、そうか」

と、文吉は昔をふり返るように、少し考えた。

「はっきりと口にしたわけじゃねえが、お縫坊を見てりゃあ一目瞭然《りょうぜん》だからな」

「うん、文さんはずっと、お縫ちゃんの傍にいて、見守ってきたからね」

どうしてだか加助は、ひどく嬉しそうに顔をほころばせる。やはり腑《ふ》に落ちないものは残ったが、それ以上つつくのはやめた。

「だからおっさん、お縫坊の耳には入れぬよう、千鳥屋には黙っていてくれよ」

「わかったよ、文さん。で、唐さんの方はどうするんだい？」

「どうって……これぱっかりはなあ」

その場では、こたえることができなかった。

文吉と加助が千七長屋に戻り、唐吉もまもなく帰ってきた。

表立っておかしなところはなく、商いも滞りなくこなしているが、気にかけて見ていると、時折考え込むような表情をする。文吉は静観を決め込むつもりでいたが、三日目の晩、また唐吉が深夜遅く出かけていくと、とうとう我慢ができなくなった。

こんなときに駆け込むのは決まって千鳥屋だが、今回ばかりはそうもいかない。

文吉が足を向けたのは、狸《たぬき》髪結いの半造のもとだった。

「おれはその手の話が嫌いだと、知っているだろう」

最初から半造は、狸に似たずず黒い顔をこれでもかというほどしかめたが、

「そりゃ、身内にしてみれば、放っとけねえよな」

下駄売りの庄治は、人の好い顔をほころばせ、まあまあとなだめる。

「それにしても、唐さんが男好きとはなあ」

「庄さん、その言い方は勘弁してくれねえか」

「たとえ気色が悪かろうと、他人の色恋にくちばしをはさむ気はさらさらないよ」

「髪結いの旦那、そこを何とか」

ふたりを拝むようにして、頼み込んだ。

「実は、どこの屋敷の侍かってところまでは突き止めたんだが、この先はおれひとりじゃどうにもならねえ」

昨夜、文吉はふたたび兄の後を追い、同じ場面を目撃した。そしてふたりが別れてから、侍の後をつけた。

堀端からほど近い屋敷の潜《く》り戸に、その姿は吸い込まれた。

「槇平某《まきだいらなにがし》ってえ、大身旗本の中屋敷だった。五千二百石で大目付だ」

意外に大物だな、とでもいうように、半造が片眉《かたまゆ》を上げる。

「殿さまは上屋敷にいるそうで、中屋敷には奥方と姫さまだけだ」

「で？」

「……わかったのは、そこまでで」

「何もわかってねえのと、同じじゃないか」

半造はやはり、鼻も引っかけない。察した庄治が、助け舟を出してくれた。

「もしやおれを呼んだのは、屋敷の内を探るためかい？」

文吉は、申し訳なさそうにうなずいた。庄治に同席を頼んだのは、己ひとりで半造を説得する自信がなかったことに加え、もうひとつ理由があった。

「庄さんなら、たやすく潜り込めるんじゃねえかって……危ないのは重々承知しているが」

「屋敷の広さは？」

「少なくとも、町屋二町分はある」

「そのくらいでかきゃあ、かえって楽だがね。まあ、塀を越えるくらいはお安い御用だが」

庄治は泥棒で、半造は裏の情報屋である。しかし半造は、本来の仕事以外に、裏稼業を使うことをよしとしない。苦々しげに横槍《よこやり》を入れた。

「安請け合いなぞ、しねえ方がいい。ったく、加助の面倒だけで、おくびが出そうなほどだってのに、この上、わけのわからん色恋なぞに首をつっこめるか」

したくもない人助けに毎度駆り出され、当の加助は何も知らない。儀右衛門の前では自重しているが、半造は日頃の鬱憤を存分にぶつけてきた。

「やれやれ、藪蛇《やぶへび》になっちまったか」

肩を落とす文吉に、庄治がたずねた。

「文さん、相手の顔は見たのかい？」

「いや、笠を目深《まぶか》にかぶっていて……やっぱり、人には見られたくねえんだろうな」

「真夜中じゃあ、誰に会うこともなく寝所に戻るだけだろう？　たとえ屋敷に忍び込んでも、唐さんの相手が誰かってことまでは、おれにも摑みようがねえ」

「だよなあ……」

さらにがっくりと気落ちした文吉に、半造はにべもない。

「そんな面倒をせずとも、一発で相手の正体がわかるやり方があるだろうが。唐吉に、直にききゃあいいんだよ」

「それができりゃあ、苦労しねえよ！」

陰間茶屋から自分を助け出してくれた唐吉が、ふたたび衆道にのめり込んだとあっては、兄としての面子《メンツ》が立たない。

「何かいい知恵は、ねえかなあ」

思わず天井を仰ぐと、酒を運んできたおかるが笑う。おかるは半造の女房だ。

「三人集まりゃ文殊《もんじゅ》の知恵というけれど、儀右衛門の旦那がいないと、まるで烏合《うごう》の衆だねえ」

「せめてお縫ちゃんに手伝ってもらえたら、面白いやりようが見つかりそうにも思うがね」

「庄さん、そいつだけは駄目だ」

頑固に言い張る文吉に、おかるは微笑して酒を勧めた。

ひと晩眠って、朝、目が覚めても、やはり文吉の頭の中には、それが張りついたままだった。井戸端で顔を洗っても、商いの仕度をしても、やはり剝《は》がれてくれない。

「どうしたもんかなあ」

冬晴れの空をながめながら、つい呟きがもれる。

「何が、どうしたもんなの？」

ふいに声をかけられて、慌ててふり向いた。

千鳥屋の勝手口から出てきたのは、お縫だった。

「別に、何でもねえよ」

「……怪しい」

「何がだよ？」

「ほら、そうやって目を逸《そ》らす。文さんがあたしと目を合わさないのは、隠し事をしてるときよ」

あからさまな疑いの眼差しを、じいっと注ぐ。これにはすぐさま閉口した。

「商いのことだから、無闇にしゃべり散らすわけにはいかねえんだよ」

「商いって、裏？　表？」

「……表だ」

お縫の目が、文吉が背中に負った、大きな籠《かご》をながめる。

これといった季物のない、いわば端境期《はざかいき》の折には、手拭なぞを商っているが、冬場のいまは古着買をしている。籠を負った姿は田舎者じみていて、あまり好きにはなれないのだが、季物で馴染《なじ》みとなった客たちが、古い綿入れなどをもち寄ってくれて、実入りは悪くなかった。

「古着買じゃあなく、明後日からの西本願寺だよ」

「ああ、『おこう』ね。それじゃあ、仕方ないわね」

境内や門前町の商いは、香具師ややくざ者なぞが入り組んで、何かと面倒が多いことはお縫も承知しているのだろう。ひとまず納得顔になる。

まもなく同様に籠を背負った唐吉が、入口障子から顔を覗かせた。

「おはよう、お縫ちゃん」

「おはようございます。今日は朝から晴れて、商いには何よりね」

唐吉を見上げるとき、いつだってお縫は嬉しそうだ。少しはにかむような、それでいてきらきらしたその笑顔が、文吉はいちばん好きだった。

――そうか、こいつのためか。

ふいに文吉は思い至った。兄の色恋にこうまで動揺しているのは、たぶんお縫がいるからだ。相手が男だったことには仰天したが、たとえ女だろうと同じように焦《あせ》ったはずだ。唐吉が他の相手と添い遂げることにでもなれば、お縫が泣くことになる。お縫に泣かれるのは、何よりもやりきれない。

――とはいえ、向こうが男で侍となれば、添い遂げようもねえしな。このままでも、いいんじゃねえか？

四の五の考えている間に、兄は先に木戸をまたいで出ていった。

後ろ姿を見送って、お縫が呟いた。

「そういえば、唐さんもこのところ、ちょっとおかしいのよね」

「おかしいって、どこがだ、お縫坊？」

「唐さんもね、あたしの目を避けているような、そんな気がするのよ」

お縫は人一倍、勘がいい。これでは早々に感づかれ、騒ぎになるのは目に見えている。

「もし気がかりがあるなら、いつでもおとっつぁんに相談しにいらっしゃいな」

親切に言ってくれたが、今度ばかりはそうもいかない。

「文、何してる！　行くぞ」

兄の声に、急いで後を追いながら、やはりどうしたものかと文吉は考えていた。

二日後、一向宗のおこうがはじまった。東西の本願寺はもちろんのこと、親鸞聖人を祖とする寺は、これから七日間のあいだ、早朝から参拝客が絶えない。

兄弟も日が上る前から西本願寺の境内に詰めて、夕刻まで仏画の刷り物を売る出店を手伝った。初日ということもあり客はひっきりなしで、古着買で町を歩きまわるよりも、よほどくたびれた。互いに口をきくのも億劫《おっくう》なほど、くたくたにもかかわらず、その晩も唐吉は、真夜中近くに出かけていった。

心なしか、五日おきが四日に、そして三日ごとと、だんだんと間合いが詰まっているように思われる。

「まさか兄貴の奴、抜き差しならねえ色恋の果てに、滅多な真似なぞしねえだろうな」

妙な心配まで頭をもたげ、その日も文吉は疲れたからだを引きずって兄を追った。

「ちきしょう、明日にでもひと雪きそうだぜ」

その夜の寒さはひとしおで、前と同じ築地の堀端で、文吉はかじかむ手に息を吹きかけた。男同士の逢引なぞ、目のやり場に困るだけだ。たまに盗み見る程度にようすを窺《うかが》ったが、最初に感じた違和感は、しだいに大きくなっていた。

――あの侍、やはり妙だ。

強いていえば、武家らしくない。まるで商家のひ弱な若旦那が、侍の着物を借りてでもいるようだ。やがて名残惜しそうに侍が、唐吉からからだを離し、そのときになって文吉は、ようやく気がついた。

——あいつ、肝心のものを携えていねえじゃねえか！

文吉は少し考えて、侍の行く道を先回りした。三日前、侍が使った槙平屋敷の潜戸は覚えている。逆の方角からでは遠回りになるが、足だけは自信がある。屋敷の潜り戸の手前は、道が鉤型《かぎがた》に曲がっている。その角で待ち伏せると、ほどなくかるい足音が近づいてきて、文吉は耳をすました。

——やっぱり、刀の音がしねえ。

加助と一緒だった最初は、それどころではなく、三日前は月がなかった。少し痩《や》せて、半月に近いくらいだが、白い明かりは侍の姿を浮かび上がらせた。左腰から突き出ているはずの刀の影は、見えなかった。武士の魂たる刀を、侍が腰に差さず出掛けるわけがない。

——侍じゃねえとしたら、いったい何者だ？

文吉が最初に感じた違和感は、武家か否《いな》かではない。もっと別の、文吉だけが感じとれる異質なものだ。

——おれが女に化けるのと、どこか似ている。もしかしたら、あの侍は……。

その見当がひらめいたとき、文吉は腹を決めた。頃合を見計らい、鉤型の道からとび出した。いかにも出合い頭のふりで、相手に思いきりぶつかる。

あがった悲鳴は、細く高いものだった。

「……やっぱり、女だったのか」

予測していたとはいえ、ぶつかったときの感触は、想像以上に頼りなく、文吉は面食らった。道に見事に尻もちをついた姿を、しばし茫然《ぼうぜん》とながめた。

笠をかぶった顔が上げられ、意外なほどに強い目が、こちらをにらんでいた。

「無礼者！　何をしやる！」

「……どうも、すいやせん」

いきなり居丈高に叱《しか》られて、それしか言えない。月明かりより真白い手が、すいとさし伸べられた。

「早う手を貸さぬか。気の利《き》かぬ若造じゃな」

「若造って、どう見てもてめえの方が、おれより年下じゃねえか」

ぶつくさ言いながら、手を引いて立ち上がらせる。目の前に立ってみると、いっそう小さく、三つ下のお縫よりも幼く見える。

と、さっきの悲鳴が届いたのか、すぐ近くで潜り戸の開く音がした。おそらく槙平家に相違なく、慌てるような小走りの足音が近づく。鉤型の角から提灯《ちょうちん》がさしかけられ、現れたのはふたりのお女中だった。

身なりからして、武家に仕える奥女中だとすぐにわかる。年嵩と見える片方が、鋭い声を発した。

「もしやと思うて駆けつけましたが、いかがなさいました！」

「幾野《いくの》か、案じるにはおよばぬ」

侍姿の女は鷹揚《おうよう》に応じたが、奥女中は手にしていた懐剣を鞘《さや》から抜いた。

「何奴か！　この御方に、無体は許しませぬぞ」

「ちょちょちょちょ、ちょい待ち！　おれは無体なぞ、一切働いてねえよ！」

大急ぎで弁明すると、幾野の背後にいた若い女中が、おや、という顔をした。

「もしや、文吉さんではなくて？」

「へ？」

肝が縮んで、まさに屁《へ》のような声しか出ない。

「あたしよ、日高屋《ひだかや》のお柚《ゆう》よ」

「ああ、古着問屋のお嬢さん！」

兄弟が集めた古着を買ってくれる、深川の大きな古着問屋の娘であった。

「柚は、この者を知っておるのか？」

「はい、姫さま。唐吉さんの弟にございます」

文吉と女主人が、思わず間抜けな顔を見合わせる。

「姫さま？」

「弟じゃと？」

あいだに落ちた奇妙な沈黙は、相手の笑顔で払われた。

「唐吉殿の弟君であられたか……豊《とよ》と申す。よしなに頼みまする」

さっきとは打って変わった、親しみの籠《こ》もった表情のためだろうか。

十七歳の豊姫の笑顔は、意外なほどに可愛《かわい》らしかった。

「文、おめえ、何だってこんなところに」

静かな屋敷地では、小さな悲鳴も思いのほか遠くまで、きこえたのかもしれない。

汗みずくで道の向こうから現れたのは、唐吉だった。

「まさか、おめえばかりか加助さんに尾《つ》けられていたとは……おれも焼きがまわったもんだ」

たくましい肩が、がっくりと落ちる。深川までの道を辿《たど》りながら、互いに事情を語り合った。

「にしても、何だって槙平家の姫さまに、岡惚れされる羽目になったんだ？」

御目文字《おめもじ》さえ、容易に叶《かな》わぬ相手だ。まさか日高屋のお柚が、仲立ちしたとも考え辛い。お柚は今年の春から、槙平家に行儀見習いという名目の花嫁修業に出されていた。

「今月の初めに、西本願寺の親分に、挨拶に行ったじゃねえか。あの折だよ」

「折って、ひょっとして……」

「ああ、あの火事だ」

唐吉が親分と言ったのは、西本願寺の境内と門前を預かる、香具師の親方のことだ。挨拶《あいさつ》は滞りなく済んだが、寺からの帰り道、火事に遭遇した。

冬のこの時期、風物と言っていいほどに、江戸に火事は多い。

大川に面した町屋から出た火は、半町ほどを焼いただけで消し止められたが、いっときはもうもうと煙が立ち込めて、前すらろくに見えなかった。逃げまどう人波に押され、兄弟も離ればなれとなったが、間違っても逃げ遅れることはなかろうと、互いのことはさほど心配せず、文吉は途中で親とはぐれた兄妹と行き合い、ひとまず西本願寺へと逆戻りした。その辺で避難場になりそうなのが、そこしかなかったからだ。

案の定、西本願寺の境内には、次から次へと人がなだれ込んできた。文吉は結局、香具師の子分衆とともに、辿り着いた者たちの世話に駆り出された。

一方の唐吉は、やはり煙に巻かれて往生していた豊姫を見つけたのである。

槙平屋敷は、出火元の町屋とは堀一本しか隔たっておらず、おまけにちょうど風下にあたる。煙に燻《いぶ》されるようにして、側女中の幾野やお柚、若党ふたりにつき添われて屋敷を出たが、逃げまどう人波に流されるうちに、離ればなれになってしまった。

「そこに兄貴が、通りがかったというわけか」

「逃げる者たちに邪魔にされながら、道の真ん中に突っ立っていてな。どこの世間知らずのお女中かと、その場から連れ出して一緒に逃げた」

唐吉もやはり西本願寺を目指すつもりでいたが、煙を避けて進むうちに、京橋川の西寄りに出た。幸いそこで、幾野とお柚に出くわしたという。

「お柚さんがおれの身元を証してくれて、その場は礼を言われて退散した。二日後、お柚さんの名で文が来てな。大事な相談事があるから、誰にも内緒で、あの堀端に来てくれとあった」

「それでのこのこと出掛けていったら、あの姫さまが待っていたというわけか」

「どういうわけか、気に入られちまったようだ」

自分の羽織を脱いで頭からかぶせ、足が痛いと急に歩みが遅くなると、面倒だからと背中に負《おぶ》った。男ぶりもよく、窮地を救ってくれた上に、何かと気遣ってくれた。豊姫はいたく、感じ入ったようだ。

「有り体なら、屋敷に呼ばれて褒美《ほうび》をもらって、ってところじゃねえのか？」

「火事の最中に姫君を見失ったんだ。殿さまに知れれば、女中も若党も直ちにお払い箱だ。お柚さんだって悪い噂《うわさ》が立てば、縁談に大きく障《さわ》る」

わがままなところはあるものの、一方で豊姫は、情け深い面もある。自分が火事場で迷子になったことは、両親には内緒にしようと自ら申し出た。

「つまりは兄貴の働きも、表向きはなかったことにされたんだな？」

——それではあまりに申し訳ない。ぜひいま一度会って、直に礼をしたい。

豊姫に強く乞《こ》われ、お柚は件《くだん》の文を唐吉に送ったというわけだ。

姫君の逢引など、人に見られたら一大事だ。最初と二度目は、幾野とお柚がつき添ってきたが、三度目からは姫君はひとりで行くといってきかない。

自分たちの粗相を握られているだけに留め立てもできず、若党から借りた着物袴《はかま》を着せたのは、年嵩の奥女中、幾野の苦肉の策だったようだ。

れてよ」

「決して誰にも明かすな、身内ですらいけないと、あのおっかねえお女中に釘《くぎ》を刺さ
「それでおれにも黙って、こそこそと……いや、いそいそか。築地に通っていたんだな？」

「馬鹿野郎、おれだってわざわざこの寒い中、夜歩きなんざしたかねえよ」

どうだか、と文吉が、横目で見遣《みや》る。

「兄貴は好きでもねえ女に言い寄られても、まるで愛想がねえじゃねえか。たとえ相手が姫さまでも、嫌なら通うのをやめりゃあいいだけの話だろ？」

「だから！　おれもお女中たちと同じに、姫さまに脅されているんだよ！」

「脅される？　兄貴が、どうして？」

こんな危ない逢瀬《おうせ》は、いつまでも続けられるものではない。万一、殿さまに知れれば、その場で手打ちにされても文句は言えず、何より千七長屋に、どんな面倒が降るやもしれない。きっと、それを何より危惧《きぐ》したのだろう。これで最後にしたいと、三度目の晩、言い渡した。

唐吉は二十四、すでに分別のある大人だ。しかしその分別は、若い姫君には単なる逃げや尻込みに思えたのかもしれない。

呼び出しに応じなければ、火事の折の出来事を、色をつけて両親に話す——。

豊姫は、堂々と唐吉を脅迫した。

「火事場でふたりきりのとき、おれに無体を働かれたと、殿さまに告げ口するっていうんだぜ！」

あの無鉄砲な姫君ならやりかねないと、唐吉は頭を抱えた。

「へえ、あの姫さま、なかなかの知恵者だな」

「感心してる場合か！　そんな不興を買っちまったら、手打ちどころじゃねえ。細切れにされた上、大川に放り込まれて魚の餌《えさ》だ！」

めずらしく騒ぎ立てる兄をながめ、その晩は文吉も、ただ面白がっていただけだった。

しかし翌日の夕刻、西本願寺から戻った兄弟を、日高屋のお柚が待ち受けていた。

「大変なんです！　豊姫さまが、許嫁《いいなずけ》とは一緒にならぬと殿さまに申されて！」

お柚は幾野に頼まれて、宿下がりの名目で、今日の昼から深川に戻ってきたという。

「許嫁って、何の話だ？」

さあ、と唐吉も首をひねる。

「槙平家は跡継ぎの男子がおらず、豊姫さまがひとり娘です。養子を迎えて、姫さまと添わせると、かねてより決まっておりました」

豊姫にとっては、子供のころからの許嫁であり、年が明ければ結納《ゆいのう》が交わされ、来年の秋には婿《むこ》を迎えて婚姻の儀がとり行われる手筈《てはず》になっているという。

「何だ、そんな相手がいたのか。初めから言ってくれりゃあ、いいものを」

心なしか、唐吉の肩が落ちている。からかうのをやめて、文吉はお柚に言った。

「嫁入り前の大事なころに、他の男に会わせるとは。いくら姫さまに脅されたとはいえ、あの怖《こえ》えお女中が、よく承服したな」

「幾野さまは、姫さまをおかわいそうに思われて……だから唐吉さんとの仲を、無理に裂けなかったんです」

「かわいそう？」

「姫さまが、夫となる殿方を、ひどく嫌っておられるの」

「嫌いって、姫は相手に会ったことがあるのか？」

ええ、とお柚はうなずいて、姫の許嫁について語った。

留守居役を務める家柄の次男で、名は宮城《みやぎ》森弥《しんや》。歳《とし》は二十三だという。

「たぶん、少しでもふたりが近づきになるようにとの、心配りだったんでしょうね。

姫さまが五つ、六つのころに、よく槙平家に遊びにきていたそうなのだけど……かえってそれが、よくなかったようなの」

「というと？」

「その若殿さまが、とんでもない乱暴者で、姫さまをたいそう苛《いじ》めていたそうなの。豊姫は毎度のごとく泣かされて、終《しま》いには若殿が来る日には、蔵に隠れて出てこなくなったそうよ」

当時から姫さまづきの奥女中であった幾野からはもちろん、当の豊姫から、お柚も散々きかされていた。姫が大事にしていた人形の首は引っこ抜く。鯉を覗《のぞ》かせて、庭の池に突き落とす。怖い面をかぶり、屋敷中を追い回すと、悪辣《あくらつ》の限りを尽くされた。

「でも、姫さまを何より震え上がらせたのは、蛙《かえる》だそうよ」

「蛙？」

「もともと蛙が大の苦手だったのに、ひときわ大きな蟇蛙《ひきがえる》をもってきて……」

やはり蛙が嫌いなのだろう、ぶるっとお柚が身震いする。口にさした麦わらで息を吹き入れ、蛙の腹を破裂させる。男の子なら、誰もが一度はやる残酷な遊びだが、蛙嫌いの姫さまには、耐えがたいものだった。

「幾野さまも、若殿の傍若無人を直に見ていらしたから……姫さまが厭《いと》うのも無理はないと、たいそうお気の毒に思われて……」

ほうっ、とお柚は長いため息をついたが、気づけばとなりに座る唐吉は、じっと考え込んでいた。声をかけようとすると、ふいに文吉をふり返る。

「何かよ、似たような話を、きいたように思わねえか？」

「何のことだよ？」

「ほら、ミミズだよ、ミミズ。文、覚えてねえか？」

「ミミズなら、お縫坊がでえ嫌いなものだが……」

「おまえときたら……本当にその辺ばかりは育ってねえな。兄ちゃんは悲しいぞ」

大きな掌が文吉の肩におかれ、やれやれと唐吉が首を横にふる。

「それでね、唐吉さんにお願いにきたのよ。姫さまを、何とか説き伏せてもらえないかしら？」

「おれに？」

「もともと気に染まない縁談を控えていたところへ、唐吉さんが現れたでしょ？　いく度か会ううちに思いが募って、逆に許嫁の若殿がますます疎《うと》ましくなったのでしょうね。あたしも姫さまと同い歳だから、お気持ちはよくわかるわ」

両親や女中たちが、どんなに説いても、姫は首を縦にふらない。豊姫が耳をかたむけてくれるのは、唐吉の言葉だけかもしれない。幾野は、そう言ったという。

「説き伏せるにも、何の材もねえからなあ……」

うーんと、唐吉は、顎《あご》に手をやった。

「おれの見当が当たっていれば、お相手の若殿は、豊姫さまをとても気に入ってるはずだ」

「……いったい、何を拠所《よりどころ》に？」

姫と同じ十七のお柚には、さっぱり合点がいかないようだ。しきりに首をかしげる。

「そいつを確かめてみてえんだが、何とか若殿と、会う手筈はつけられねえかな？」

「それなら、たぶん大丈夫よ。あたしの伯母が、昔森弥さまの乳母をしていたの」

お柚が槙平家に行儀見習いに行ったのも、実はその縁だという。

「おれが目通りできるよう、計らってもらえるか？」

「まかせて！　あたしの縁談もかかっているのだもの、伯母さんに頼んでみるわ」

お柚は拳《こぶし》を握り、心強く請け合って、翌日さっそく朗報を届けてくれた。

「おこうの最後の日にね、若殿さまも西本願寺へお参りに行くそうなの。そのときに伯母も、ご挨拶させていただくことになっているそうよ」

「そいつは都合がいい！」と、唐吉が小躍りする。

「それとね、いま若殿さまが、探しているものがあるそうなの」

「探しているもの？」

　お柚の伯母のもとには、いまも折にふれて若殿から便りが届く。その中に、書いてあったという。その品を口にして、お柚がにこりとする。

「やっぱり、唐吉さんの見当は、当たっていたのかもしれないわ」

「そいつを献上すれば、若殿との目通りもすんなり叶うというわけか。よし、江戸中の店を当たってでも探し出してやる」

　唐吉はらしくないほど張り切って、仏画売りを弟に任せ、翌日からその品を求めて走り回った。江戸では結構な人気があり、一方で入る品は少ない。なかなか難儀していたが、三日目、おこうが明日で最後というその日、ようやく見つけてきた。

「やれやれ、何とか間に合ったぜ」

「で、兄貴。肝心のもんは、どこにあるんだい？」

「なにせ、思っていたよりでかくなっちまってな。明日、西本願寺へ届けるよう頼んでおいた」

　小柄な弟の頭に届きそうなほど、大きなものだときいて、文吉がびっくりする。

「そんなでか物じゃあ、さぞかし値も張ったろうに……金は、どうしたんだ？」

「実は姫さまから、大枚の礼をもらったからな、そいつで間に合うと思ったんだが」

「大枚って、いくらだ？」

「餅《もち》ひとつだ」

ひええ、とわざとらしく文吉がのけ反る。切り餅ひとつは二十五両。裏長屋住まいでは、一生お目にかからぬような大金だ。

「それでも足りなくてな。残りは祝儀《しゅうぎ》代わりに、日高屋が快く出してくれたよ」

翌日、兄弟は、お柚の伯母とともに、西本願寺の座敷のひと間で、宮城森弥に目通りした。御留守居役の次男は、思っていたよりずっと気さくで、何よりも献上した祝いの品を心から喜んでくれた。

「おお、かように立派なものを、かたじけない。自ら探してはみたのだが、なかなか見つからなくてな、困っておった」

「こちらをお探しだったのは、豊姫さまのおためですか？」

唐吉の問いに、森弥は少しばかり照れくさそうな顔をした。

座敷にはこび込まれたのは、大きな盆梅だった。要は梅の木の盆栽だが、盆栽というにはあまりに大きい。文吉と同じほどの背丈に加え、長方形の焼き物の鉢も、幅二尺はあるという代物《しろもの》だ。

豊後梅《ぶんごうめ》という。

名のとおり、豊後国を産とする梅で、いまは江戸でも出回っている。杏《あんず》と梅のかけ合わせと言われ、実も花も梅にしては大きい。ことに花は、淡い紅色の半八重で、可憐《かれん》でありながら華やかだ。豊姫には、似合いの花だった。

「豊姫が、梅を好むときいた故《ゆえ》、名にちなんだひと鉢を贈りたいと思うてな」

唐吉はあらゆる植木屋をまわったが、豊後梅は入る端《はし》から売れてしまうという。しかし一軒の植木屋で、さる好事家《こうずか》と知り合い、譲り受ける算段をつけたのだ。

冬のいまは枝ばかりで、遅咲きというから、花はまだまだ先だが、結納の儀の折に姫に渡すつもりだと、若殿は嬉《うれ》しそうに受け取った。

「子供のころ、さんざん苛めてしもうてな。その詫《わ》びのつもりもある……決して憎かったわけではなく、むしろ逆なのだが……」

「わかりやす。男の子はどうしてだか、好いた子に限って優しくできねえ。あっしの傍にも、よく似た者がおります」

唐吉は、ちらりと文吉をふり返ってから、少しばかり神妙な顔でたずねた。

「ひとつ、不躾《ぶしつけ》なことを伺ってもよろしいですか？」

「かまわぬ、何じゃ？」

「若殿さまからご覧になると、お相手の姫さまは、どのようなお方ですか？」

「そうだな……姫にしては少々気は強いが、幼きころより、目下の者を思いやる心の広きところがあった。一度、こんなことがあってな」

若殿が面白がって姫の人形を奪いとり、付き添ってきた宮城家の女中がそれをとり返さんとした折に、誤って首がとれてしまった。女中は真っ青になり平身低頭していたが、そこへやってきた母親に、自分が粗相をしたと姫は告げた。

「わしにも責めがある故、姫に罪を負わせるわけにもいかず、人形の首を壊したのは己だと、その場で申し上げたのだが……姫の慈悲がなくば、わしも己を鼓舞できなかったろう。かような姫と夫婦《めおと》になるのかと、何やら誇らしゅう思えた」

人形の件はそういうことだったのかと、文吉は内心で納得したが、唐吉は満足そうにうなずいた。

「若殿さまと豊姫さまなら、きっとよい夫婦になりましょう。心よりお祝い申し上げます」

日に焼けた顔に白い歯を見せて、いかにも嬉しそうに若殿は唐吉の祝辞を受ける。

あれ、と文吉は気がついた。

身分の高い若君にしては精悍《せいかん》なその顔は、どこか兄に似ていた。

「じゃあ、唐さんの相手は男じゃあなく、お旗本のお姫さまだったのかい！」

話の途中で、仰天した加助が大きな声をあげた。

唐吉のことが、心配でならなかったようだ。時折ようすをたずねられていたが、一切が済んでから、文吉は加助に明かした。

若殿に目通りしたその晩、唐吉は豊姫に会いにいった。

ついてくるなと兄には釘をさされたが、やはり家でじっとしてはいられない。築地の堀端には、もうふたつ見守る影があった。奥女中の幾野とお柚である。三人で塀の陰からようすを窺う羽目になったが、当然話はきこえない。

辛《かろ》うじて見えたのは、唐吉がさし出した豊後梅のひと枝だった。

前もって一本だけ失敬してきたのだが、冬のこの時期に、淡い紅色の花がついている。幾野とお柚が手ずから拵《こしら》えた、紙の造花であった。

女中たちの心尽くしか、あるいは唐吉が語った許嫁の人となりか、はたまた梅を通して宮城森弥の気持ちが通じたのかもしれない。

逢瀬はこれで最後だと、唐吉が言い渡すと、意外にも豊姫は素直にうなずいたという。

「向こう見ずなふるまいもするが、あの姫さまは賢いからな。本当はてめえでも、わかっていたんだろうさ」

翌朝、弟に報告した唐吉の肩は、元気がなさそうに落ちていた。

「口にはしなかったが、兄貴も案外、姫さまに惚《ほ》れていたのかもしれねえな」

少しばかり感傷めいた気分で、空を仰いだ。

七日間の報恩講が終わり、久方ぶりの休みだ。唐吉は早くも師走《しわす》の商いの段取りをつけにいき、文吉は加助と連れ立って、仙台堀の橋詰にある茶店に来ていた。

「唐さんがひと段落したなら、次は文さんだな。いつまでもミミズではなあ」

「それ、兄貴にも、まったく同じことを言われたよ。ミミズって何だ？」

「おれはお縫ちゃんからきいたんだが……文さんは、覚えてねえのかい？」

いいや、と文吉は片手をひらひらさせた。

「ミミズ蕎麦《そば》、で思い出さねえか？」

「蕎麦……ああ、あれか！」

文吉の頭に、ようやくその記憶がよみがえった。

まだ兄弟が千七長屋に来て、まもないころだ。ある雨上がりの日、地面からたくさんのミミズが出てきた。うねうねとしたさまが面白く、文吉は家から椀《わん》をとってきて、ありったけを椀に盛った。

「ミミズが嫌いなお縫ちゃんに、よりによってミミズ蕎麦とは……悪戯《いたずら》にしても度が過ぎるだろう」

「お縫坊がミミズ嫌いだなんて、あのときまで知らなかったんだよ」

と言いながら、子供ながらにしっかり者だったお縫が、きゃあきゃあ逃げ回るのが面白く、ミミズの椀を片手に追いかけ回したのは事実だ。

「……まあ、子供じみた真似《まね》をして悪かったなと、いまは思うよ」

文吉が饅頭《まんじゅう》を口に放り込むと、加助はひと口茶をすすり、つと表情を変えた。

「なあ、文さん。お多津《たつ》を、覚えているかい？」

「ふりゃあ……もちろん」

饅頭を急いで飲み込んで、大きくうなずく。お多津は、加助の元女房だ。

「お多津が幸せになるならと、おれは諦《あきら》めた。だが、正直なところ、いまでも悔いている」

「おっさん……」

「最後に会ったあのとき、無理にでも引き止めていれば……何べんだってお多津を説き伏せていれば……いまごろ娘のおたまと三人で、暮らしていたんじゃねえかと。おれのとなりに、お多津がいてくれたんじゃねえかと……嫌になるほどくり返しくり返し悔やんでいる」

　他人のことには涙もろいのに、己の話になると加助は涙をこぼさない。それがいっそう、やりきれなかった。

「だからな、文さん。若い文さんには、そんな思いをしてほしくねえんだ」

　そう言った加助の顔が、兄の唐吉の顔と重なった。

　ふたりが何を言いたいのか、わかったような、わかりたくないような――。そんな曖昧《あいまい》なものが、薄い雪のように胸に落ちてくる。とっくりとながめようとすると、急に吹いた北風がさらっていった。

　加助が身を縮こませ、ぶるりと身震いした。

「おお、寒い。文さん、甘酒も頼まねえか？」

　文吉はうなずいて、奥に向かって「甘酒二丁！」と叫んだ。

鴛鴦《おしどり》の櫛《くし》

轟々《ごうごう》と風が鳴る。

吹きつけるたびに、あばら屋の骨が、痛そうに軋《きし》みをあげる。次の一陣で、木端微《こっぱみ》塵《じん》に崩れてしまいそうで、思わず身じろぎすると、

「腕、痛いのかい？」

お俊が、となりから声をかけた。

「大丈夫よ、おっかさん」

気丈に応じたが、後ろ手に縛られた腕は、すでに肘《ひじ》から下の感覚がないほどにしびれていた。母のお俊も、やはり同じ格好で柱に括《くく》られている。

ここには刻《とき》の鐘の音すら届かないが、そろそろ真夜中にかかるころだろう。母子が捕われ、この場所に連れてこられてから、一刻《いっとき》ほどが過ぎていた。

同じ風の音でも、町屋が立て込む深川山本町では、こうも恐ろしくはきこえなかっ

た。たぶん、理由はそれだけではないのだろう。

父と母と三人で、あれこれと語らいながら夕餉《ゆうげ》を済ませ、同じ木戸の内には馴染《なじ》みの者たちがいる。その心安さが満ちた千七長屋では、真冬の強い木枯らしさえ、季節の風物に過ぎなかった。そこから引き離されたとたん、こんな心細い思いをするとは――。


それでも、母と一緒にいるお縫は、まだましかもしれない。

「おとっつぁん、ひとりで大丈夫かしら……」

「己のことより、おとっつぁんの心配かい？　おまえもたいがい腹太だねえ。危うい目に遭っているのは、あたしらだってのにさ」

くくと喉《のど》の奥で笑う。かどわかされたときには、さすがに青い顔をしていたものの、この空き家に着くころには、すっかり落ち着いていた。こうして横顔をながめても、まるで他所《よそ》の法事に参列してでもいるかのようだ。

「腹の太さにかけては、おっかさんにはまだまだおよばないわ」

「ま、その辺は母娘《おやこ》だからね」

娘をふり返り、艶《あで》やかに微笑する。強風に煽《あお》られて、燻《くすぶ》りはじめていた不安が、すっと鎮《しず》まった。母の度胸は、生来のものばかりではない。自信を裏打ちしているのは、父の儀右衛門だった。

「大丈夫。きっとおまえのおとっつぁんが、助けてくれる。どんな難儀に出くわしても、必ず越えてきた。いままで一度だって、裏切られたことがないからね」

「そうよね。おとっつぁんなら、たとえ江戸中の盗賊が相手でも、事を収めてくれそうに思えるわ」

「きっといまごろは、長屋の衆を集めて、手筈《てはず》を整えていなさるよ」

「でも、おっかさん。たぶん加助さんだけは、何も知らずに高いびきよ。そう考えると、何だか癪《しゃく》だわね」

母娘が顔を見合わせ、目だけで笑い合う。

ふたりの災難の元を運んできたのは、いつものとおり善人長屋一の善人、加助であった。


「お縫ちゃん、すまねえが、宋縁先生を呼んできてもらえねえか」

加助が千鳥屋に駆け込んできたのは、八日前、十一月の晦日《みそか》のことだった。

宋縁は近所の町医者で、腕の良さに加え、人柄も良い。何より頻々と呼びつける加助を疎《うと》んじることもせず、薬代を待ってくれたり、負けてくれることもある。長崎に一年いたということの医者は、ことに外科に長《た》けていた。

「加助さんたら、また誰か拾ってきたのね。宋縁先生ってことは、怪我《けが》をしてるということ？」

「怪我を負ったのは、五日も前らしいんだが……傷が腐って、とんでもねえことになっている。ひどい熱を出して、道端にうずくまっていたんだ」

「わかったわ。すぐに先生を呼んでくるわ」

「頼むよ、お縫ちゃん」

いまにも泣き出しそうな情けない面《つら》は、何度も見ている。この錠前職人が、行き倒れなぞを連れ帰るのはままあるのだが、さまざまな病人や怪我人を見ているだけあって、自《おの》ずと見分けもつくのだろう。加助がこういう顔をしたときは、助からないことの方が多い。わかってはいたが、それでもお縫は精一杯急いで、町医者を呼びに走った。

しかし医者は、加助の長屋に寝かされた怪我人を看《み》るなり、眉《まゆ》をくもらせた。

「これは駄目だ、手の施しようがない。右肩に負った傷が膿《う》んで、その毒が、すでにからだ中にまわっている」

「何とかなりやせんか、宋縁先生。見たところ、おれと同じ年恰好《としかっこう》、三十半ばくらいでさ。まだまだ先がある身空だってのに、旅先で儚《はかな》くなるなんて、あんまりでさ」

まるで男の身内のようにして医者にすがったが、宋縁は辛《つら》そうに首を横にふった。

「せいぜいもって、あと三日だ。傷からくる熱故《ゆえ》、たいして効かぬとは思うが……熱冷ましを出すから、後でとりにきなさい」

やはり加助と同年輩の町医者は、そう言い置いて帰っていった。

「おれには何もしてやれねえ……ほんとにすまねえな、駒吉《こまきっ》つぁん」

枕元《まくらもと》に座り、加助は鼻をすすった。熱にうかされている男には、その言葉すら届いていなそうだ。

「この人、駒吉さんというのね」

「うん。会津ご城下で、小商いをしていたそうだ」

うつぶせに寝かされているのは、肩の傷が背中側にあるからだ。宋縁が布を巻いて手当てをしてくれたが、右肩は瘤《こぶ》のように紫色に腫《は》れ上がり、開いた傷口がぐずぐずに崩れていて、加助同様、怪我人を見慣れているはずのお縫ですら、思わず目を逸らしたほどだった。

雨の峠道で足をすべらせ、傾斜をすべり落ちた拍子に、折れた太い木の枝に肩をやられた。千七長屋まで、加助に背負われながら、駒吉はそのように経緯《いきさつ》を語った。

「背中の側だから、見えなかったんでしょうけど……こんなひどい傷を、ろくな手当てもせずに五日も放っておくなんて」

「気が急《せ》いていたんだろうよ。会津の住まいを引き払って、大坂にいる兄さんの商売を手伝うことにしたそうだ。その兄さんは、掛け取りのために江戸へ下ることになっていてね、深川で落ち合うつもりでいたらしいな」

「それで江戸に……」

「傷の手当てもそこそこに、ひとまず道を急いだんだろうな。昨日の朝、どうにか江戸へ辿《たど》り着いたものの、力尽きてしまったんだ」

昨日の朝ときいて、おや、とお縫は気づいた。加助は今朝早く、大横川にかかる橋のとっつきに座り込んで、動けなくなっていたこの男を見つけた。これほどの傷を負いながら、まる一日、駒吉はどこで何をしていたのだろう？

「そこまで気がまわらなかったが、言われてみれば、たしかに……」

「お兄さんと待ち合わせたということは、このあたりに馴染みの宿か知り人でもあるのかしら？」

「いや、おれもきいてみたんだが、深川には二年前に一度来たっきりで、近しい者はいないというんだ。宿をとったわけでもないらしいんだが」

詳しくたずねるより前に、駒吉は加助の背中で気を失っていた。それからは熱で朦朧として、時折うわごとを呟《つぶや》くばかりだという。

「兄さんと、いく度も呼んでいてね」

「そう……せめてお兄さんに、会わせてあげたいわね。いつどこで、待ち合わせたのかわかれば、知らせることもできるのに」

「そうだな。何とかして、きき出してみるよ」

八日前の、加助とのやりとりを思い出し、ついため息がこぼれた。

思えばこの親切が、仇《あだ》となった。

宋縁の看立てどおり、駒吉はそれから三日目、加助に看取られて息を引きとった。

「かわいそうな駒吉さん……あんなにお兄さんに、会いたがっていたのに」

お縫は、すん、と鼻をすすった。

「兄さんと落ち合う日どりを、今夜と決めていたそうだ。それまでは互いに繋《つな》ぎのつけようがなくてな……せめて死に水をとらせてあげたかったと、加助さんも残念がっていた」

差配の儀右衛門は、加助からきいた話を、妻と娘に語った。

「あんな無理をして、江戸へ辿り着いたのに……」

「そのために命を落とすなんて、因果なもんだねえ……かわいそうに」

ほうっとお縫とお俊は、互いに湿っぽいため息をついた。

「こういうことは初めてじゃないし、せめて通夜《つや》と葬式くらいは、うちで出しても構わないが、兄さんに相談した方がよかろうと思ってな」

「加助さんは、そのために出掛けていったのね」

「場所は、深川八幡の門前にある料理屋でな、そう遠くもないからな」

深川に来たのも、そういうわけだったのかと、お縫はひとまず得心した。

加助と出会う前日、宿で休むこともせず、あんなからだを引きずって駒吉がどこで何をしていたのか。その謎《なぞ》だけは残ったものの、当人が亡《な》くなったいまとなっては確かめようもない。

「駒吉さんは、最後に辞世の句を残したそうだ。『きっと兄さんに渡してくれ』と、それが今わの際《きわ》の言葉だったそうだ」

苦しい息の下から、どうにか詠《よ》んだ。ひび割れた唇に耳を寄せ、加助はそれを書き留めた。

「うまくお兄さんと、会えるといいわね」

屋を訪れた。
お縫の呟きに、両親が静かに同じる。一家の願いは通じ、その夜、駒吉の兄は千鳥屋を訪れた。

「このたびは弟が、ほんまにお世話になりました。礼のしようもあらしまへんわ。ほんま、おおきに。おおきに、旦《だん》さん」

駒吉の兄は、泣き腫らした目で、何べんも何べんも頭を下げた。

「いや、礼なら、店子《たなこ》の加助に言ってください。寝ずに看病し続けたのは、あの男ですから。甲斐《かい》がなかったことだけは、残念でなりませんが……こうしてお兄さんが駆けつけてくれたんです。駒吉さんも、浮かばれましょう」

儀右衛門が、慰めに満ちた悔やみを述べる。

しばし加助の長屋で眠る駒吉と、ふたりきりにしてやった。加助が後ろ手に障子を閉めたとたん、中から号泣がきこえてきた。大の男のあられもない泣き声は、お縫の胸にもひどく応《こた》えたが、小半刻後、千鳥屋へ戻ってきたときには、だいぶ落ち着いていた。それでも目だけは真っ赤で、厚みのあるからだが、ひとまわりもしぼんで見えた。

同じ長屋に住まう季物売りと同様に、あまり似ていない兄弟だった。

亡くなった駒吉は、細面の痩《や》せた男で、どこかひ弱そうな線の細さが目についた。対して兄は、背は弟と同じほど、そう高くはないが、肩や胸はがっちりとして、その上にやや強面《こわもて》の赤ら顔が載っていた。

母がととのえた酒肴《しゅこう》の盆を置きながら、お縫はじっとその顔に目を凝らした。

「兄弟いうてもあまり似とりませんが、五つ違いの、ほんまの弟ですわ。五人姉弟の三番目と五番目で、他は女ばかりやったさかい、姉も妹も皆売られましてな。親は伊賀国の水呑《みずのみ》百姓で、どちらも早くに亡くなったんですわ」

儀右衛門の酌をありがたく受けて、そう語り出した。

「わしはしばらくは父親《てておや》を真似《まね》て、村で日雇い仕事なんぞしとりましたが、どうにも嫌気がさしましてな、二十歳を越えたころ村を出て、上方へ上りました。当時はもう、姉弟も残っとらんかったし、身軽やったんですわ」

「では、駒吉さんは、そのころどちらに？」

「江戸におりました。末の駒吉だけは、わしら姉弟の中では、とび抜けて出来のええ子で。寺子屋をしとった坊さんに目ぇかけられて、縁あって江戸の商家に奉公に出されたんです。あれが十四のときですわ。村の出世頭やいうて、ずいぶんとうらやましがられたもんですが……」

ちくりと何かに刺されたように、いかつい顔をしかめた。

「きつい奉公先やったようで、続きまへんでな。六年ほどで暇を出されて、わしを頼って上方に来よりました。わしは村を出てから、京坂で職を転々としとりましたが、いまは大坂で小商いをしとります。以来、ずうっと一緒におったんですが……二年前、駒吉は会津に移りましてな」

「会津には、どういう経緯で？」

「駒吉が江戸におったころ、同じ奉公先に歳《とし》のいった下働きがおりましてな、貞助《さだすけ》といいよりますが——弟と一緒に店をやめたんですわ。貞助じいさんには、小僧の時分にずいぶんと可愛《かわい》がってもらったそうで、駒吉は恩義に感じとりました。そのじいさんの故郷《くに》が、会津なんですわ」

先が見えてきて、年寄はしきりに会津に帰りたいと口にするようになった。駒吉はその意を受けて、ともに奥州路を辿り、二年近くのあいだ会津で一緒に暮らした。

「その貞助じいさんも、さきごろ亡くなりましてな。また兄弟一緒に、大坂で暮らそと思うて、江戸で落ち合うことにしましたんや。わしも掛け取りなんぞがおましてな、師走《しわす》に商い仲間と一緒に、江戸に下るつもりでおったさかい」

「そうでしたか……」

「まさか、こないな不幸に見舞われんならんとは、夢にも……」

いかつい四十男の顔が、ふいに歪《ゆが》んだ。大きな口から嗚咽《おえつ》が漏れるのを堪《こら》えるように、唇をぎゅっと引き結び、押し出された悲しみが目からぽたぽたとあふれた。

あいた徳利を片付けにきたお俊が、あわれみの籠《こ》もった眼差しを向ける。

母とは違う眼差しで、その姿を見詰め、お縫は一緒に台所に下がった。

「ああいうのはほんと、やりきれないねえ。見ているこっちが、辛くなっちまう」

台所で洗い物をしながら、お俊はしんみりとしていたが、その母にお縫は小声で告げた。

「おっかさん、あの人、おそらく堅気じゃないわ」

「何だって？　本当かい、お縫」

ふり向いた母に、お縫は黙ってうなずいた。

「駒吉さんは、どうなんだい？」

「あの人については、正直わからなかったわ。あまりに弱っていたものだから……ただ、あのお兄さんは十中八九、悪党よ。そういうにおいが、ぷんぷんするもの」

「おまえのこの手の勘は、まず外れたためしがないからね」

やがて客が帰ると、お縫は父にもその旨《むね》を告げた。娘の勘働きを信用しているのは、儀右衛門も同じだ。難しい顔で、腕を組んだ。

「できれば関わりたくない手合いだが、江戸にろくな知り合いがいないのは間違いなさそうだし、やはり通夜と葬式だけは、手伝わないわけにはいかんだろうな」

すでに葬儀の段取りは、済ませてある。明日の夜、加助の長屋で通夜をして、翌日、千鳥屋が菩提寺《ぼだいじ》としている深川のさる寺で、葬儀を行う手筈になっていた。

「人の死ばかりは、悪党も堅気もなかろうし、少なくとも、弟の死を心から悲しんでいるのは本当だろう」

「そうだね、あの嘆きっぷりには嘘《うそ》がない。あたしも、そう思ったよ。それに、たとえ相手が悪党だろうと、義理を通せば恨まれる謂《いわ》れはないからね」

お俊も亭主に同意して、通夜と葬式は決めたとおりにとり行われた。

念のため儀右衛門は、加助を除いた長屋の衆には知らせておき、さらに加助を通して、近所の者たちを、いつも以上に大勢集めた。

「二年ぶりに、兄さんと会う約束が果たせなくてね。ひとりぼっちで死んでいったんだ。せめて弔いくらいは、にぎやかに見送ってやりたくて」

儀右衛門に焚《た》きつけられて、加助は方々で、お涙ちょうだい話を披露した。かねてから善人長屋と加助の評判は、これでもかというほど轟《とどろ》いている。いたって人の好い深川っ子は、葬儀の手伝いやら焼香やらに、喜んで足を運んでくれた。

それでもお縫は、弔いのあいだじゅう、悪寒《おかん》が走ってならなかった。

「大丈夫か、お縫坊。てめえが死人みてえな顔色だぞ」

口は雑だが、心配してくれていたのだろう。文吉はずっと、お縫の傍を離れなかった。

「だって、文さん。あのお兄さんばかりじゃない……商い仲間の五人も、たぶん同じお仲間だわ」

「本当か！」

さすがに驚いて、文吉はその一団を見遣《みや》った。駒吉の兄をとり囲み、それぞれ西の言葉で、悔やみや慰めをかけている。いずれも商人の身なりだが、お縫の目にはまるで、その一角から黒い靄《もや》が立ち上っているかのように見える。思わず文吉の着物の袖《そで》を、握りしめた。

「心配すんな、お縫坊。おれも兄貴も、長屋の衆もついてる。千鳥屋の皆には、指一本ふれさせやしねえ」

「文さん……」

「だからできるだけ、何食わぬ顔をして、やり過ごすんだ。あいつらは皆、上方の連中だ。葬式さえ済んじまえば、おさらばだ」

「そう、そうよね……お葬式さえ終われば、金輪際、関わることもないわよね」

胸にわいた不安を無理やり押し込めるようにして、お縫は無闇《むやみ》にうなずいた。

一切は滞りなくはこび、茶毘《だび》に付された駒吉は、骨壺に納まった。大事そうに抱えた兄は、儀右衛門や長屋の衆にていねいに礼を述べ、初七日は自分たちでやるからと、断りを告げた。

骨壺を収めた桐箱を抱えた姿が遠ざかり、やがて見えなくなると、お縫はほうっと大きく息をついた。

「皆、ご苦労だったたな。よけいな心配をかけてすまなかった。おかげで事なきを得たよ」

儀右衛門は長屋の衆を労《ねぎら》って、精進落としの名目で、寺の帰り道にある料理屋で酒をふるまった。

「まったく、おまえさんのおかげで、とんだ災難だ。せめて来年からは、もうちっと慎んでほしいもんだね」

にぎやかな酒の席で、髪結いの半造だけは、加助にそんな説教をたれたが、当人は悪党一味を引き入れたなぞとは、欠片《かけら》も思っていない。

「髪結いの旦那、今年も色々と世話になりました。来年からも、ひとつよろしくお願《ねげ》えしやす」

能天気に返されて、半造は仏頂面をますますしかめた。

「よかったな、お縫坊。今日からは枕を高くして眠れるってもんだ」

文吉も、色白の顔をほんのりと酒で染めながら、お縫に笑顔を向けた。

これで終わったと、お縫もそう思っていた。

しかし駒吉の初七日にあたるその日、ふたたび一味は千鳥屋に現れた。

「おかげさんで、初七日も無事に済みましてな、ひと言お礼をと伺いましたんや」

口上だけは穏やかだが、表情も気配も、剣呑《けんのん》なものを含んでいる。

第一、初七日の挨拶《あいさつ》にしては、刻限が遅すぎる。そろそろ床に就こうかというころ、店の入口がほとほとと叩《たた》かれ、板戸越しにたずねると、駒吉の兄だと応じる。開けぬわけにもいかず、儀右衛門は潜《くぐ》り戸の閂《かんぬき》を外したが、入ってきたのはひとりではなかった。五人の商人仲間が、ぞろぞろとつき従っていた。

先日会ったときとは、からだから滲《にじ》み出るものが明らかに違う。お縫だけでなく、儀右衛門やお俊も察したようだ。そのくらいあからさまな敵意に似たものが、連中からにじみ出していた。喪主を務めた兄が、店の座敷にどっかと腰を降ろし、仲間の五人は出口を塞《ふさ》ぐように土間に並んだ。

「ところで、旦さん。駒吉から何か、預かってまへんか?」

「預かり物だと? いや、何も……」

と、儀右衛門は、女房と娘に顔を向けたが、むろん心当たりは何もない。母と一緒に、首を横にふった。

「駒吉さんが遺《のこ》したものと言えば、辞世の句だけだときいている。それなら店子の加助が、おまえさんに届けたはずでは……」

「あないな紙きれやあらへん、何より大事なお宝や。わしらはそれを、ある場所に隠しとったんやが……昨日、行ってみたら、影も形ものうなっとった。おかしいと思わんか? 場所を知っとったのは、ここにおる仲間のうち限られた者と、あとは駒吉だけや」

相手の疑念の輪郭が、ぼんやりとながら見えてきた。儀右衛門が、慌《あわ》てて否定する。

「知らない。本当に、私らは何も……」

「あくまでしらを切り通すいうなら、仕方あらへんな。おい、やれ」

あっ、と思う間に、仲間のひとりが土足で座敷に上がり、お縫の背後にまわる。男の左腕一本で身動きがとれなくなり、右手に握った匕首《あいくち》が、お縫の頬に当てられる。

「お縫！」

「やめろ！　娘には手を出すな！」

思わず腰を浮かせた儀右衛門とお俊を、騒ぐなと短く制す。

「正直に歌うてくれたら、こないに手荒な真似はせんかったものを。どうや、白状する気になったか、窩主買《けいずかい》の旦那」

儀右衛門の両眼が、大きく広がった。お俊とお縫も、しばし息を呑む。気味の悪い沈黙を破ったのは、仲間内ではいちばん年嵩《としかさ》と見える男だった。儀右衛門より、いくぶん若い。たぶん、五十がらみだろう。年相応の、落ち着いた声音で語った。

「旦那、わしはあんたを見たことがあるんや。もう三十年近く、前の話や。あんた、四五六《しごろ》の親分のもとに、挨拶に来たやろ。わしもその席におったんや」

「四五六の……そうだったのか」

観念したように、儀右衛門はゆっくりとため息を吐いた。

四五六の頭とは、昔、大坂で名を馳《は》せた西の大盗だ。お縫も髪結いの半造から、父との関わりをきいていた。

当時、江戸の主だった盗人一味が次々と捕縛され、御上に注進した者として、半造が疑われた。その濡《ぬ》れ衣《ぎぬ》を晴らすため、儀右衛門と半造は大坂に赴き、四五六に後ろ盾を頼んだのだ。父と半造が、生涯切れぬ強い絆《きずな》を結んだ一件でもあり、また、父が儀右衛門を名乗り、故買屋を正式に継ぐ、きっかけともなった。

「とはいえあのころは、わしも若造やったさかい、一味の下っ端に過ぎんかった。あんさんが覚えとらんのも無理はない。正直わしも、千鳥屋儀右衛門の名をきくまでは、すっかり忘れとった。通夜と葬式で、あんたと髪結いの顔をとっくりとながめてな、あのとき江戸から来たふたり連れに間違いあらへんて、思い出したんや」

「そうか。十五年ほど前に頭が亡くなって、大坂との縁も切れたが……四五六の頭は立派なお人だったな」

儀右衛門の口ぶりは、世辞ではなさそうだ。荒っぽいが肝の据わった男で、盗人の道理をよくわきまえていた。四五六を知るふたりのあいだで、そんなやりとりが短く交わされた。

「頭が亡くなって、お仲間も散り散りになったときいていたが」

「ああ、あれから二、三の頭のもとで働いたが、いまは縁あって、この頭についている」

と、駒吉の兄を目で示す。歳から言えば、十歳は下になろうが、己より若い頭につくのはままあることだ。

「なるほど、おまえさんも、盗人の頭ということか」

「土竜《もぐら》の武三《たけぞう》。西では、そない呼ばれとる」

駒吉の身内としては、まるで別の名を騙《かた》っていた。

正体を現した西の盗賊は、不敵な笑みを浮かべてそう名乗った。


「ひとまず娘を放してくれ。その有様では、おちおち話もできない。おまえさんたちが、おれを疑う理由すら、わからないのだからな。だいいち、そのお宝とやらは、いったい何だ？」

「盗人の宝といや、金に決まっとるやろうが」

武三はむっつりとこたえたが、ひとまずお縫を放すよう、手下に身振りで伝えた。見たところ、一味の中でいちばん若い。文吉と同じくらいだろうが、一本だけ伸び過ぎた稲穂のように、ひょろりと背の高い男だった。へい、と応じた声は、やや不満そうだ。

「声を立てるなよ。妙な動きなぞしたら、後ろからぶっすりだ」

そう耳許《みみもと》でささやかれた。煙草《たばこ》と酒の混じった嫌なにおいより、背中から感じる物騒な気配の方が、よほど気味が悪い。男のからだが離れると、お縫は黙ってうなずいた。男は匕首を抜いたまま、お縫の後ろに腰を落とした。となりのお俊の後ろにも、別のひとりがやはり控える。いわば妻子を楯《たて》に、口を割らせようという心づもりは変わらぬようだ。

内心は大いに動揺しているのだろうが、表情だけは、儀右衛門は常の落ち着きをとり戻していた。

「金高は？」

「あくまで、しらを切るいうんか」

「金高は？」

儀右衛門が重ね、ひとたび互いの眼差しが、正面からぶつかった。しばしのにらみ合いの後、ちっ、と舌打ちし、武三はこたえた。

「一千五百両だ」

「一千五百両……」

額の大きさにも、驚く素振りは見せなかった。

「二年前、わけあってこの辺りに隠しておいた。そいつが影も形ものうなっとる」

「そんな大金を、二年も放っておいたのか。どこに隠したかは知らないが、誰かが見つけていても、おかしくはなかろう」

「そないな言い訳が、この土竜の武三に通じると思うとるんか。死にかけた弟から、金の在《あ》り処《か》をきき出して、てめえらが猫糞《ねこばば》した。そう考える方が、よほどすっきり得心できるわ。ことに弟を看取った輩が、窩主買とくりゃあ、なおさらや。そやろ、日《ひ》出蔵《でぞう》？」

かつて四五六の手下だった男は、返事のかわりに、儀右衛門にちらりと視線を走らせた。日出蔵と呼ばれた男の目の中に、かすかな迷いがある。

儀右衛門は、四五六が盗んだ品を江戸に運び、ひと月半の内に金に替える手立てを講じた。頭が死ぬまでの十数年、おそらく父は、その約束を一度も違《たが》えなかったはずだ。四五六の手下であったなら、千鳥屋儀右衛門がどういう男か、わきまえてもいよう。日出蔵の迷いはそこにある。お縫は頭の中で、そう見当した。

しかし父への信用は、ちょうど腕の悪い猟師が打った鉄砲玉のように、とんでもない方向に向かってはじけた。

「頭、もうひとつ、別の考えもありますのやが……」

「いまさら何や、日出蔵」

日出蔵はたぶん、武三にとっては右腕のような存在なのだろう。明らかに気分を害しながらも、「まあ、ええわ、言うてみ」と、促した。

「盗人は差配やのうて、店子の方やあらしまへんか？　駒吉さんを助けたいう……たしか、加助とかいいよりましたか」

「加助さんは、そんなことしないわ！」

たまらずお縫は、叫んでいた。土竜一味がぎょっとして、お縫をふり向く。

「たとえ飢え死にしたって、人さまの金に手をつけるような真似はしない。加助さんは、そういう人よ！　悪党の血なんて、一滴だって混じっちゃいない、根っからの善人なのよ」

「ぎゃあぎゃあ喚《わめ》くんじゃねえ！　外に漏れたら、厄介だろうが」

背後にいた若い男が、すかさず匕首をお縫の前にかざした。黙り込んだお縫に、土竜の武三が薄笑いする。

「せっかくだが、嬢ちゃん。根っからの善人なんぞ、この世にはおらん。それがわしの信条や。日出の言い分にも、一理あるしな。旦さん、ひとつあの男を、ここに連れてきてくれはらへんか？」

「断る」

唇を引き結び、儀右衛門は相手をにらみ返した。

「娘の言うとおり、あの男は素っ堅気の錠前職人だ。おれの裏商いにすら、気づいていない。よけいなことを吹き込めば、それこそ藪蛇《やぶへび》になる。どうしてもと言うなら、おれを殺してからにしろ」

ふたたび儀右衛門と土竜がにらみ合い、張り詰めた沈黙が座敷に落ちた。しかし今度は武三も、引き下がらなかった。厚みのあるからだと赤ら顔に、いっぱいの怒気が満ちた。

「おんどれが、この土竜の武三を脅すつもりか」

「脅しじゃない。おれには差配として、店子を守る責《せ》めがある。その道理を、わきまえてほしいだけだ」

「己の立場をよう考えて、ものを言え。わしは人殺しは好かんが、そう気の長い方やない。われの耳と鼻を削《そ》ぎ落として、しゃべらせることもできるんやで」

武三はゆっくりとした動作で、懐《ふところ》から匕首をとり出して、鞘《さや》を払った。その切っ先が正面から儀右衛門の鼻先に当てられる。本気の脅しだろうが、儀右衛門は怯《ひる》まない。

「おれのことは、好きにしろ。ただし加助や店子の皆には、決して手を出すな」

「ええ加減にせえ！　こっちゃが下手に出りゃあ、つけあがりおって。えらそうにほざいたぶんの代銀は高いで。まずは耳一枚や！」

武三の右腕が、高くふり上がった。

「おとっつぁん！」

お縫の悲鳴とともに、さすがに儀右衛門が身を固くして目をつむる。

その瞬間、鋭い声がとんだ。

「一千五百両！」

声をあげたのは、お俊だった。

それと同時に、日出蔵の手が、頭の腕をしっかと摑《つか》んでいた。

「あんたたちが欲しいのは、一千五百両だ。そうだろう？　うちの人を殺《や》ったら、それこそ死人に口なしだ。金輪際、あんたらの手には入らない。それでもいいのかい？」

肝の太さでは、亭主に負けてない。儀右衛門より数段きつい目を、土竜に据えた。

はからずも、別の助け舟が入った。若頭分の、日出蔵である。

「頭、あんじょう堪《こら》えてくれんか。ここで面倒起こしたら、また江戸に長居できんようになる」

「放さんかい！　おまえに言われんでも、わかっとるわい」

乱暴に、日出蔵の手を払いのける。血の上りやすい気質《たち》のようだが、それでも盗人一味を率いるだけの器量はある。たぎった憤懣《ふんまん》を押さえつけるように、大きく息を吐き出した。

お縫も一緒に息をついたが、儀右衛門のからだからは、緊張と、もうひとつ別の何かが散じていた。たぶん、気合のようなものだろう。武三が落ち着くのを待って、口を開いた。

「土竜の頭、ひとつ申し出がある。三日、待ってくれないか」

「待つて、何をや？」

「一千五百両だ」

「ほう、ようやっと口を割る気になったんか」

「そうじゃない。何べんも言ったとおり、おれも店子たちも猫糞なぞしていない。だが、おれも裏の世界の理《ことわり》は知っているつもりだ。疑いを晴らさぬ限り、このままでは済まないと、よく承知している」

武三が、太い毛虫のような眉《まゆ》を、片方だけ上げた。儀右衛門の真意が、まだ見えぬようだ。

「三日のうちに、消えた一千五百両を、おれが探し出す。それでどうだい？」

「探し出すやと？　できんかったら、どないするつもりや？」

「そのときは……この千鳥屋の身代を、根こそぎもっていって構わない。うちは見てのとおり、質屋にしてはささやかな商いだ。蔵を空にしても一千五百両には届かぬかもしれないが、それでも相応の額にはなる。一切合財を金にして、さし出すつもりだ」

「そないな妄言、信じると思うとるんか？　わしらが去《い》んだとたん、番屋に走るつもりか？」

「馬鹿を言うな。おまえさんたちが捕まれば、おれの手も後ろに回る。そんな危ない橋を、渡れるものか」

「ほんなら役人やのうて、江戸の盗人仲間を集める気ぃか？　窩主買なら、よしみもあるやろ」

土竜の武三は、頭から疑ってかかっている。儀右衛門は辛抱強く言葉を尽くしたが、なかなか承知しようとはしなかった。さっぱり進まぬなりゆきに、嫌気がさしたように、ふう、とお俊がため息を声に出した。

「三日のあいだ、あたしが人質になる。それでどうです？」

「お俊……」

儀右衛門は眉をひそめたが、武三は、悪くないと言いたげな顔をした。

「あたしも……あたしも、おっかさんと一緒に人質になるわ。それでいいでしょ？」

「お縫、おまえはいいんだよ」

迷惑そうに、母は顔をしかめたが、お縫は引かなかった。母をひとりで行かせるのは忍びなく、何よりも父を信じていたからだ。

「一千五百両は、おとっつぁんが必ず探し出してくれるもの。おとっつぁんにできないなら、この江戸の誰にも見つけられやしないわ」

土竜の武三が、表情を変えた。頑固な強面《こわもて》がかすかにゆるみ、一方で、その目に抜け目ない光が宿る。頭がちらりと見遣ると、日出蔵は黙ってうなずいた。

「たいそな口ぶりやな、嬢ちゃん。そうまで言うんなら、受けてやらんでもない。ただし日限《ひぎり》は、今日を入れて三日や。それ以上は待てん」

「正味、二日ということか……」

すでに今日という日は、一刻ほどしか残っていない。儀右衛門は難しい顔をしたものの、武三が譲らないとわかると、その申し出を呑んだ。

「ただ、ひとつだけ教えてくれ。金は、どこに隠してあったんだ？　そこから手繰るより他に、やりようがない」

「しゃあない、教えたるわ。ただし、他言無用や」

武三は請け合って、儀右衛門の耳許で、その場所をささやいた。

「おとっつぁん、さすがに二日じゃ無理ではなくて？」

「大丈夫だよ、お縫。おまえとおっかさんが三日も捕われている方が、気が気でならないからな。……お俊、お縫を頼んだよ」

「こっちのことなら、心配いらないよ。あたしはもちろん、お縫もおまえさんの娘だからね。何がふりかかろうと、凌《しの》いでみせますよ。あのとき大川の端で、そう約束したろう？」

父と母の眼差しが、同じ色を帯びて交わった。まばたきするほどの短い間だったが、子供の前では滅多に露《あら》わにしない、夫婦の絆が確かにそこにはあった。

「塒《ねぐら》に着くまで、声を立てたらあかん。ええな」

日出蔵が念を押し、母娘は黙ってうなずいた。

父に見送られて千鳥屋を出たとき、夜四つの鐘が鳴りはじめた。

真夜中まで、あと一刻――。期限の切なさを告げる、無情の鐘だった。

「いくら何でも、二日じゃあまりに短いわよね」

長屋でのやりとりを思い出し、お縫は、はあっとため息をついた。

千七長屋のある深川山本町からほど近い、仙台堀から舟に乗せられた。そこからは目隠しと猿ぐつわをされたから、はっきりとはわからないが、お縫も深川っ子だ。舟の向いた方角や川筋からすると、おそらくは砂村新田の外れだろうと見当をつけた。舟
砂村新田は、仙台堀を東へさかのぼり、大名の下屋敷や広大な洲崎十万坪を越えたところにある。

江戸の初め、砂村新左衛門が開拓した土地で、塩除堤と呼ばれる土手に守られている。深川八幡としてなじみの深い富岡八幡を、最初に勧請《かんじょう》したのもやはり砂村新左衛門で、当時はこの地に建てられた。寛永のころに、八幡さまがいまの場所に移されてからは、元八幡と呼ばれていた。

たぶん仙台堀から横十間川《よこじっけんがわ》に入り、さらに境川へと舟は曲がった。

まもなく舟を下ろされ、目隠しだけは外されたものの、空に月はなく、こんな田舎では他に明かりもない。盗賊たちが掲げる、ひとつきりの提灯《ちょうちん》を頼りにしばし歩き、空き家と思われる一軒の百姓家に行き着いた。

広い土間に囲まれて、座敷が三つ。そのひとつには炉が切ってある。広さは申し分ないものの、障子紙があちこち破れているものだから、隙間《すきま》風が絶えず忍びこむ。寒くてならないから、盗賊たちは炉に火をくべて、そのまわりに固まっていた。

お縫と母は、その次の間にあたる座敷の柱に、となり合わせで縛りつけられている。やはり師走の凍った風が、容赦なく入り込む。足先や、手首が縛られた両の手は、すでに堪えようがないほどかじかんではいたが、泣き言を漏らさぬよう我慢した。火の傍で、恐ろしげな男たちと同席するくらいなら、寒さを堪える方が、まだましに思えたからだ。

とはいえ黙っていると、ますます辛い。気を紛らそうと、小声で母に話しかけた。

「やっぱりもう一日、いえ半日だけでも、日限を伸ばしてもらえばよかったわ」

「いまさら、くよくよしたってはじまらないよ。おとっつぁんを信じておやり」

「そりゃ、信じちゃいるけれど……ただ、おとっつぁんにしては、らしくないなと思って。あんなふうに、頭を怒らせるなんて」

常なら儀右衛門は、決してそのような真似はしない。むしろ爆《は》ぜる前の栗《くり》のように怒り心頭に発する相手を、穏やかに辛抱強く、なだめることを旨とする父だった。あんなふうに、安易に命のやりとりをすることも、まずしない。

「一歩間違えば、耳を落とされていたかもしれないのよ。あんな無茶、おとっつぁんらしくないわ」

「あれは加助さんに向いた矛先を、己に戻そうとしたんだろうよ。それには怒らせるのが、いちばん手っ取り早いからね」

「だからって……」

「止めに入る者がいることも、わかっていなさったと思うよ。あたしじゃなく、あの日出蔵って片腕のことさ」

たしかにと、お縫もうなずいた。何十年ものあいだ捕まることもなく、何人もの頭のもとで盗みを続けてきた。滅多にない話であり、確かな処世の術を、心得ている証《あかし》であった。能はありながらあくまで己は出しゃばらず、頭に忠義を尽くし、仲間を大事にする。表の世ですら、そうそうお目にかからない。お縫もまた、土竜一味の中では、誰より道理が通じる相手だと感じていた。

ただ、盗賊というものは、悪党の中でももっとも危ない連中だ。日出蔵のような手合いはむしろ稀《まれ》で、性根の曲がった半ちく者もたんといる。

「さっきから、何をごにょごにょ話しとるんや？　そない暇なら、わいが相手してやってもええで」

気がつくと、男が見下ろしていた。のっぺりとした面長に、性根のゆるさを現すみたいに、目じりがひどく垂れている。先刻、お縫に刃物を向けた若い男で、ここからも見える囲炉裏端での一味の話から、鮫二《さめじ》という物騒な名であることも知れた。

「なんや嬢はん、おかさんは別嬪《べっぴん》やのに、ちいとも似とらんな」

文吉に言われたら、大きなお世話だと、あかんべえをしているところだが、長い顔に貼《は》りついたにやにや笑いが薄気味悪くて、思わず顔をそむけた。

「すまんすまん、そう怒りなや。顔は十人並かて、抱き心地は悪うなかったわ。こないに寒い座敷におったら、冷えてまうわ。どや、わいとしっぽり温め合わんか？」

頬はかっと火照《ほて》ったのに、ぞくりと悪寒がした。

この男にとっては、自分はただ、雌でしかないのだ――。

中身はもちろん、器量すらどうでもいい。女の形さえしていれば、人形ですら事足りる。

女が侮《あなど》られるとは、こういうことか――。

涙がこぼれそうになるほど、悔しくてならなかった。

質屋も客商売であるから、店番の娘に、卑猥《ひわい》な冗談を言う客もいる。それでも、ここまであからさまに見せられたのは初めてだ。男のもつ獣臭さに耐えかねて、お縫は精一杯顔を逸らした。

「ちょいと、親の見ている前で娘に言い寄るなんて、おまえさんもいい度胸だね。口説くなら、せめてもうちっと気の利《き》いた場所にしておくれ」

お俊がきっぱりとはねつけて、声が届いたのだろう、囲炉裏端から日出蔵が腰を上げた。

「鮫、いらん構い立てはすな。また頭に、小言を食らうで」

「そう言わんと、日出さんもどや？　このおかさん、歳は食っとるがえらい別嬪や。日出さんやったら、あんじょう楽しめるんとちゃいまっか」

「いい加減にせんかい、このボケが。さっさと来んかい」

日出蔵に引きずられ、いかにも惜しそうにしながらも、若い男もとなり座敷に戻っていった。からだを温めるためか、すでにだいぶ酒が入り、囲炉裏端では博奕《ばくち》がはじまっていた。

男たちが去っても、からだの震えが収まらない。となりから、励ますような声がした。

「お縫、ひとつだけ、言っておきたいんだがね」

さっきまでの伝法な物言いとは違う。静かで、嚙《か》みしめるような響きがあった。

「おまえを脅すわけじゃないが、もしも……もしも連中に、邪《よこしま》な真似をされたとして……」

「わかってるわ、おっかさん。万一のことになったら、あんな男たちに辱《はずかし》めを受けるくらいなら……その前にあたし、舌を嚙むわ」

　母をふり返り、勇んで告げた。こちらを見返す瞳《ひとみ》が丸く広がり、しかし信じられないことに、お俊は次の瞬間、ぷっと吹き出した。

「ひどいわ、おっかさん。いくら何でも、笑いごとじゃすまないのよ」

「ごめんよ。だけどお武家でもあるまいに、舌を嚙むなんてできるのかい？」

「要は上の歯と下の歯で、べろを嚙みちぎれば良いのでしょ？　あたしだって、本気になればそのくらい……」

　そうは言っても、己の歯で挟んでみると、舌は意外と厚ぼったい。首尾よく嚙み切れるだろうか、との懸念《けねん》が自《おの》ずとわいた。

　口をもごもごさせる娘をながめ、お俊がくすりと、また笑う。

「そうじゃないんだよ、お縫。おまえにはね、まるきり逆のことを、忠言するつもりだったんだ」

「逆って？」

「万一、連中に無体を働かれたとしても……そのくらいのことで命を絶つなんて、馬鹿な真似はするな。そう言いたかったんだ」

「そのくらいって、おっかさん……」

つい母親に、非難がましい目を向ける。嫁入り前の娘にとっては、死ぬより辛いことだ。いくらさばけた母親でも、そういう娘心は察してしかるべきだ。

それでもお俊は、さらりと言った。

「そのくらいのことさ。そんな目に遭っても、後の人生を安穏と送ることだってできる。おまえの目の前に、生き証人がいるからね」

「……おっかさん？」

歳がいっても、美貌《びぼう》と色気を未《いま》だに留めている。その母の顔を、お縫は初めて見るかのようにながめた。

「あたしは若いころ、何人もの男に手籠《てご》めにされたんだよ」

「うそ……」

「嘘じゃないよ。お縫にもいつか話すつもりでいたんだがね、おまえは妙に真面目《まじめ》だから、嫁入りしたくらいでちょうどいいかと、つい後回しになっちまった」

それ以上、ながめているのが辛くなり、お縫は母の顔から視線を外した。

「どうせこの有様じゃ、他にすることもないし。良い折だから、話してあげるよ」

「別に、いいわ……おっかさんも、思い出したくないだろうし」

「そう言いなさんな。そのおかげで、おとっつぁんと縁付いたようなものなんだから、悪い話ばかりじゃないんだよ」

「おとっつぁんと？」

「そうだよ。少しはきく気になったかい？」

お縫はすこし考えて、顔を上げた。母に向かって、そっとうなずく。

お俊はきれいな笑みを浮かべ、古い話をはじめた。

＊

お俊は父の顔を、覚えていない。器量よしの母は酌婦をしていたが、酔っぱらっている方が多いような飲んだくれで、一人娘にはあまり関心を払わなかった。おそらくは酒毒のためであろう、その母も、お俊が十歳になる前に亡《な》くなった。

「まったくあの子ときたら、若いころから己のきれいをようく承知していて、我が子ながら鼻もちならない娘に育っちまってね。あたしとは、どっこも似たところがなかったよ。あの面《つら》も、だらしない性分も、みんな爺《じい》さまからもらったものさね」

お俊は母方の祖母、お玄《げん》に引きとられたが、お玄は孫に向かって日がな一日、ぶつくさとこぼしているような年寄だった。ききたくもない父と母の経緯まで、愚痴めいた調子でだらだらと語る。

「あれは生まれつきの尻軽でね、何人もの男を渡り歩いたあげくに、おまえの父親に、えらく入れ込んじまったんだ。面だけは男前だが、女から金をせびって遊びばかりに精を出す、どうしようもない男さね。身重になって稼ぎがなくなったとたん、あっさり捨てられちまってね、まったく馬鹿を見たものさ」

娘によく似た孫の先行きに、祖母は同じ危うさを感じていたのかもしれない。しつけや説教の建前で、くり返しくり返し同じ愚痴を言い続けた。

これみよがしに、孫には野暮ったく地味な身なりをさせたのも、そのためだ。もっとも、晴れ着を買ってやれるほど、余裕のある暮らしではない。祖母は深川八幡に近い色街にある、さる遊女屋から、針仕事をもらって駄賃を稼いでいた。

お俊もまた、祖母から仕込まれたものの、手先の不器用さだけはどうにもならず、何年やってもいまひとつ上達しなかった。同じ目で針を動かし続ける根気もなく、役立たずだのただ飯食らいだのと、祖母からは叱《しか》られどおしの毎日だった。

そんな日々が、ころりとひっくり返ったのは、お俊が十五のときだった。

「娘さん、あんたわしのところで、働いてみないかね。仕事は茶汲《く》みだから誰にでもできるし、おまえさんなら、給金の倍は稼げると思うよ」

深川八幡の参道で、声をかけられた。祖母よりもさらに上と思しき商人《あきんど》だったが、小ざっぱりとして、なかなかに粋《いき》な年寄だった。

「わしは八幡さまの門前で、『松葉屋《まつばや》』という水茶屋を営んでおってな」

主の瓢右衛門《ひょうえもん》だと名乗った。水茶屋ときいて、お俊は眉を曇らせた。

「すみませんが、おことわりします。ばあちゃんに叱られるから」

実は声をかけられたのは、初めてではない。お俊の美貌は、すでに近所でも評判になるほどで、わざわざ家に訪ねてくる者さえあった。ただ、そのほとんどは、いわゆる色を売る店であり、表向きは料理茶屋や大きな風呂屋であったが、その実、茶屋なら仲居、風呂屋なら湯女《ゆな》として、客に女をあてがう商売だ。祖母の仕事が色街に関わっていただけに、中には当の遊女屋から、破格の値を告げられることもあったが、お玄はことごとく、それらの誘いをはねつけた。

「女を売るような真似《まね》は、この子にさせる気はないんだよ！　一度、娘で懲《こ》りてるからね。孫にまで同じしくじりを、やらかしてもらっちゃ困るんだ。たとえ千両積まれたって、あたしゃ考えを変えるつもりはない。とっととお帰り！」

水でもぶっかけそうな勢いで、追い返すのが常だった。

祖母について簡単に語ると、瓢右衛門は天を仰いで、かっかっかっか、とひと笑いした。

「そりゃあ、豪気なばあさんじゃの。だが、気持ちはわからんでもない。あんたのばあさんはきっと、恐《こわ》くてならないんだろ。ばあさんが何を恐れているか、おまえさん、わかるかね？」

「……あたしの顔が、死んだおっかさんに似てること」

「残念、ちと違う。顔じゃあなく、色香だ」

「……色香？」

「平たく言えば、色気があるってことだよ。男を引きつけるには、器量以上に力をもつ。それこそ見目形のごとく、もって生まれたものだからね。誰にでも授かるものじゃない。たぶんおまえさんは、器量と色香、女の武器となるものを、ふたつもおっかさんから受け継いだ。ばあさんが心底危ぶんでいるのは、色香の方だ。ばあさん自身も、そうと気づいていなかろうがね」

「気づいていない？」

「女の色香に敏《さと》いのは、男ばかりじゃない。まわりにいる女もすぐに察して、強く嫉《ねた》む」

「ねたむって……うらやましいってこと？　ばあちゃんが、あたしを？」

役立たずと罵《ののし》り続けてきた祖母が、自分をうらやんでいる。どうにもぴんと来ず、お俊は首をかしげた。

「わしも商売柄、たくさんの娘さんを見てきたが……娘の色香にいち早く気づくのは、たいがい母親でね。見つけたとたん、封じようと躍起になる。娘をまっとうにするためだと、当の母親は思い込んでいるがな、何のことはない、ただのやきもちだ。あんたのばあさんも、きっと同じだよ」

そのあたりになると難しすぎて、十五のお俊にはうまく呑《の》みこめなかったが、瓢右衛門の次の言葉は、お俊の心にすとんと落ちた。

「あんたがおっかさんから受け継いだものは、稀な才と同じじゃよ。たとえばあさんにどんなに疎《うと》まれようと、おまえさん自身は大事にするといい」

松葉屋瓢右衛門は、初めてお俊自身を、認めてくれた者だった。

「さて、それじゃあ、おまえさんの家に案内してくれるかい」

「え？」

「ばあさんを説き伏せる役目は、わしが引き受けるということさ。頑固婆《ばば》あのあつかいは、かみさんで慣れておるからな。おっと、こいつは内緒だぞ」

顔中のしわを、悪戯《いたずら》げにしかめる。思わずくすりと笑いがこぼれたが、お俊にはまだ迷いがあった。水茶屋もやはり茶汲女の名目で、客をとらせるのが常だと、祖母からきいていたからだ。

「たしかに水茶屋は、茶に紛らせて色を売る。そいつは本当だがね、うちでは色香の香、においだけしか売らせない。その方が、良い商売になるからな」

煙に巻くような文句は、やはりつかみどころがなかったが、ひとまず家に連れていくことを承知した。この世慣れた好々爺《こうこうや》ですら、決して突き破れぬ鉄の垣根のような祖母を、崩すことなどできはしまい、そう思っていたからだ。

しかし意外にも瓢右衛門は、祖母にとってはなかなかの好敵手となった。

「まったく、旦那のしつっこさにはあきれるね。水茶屋なぞでお俊を働かせやしないと、はっきりお断りしたはずだよ。なのに性懲りもなく通われちゃ、迷惑きわまりないね。今月に入ってからだって、すでに三度目じゃないか。おちおち昼寝だってできやしないよ」

すでに申し訳程度の白髪頭を見るなり、がみがみと怒鳴りつける。それでも瓢右衛門は嫌そうな顔ひとつせず、名のとおりに飄々《ひょうひょう》と応じた。

「いや、慣れとは恐ろしいもんだね。お玄さんのどら声をきかないと、何やら忘れ物でもしたみたいで、どうにも落ち着かなくってね」

「何べん通われたところで、こたえは変わらないよ。からだを汚す商売なんて、させたかないんだよ」

「松葉屋では、決してさせない。むしろ娘たちに禁じていると、わしも何べんも言ったはずだがな」

「ふん、そんな方便、信じられないね。大方の水茶屋じゃ、あたりまえのようにさせているじゃないか」

たしかにな、とひとまずうなずいて、お俊が供した茶碗《ちゃわん》をかたむける。茶など贅沢《ぜいたく》なものはこの家になく、ただの白湯《さゆ》だったが、瓢右衛門が携えてきた饅頭《まんじゅう》のおかげで、いつもより甘く感じられた。お俊は饅頭を頰張りながら、たいそう見応《みごた》えのある両者の一騎打ちをながめていた。

「大方の茶屋は、やり方を知らんからな。女をあてがえば、客が寄ってくると思うている。まあ、それも道理だが、ぽんと餌《えさ》をくれてやるようでは、すぐに飽きられる。いかにもなびきそうに見えて、なかなか折れない。男がそそられるのは、むしろそちらでな」

「旦那さんのその御託も、きき飽いたよ。吉原の大夫《たゆう》が、手本なんだろ？」

「さよう。高嶺《たかね》の花と、思わせるのが肝心じゃ。それには何よりも、焦《じ》らしが効を奏す。むろん、高嶺の花と見えるだけの女子でなければいかぬがな。松葉屋には、それだけの娘たちを集めておる」

松葉屋は、深川八幡の門前町だけで三軒もある。他にも浅草寺や上野寛永寺にも出店があり、合わせて百に届くほどの娘たちを抱えていた。ただ松葉屋には、他の水茶屋では見られない、掟《おきて》があった。

決して客に、からだを許さぬこと――。破れば、その場で暇を言い渡される。

これには瓢右衛門なりの、商売上の信条があった。

「男というものは、手に入れたとたん関心を失う。女とは違ってな」

「女は、違うんですか？　旦那さん」

饅頭がほどよく腹に納まって、お俊は初めて口をはさんだ。

「女は手に入れたものを、守ろうと必死になる。古今東西、男女の行き違いが数多《あまた》起こるのもそのためよ」

ふうん、と半分しかわからない、生返事をした。

「手に入りそうで入らない。男がもっとも食いつくのは、そういう狭間《はざま》でな。だからわしは、娘たちに禁じておる。いかに己を安売りせず、届かぬ花と見せて男の気を引くか。頭と心を使って考えろと、言いきかせておるのじゃ」

「いくら真綿にくるんだところで、男相手の商売には変わらないじゃないか。水茶屋勤めというだけで、世間から軽くみられる。嫁入り前の娘には、させられないね」

「そんなに心配なら、嫁入り先もこちらで仕度する。むろん、相手は稼ぎのある実直な男だ。実は同じ心配が先に立つ親も、多くてね。こう見えてまとめた縁談は、けっこうな数になる」

うまい言葉に騙《だま》されるものかと、お玄はぷいとそっぽを向いた。手だけは最前から針をもち、一刻たりとも止まっていない。

「お俊は見目ばかりでなく、頭のめぐりも早い。松葉屋で働けば、数ある娘たちの中でも、きっと稼ぎ頭になる。給金の倍どころか、三倍も五倍も稼げよう」

やはり祖母は、頑迷に耳を貸さなかったが、それでも瓢右衛門は、日に何度もふたりのもとに通い続けた。そろそろ三月《みつき》になろうかというころ、お俊はついに我慢できず、お玄の前に両手をついた。

「ばあちゃん、お願い。あたしを松葉屋で働かせて。ばあちゃんの意に背くような真似は決してしないから。あたし、これ以上、ばあちゃんに厄介ばかりかけたくないの。お針はどうにもならないけど、あたしはあたしのできることで、ばあちゃんを助けたいの！」

それは、お俊の本心だった。このところ、お玄のようすが芳《かんば》しくないことに、お俊は気づいていた。長年の針仕事が祟《たた》ったのだろう、祖母は目を悪くしていて、以前ほどには繕い仕事が捗《はかど》らなくなっていた。目の病は少しずつ、だが確実に、祖母を蝕《むしば》んでいる。お玄は懸命に隠していたが、お俊はとうにわかっていた。

瓢右衛門も、薄々は勘づいていたようだ。お俊に味方してくれた。

「なあ、お玄さん。わしらはお互い、いい歳《とし》だ。こっから先は老いていくばかりだ。そのお俊なら、いい嫁ぎ先を見つけることも叶《かな》おうが、やはりあと三年はかかる。そのあいだ、どうやって食べていくつもりだい？　いよいよとなれば、若い女が売れるものはひとつだけだ。お俊にそんな真似はさせたくないというのが、お玄さんのいちばんの願いじゃないのかい？」

「飯屋とか、商家の下働きとか、まっとうな働き口なら、いくらだってあるさ」

なおもお玄は言い張ったが、目の患《わずら》いで気弱になっていたのだろう。最初のころのような勢いは、かなり削がれていた。

「どこで働いたって、同じことさ。見目のいいお俊は、どこに行ったって男の的になる。なまじ商家なんぞに出せば、かえって外からは見えづらくなるからね。下手をしたら、手籠めにされるやもしれない。こう見えて松葉屋は、間違いのないよう、わしが隅々まで目を光らせておるからな。お俊のような娘にとっては、どこよりも危なげない働き口だと自負しておるよ」

お俊の思いと、瓢右衛門の理《ことわり》は、祖母の鉄の垣根を、少しずつ錆《さ》びさせていったのかもしれない。

お玄はとうとう半月後、お俊を松葉屋で働かせることを承知した。

「ひょっとして、その水茶屋の旦那の話に、嘘があったということ？」

話の途中で、お縫はたずねた。

「いや、なかったよ。瓢右衛門の旦那が言いなすったとおり、松葉屋は抱えの女たちに色を売ることは禁じていたからね」

「だったら、どうしてそんな……」

男に無体を働かれたなぞ、口にするのもはばかられる。未だに信じられない思いで、祖母をながめた。

「すべてはね、あたしの奢《おご》りが招いたことさ」

「奢り、って……？」

「まだ十五で、若いぶん分別がつかなかった。男たちにちやほやされて、いい気になって、すっかり天狗《てんぐ》になっていた」

なまじ祖母のお玄に、きつく押さえ込まれていた、その反動かもしれない。外の世界に出たとたん、箍《たが》が外れた。それまで引け目に感じていた、母親からゆずり受けた一切が、誰もがうらやむ、たぐいまれなものだと知った。十五のお俊には、それがたまらなく痛快だった。

お俊の眼差しひとつ、仕草ひとさしで、男たちは実に他愛《たわい》なくその手に落ちる。茶を給じながら、甘い言葉でもかけようものなら、たちまち舞い上がり、せっせと足繁《あししげ》く通うようになる。

「旦那の仰《おっしゃ》ったとおりだよ、ばあちゃん。からだを張って色なぞ売らずとも、面白いようによく釣れる。まるで入れ食いさながらなんだ」

「そんな下品な物言いは、この家ではやめとくれ」

「だって、ばあちゃんだって言ったじゃないか。おっかさんみたいになるなって。それがようやくわかったよ。男に入れ上げて、損を見るなんて馬鹿げてる。あたしは逆に、男を存分に手玉にとって、絞れるだけ絞りとってやるんだ。ばあちゃんにも、うんと楽させてやるからね」

祖母はむっつりと、不機嫌そうに黙り込んだ。何を言っても、すでに孫はきく耳をもたず、また家の中での力具合が、このころにはひっくり返っていたからだ。

お玄の目はいよいよ悪くなり、針仕事はおろか、炊事すら満足にできなくなった。お俊は小女を雇って、祖母の世話を頼むようになり、そのくらいの銭は楽に稼げた。

給金を凌ぐ心づけと、何より貢物《みつぎもの》に事欠かなかったからだ。

反物、着物、帯、履物。紅・白粉《おしろい》に櫛《くし》簪《かんざし》。長屋の娘には分不相応な、手箱や鏡まで。ただお俊の気を引きたいがためだけに、客たちはこぞって、高価な品々を貢いでくれた。

それらをお俊は、当然のように受けとり、気に入れば身につけることもあったが、ほとんどは即座に売っ払った。その驕慢《きょうまん》を隠そうともせず、周囲にいる同輩の茶屋娘からは、あからさまな不興を買ったが、陰口をたたかれようと意地悪をされようと、気にならなかった。

他の娘が逆立ちしてもかなわない、どんなに励んでももち得ないものを、お俊は授かった。女として、明らかに上位にいる。その差が、あまりに歴然としていたからだ。

おまけに、女から邪険にされ爪《つま》はじきにされても、その埋め合わせのように、いっそう男たちのあいだでもてはやされる。それが世の理というものだと、お俊は理解しはじめていた。男を引きつけてやまないものは、女の嫉みを買う。女が本能で、敏感に嗅《か》ぎつけ疎んじるものは、男が恋い焦《こ》がれて求めるものだ。

――それならあたしは、いくら憎まれたってかまやしない。だってあたしは、松葉屋で一の位にいるんだから。

わずか一年ほどで、お俊は押しも押されもせぬ、松葉屋の看板娘になっていた。

まるで吉原の大夫のごときふるまいは、たかが十六の小娘を高嶺の花へと押し上げ、ますます評判を呼んだ。

老いた祖母は、すでにお俊の敵ではなく、せめて松葉屋の主人が傍にいれば、たしなめてもくれただろうが、このころ瓢右衛門は病の床にいた。最初は風邪だときいていたが、祖母のお玄よりも高齢だから、何か別の病を抱えていたのかもしれない。五軒の店は息子に任せ、半年ほど永らえたものの、お俊が十七になった正月に息を引きとった。

「孫を妙な道に引っ張り込んで、てめえはさっさとくたばっちまうなんて、始末の悪いにもほどがあるよ」

口ではそんな文句を吐きながら、喧嘩《けんか》相手を失って、がっくり来たのかもしれない。祖母はそのころから、目に見えて衰えていった。

もちろんお俊も、瓢右衛門の死は応えた。松葉屋における、唯一《ゆいいつ》の風除《かぜよ》けを失って、心細さもいや増した。それでもお俊は、不安とはあえて向き合うことをしなかった。風除けが倒れたのなら、いっそう逞《たくま》しく、己の足で踏ん張るより他にない。そう思い定めた。

松葉屋の先代が亡くなってから、お俊の増長は、以前にも増して激しくなった。少なくとも、周囲の者の目には、そう映った。

百人近い松葉屋の茶屋女の中で、人気は群を抜いていた。その自負が満身からあふれていた。瓢右衛門の息子、いまの松葉屋の主人でさえ、稼ぎ頭のお俊には、たいそうな気の遣いようだ。陰口は砂嵐《すなあらし》ほどにすさまじかったが、お俊に面と向かって異を唱える者は、誰もいなかった。

いや、ひとりだけいた——。

お俊がちょくちょく通う、質屋の息子だ。名を、千鳥屋儀一《ぎいち》という。後の儀右衛門である。

「こいつはまだ、袖《そで》すら通していないじゃないか。この簪も、新品だろう？　本当に売っちまっていいのかい？」

「うるさいねえ。あたしのものをどうさばこうと、あたしの勝手じゃないか」

茶屋で身についた伝法な口調で、儀一の懸念をはねつけた。

なにせ貢物は、雨霰《あめあられ》のごとくいくらでも降ってくる。放っておけば、たちまち座敷からあふれ出す。

このころお俊と祖母は、長屋を出て、大川沿いの佐賀町に一軒屋を見つけて住んでいた。十二分な稼ぎがあったことに加え、長屋ではかみさん連中の目が煩《わずら》わしかったからだ。女の嫉みは、同輩の茶屋娘に限らない。むしろ若いお俊から見れば、とうに女を廃業していそうな女房連中こそが、ことさらの敵意を向けてきた。やれ身なりが派手だ、身持ちが悪いと、わざわざ家の中にいる祖母やお俊にきこえるように、井戸端で声高に噂《うわさ》する。

お俊にしてみれば、ちゃんちゃらおかしかった。己自身の手で稼ぐこともなく、日がな一日、噂話と亭主の文句で時を費やす。ずぼらで厚顔な生き方こそが、まっとうな女の道とされるのだ。そんな女たちに何を言われたところで、河童《かっぱ》の屁《へ》どころか、幽霊のくしゃみに等しい。

ただ、そういうまっとうとは縁がなく、だからこそ信奉していた祖母には、ことのほか痛かったのだろう。

「ちょっと稼ぎが増えたからって、こんな贅をしては罰が当たる。あたしゃ感心しないね」

ぶつくさこぼしながらも、大人しく引っ越しに従ったのは、長屋内での風当たりの強さに、参っていたからに相違ない。

たとえまっとうでなくとも、いまのうちに稼げるだけ稼いでおこう――。

二十歳を過ぎれば、年増と呼ばれる。いまが女として稼げる最上の時だと、お俊もそのくらいは悟っていた。

手伝い女の雇い料を入れても、暮らしは給金と心づけで賄《まかな》える。松葉屋の看板を背負っている以上、冴《さ》えない身なりはできないものの、お俊はもともと着る物には興味がない。貢物はたいがい、一、二度身につけては、片端から売りさばいて金に替えた。金は始末の良い祖母が、せっせと壺《つぼ》に貯《た》め、床下に仕舞い込んである。実は金にもさほどの執心はなく、いったいいくら貯まっているのか、それすらろくに摑《つか》んでいなかったが、壺の目方が増えれば多少の安心は手にはいる。

十日に一度ほど、質屋に通っていたのは、増え続ける貢物を売りさばくためだった。

深川にはいくつもの質屋があったが、何軒か試したあげく、山本町の千鳥屋に決めた。店に近い場所では、さすがに露骨が過ぎるだろうし、使用人の多い大きな質屋ではそれだけ人目に立つ。山本町は深川八幡からはほど遠く、千鳥屋は質屋としては構えも小さい。いかにも口の堅そうな、親子ふたりだけというのも、お俊には都合がよかった。

　ただ見当違いが、ひとつだけあった。父親の方は、黙って品を納め、金を渡してくれるだけなのだが、何故《なぜ》か息子の方は、毎度ではないものの、時折思い出したように留め立てすることがある。

「いちいち、いちゃもんをつけないでもらいたいね。この簪は細工が垢抜《あかぬ》けないし、逆にこっちの着物は流行の色柄で、同じものを何枚ももらったんだ」

「しかしな、お俊さん。向こうさんは、あんたに喜んでもらいたいと調《とと》えてくれたんだろう？　その思いくらいは、受けてやらねえと。この着物や簪だって、浮かばれないだろう」

　歳のわりに、言うことが古くさい。たしか二十二、三のはずだから、お俊とは五つほどしか開きがない。なのに妙に落ち着いていて、説教くさい口調とあいまって、歳よりも老《ふ》けて見えた。

「思いってのは、どうせ下心だろ。いちいちまともに受けていたら、こっちの身がもちゃしない。あちらさんにしたって、品の本当の価《あたい》なんて、たいしてわかっちゃいないんだ。そこそこ値の張るもの、流行《はや》りものをあてがっておけば、茶屋女の気を引ける。向こうもそんなふうに思っているだけさ」

不機嫌に口で楯突《たてつ》くと、ふう、とため息が返る。

「付喪神《つくもがみ》じゃねえが、こういう商売をしていると、つくづく思うことがある。うちの暖簾《のれん》をくぐる品々は、それなりの年月《としつき》を人さまと過ごしている。そいつをながめるだけで、色んな暮らしが透けて見えるんだ。大事にされてきたんだなあとか、きっとやんちゃな子供がいたんだろうなとか、ただの物に過ぎないはずが、人が生きた息遣いが、たしかにきこえるんだ。だけどお俊さんが連れてくる物たちは、そういう気配がさっぱりしない。ちょいと寂しいように思えてね」

この辺に来ると、いいかげん面倒になって、お俊はこの屋の主たる父親をじろりとにらむ。

「すいやせんね。こいつはどうも、若造のくせに理が勝っちまって」

苦笑しながら、それとなく間に入り、うまく収めてくれるのが常だった。

「品に難があるわけでもなし、いちいち文句をつけるのは、たいがいにしておくれな」

「別に文句のつもりはねえんだが」

「質屋なぞどこにだってあるし、新品なら損料屋だって買ってくれる。ここはせっかくの上客を、ふいにするつもりかね」
「それは困るな。またどうぞご贔屓《ひいき》に」
高飛車なお俊の物言いに、穏やかな笑顔を返す。それがますます癪《しゃく》にさわった。
金輪際、来てやるものかと、憤慨しながら店を出るのだが、十日経《た》つと、何故だか
ふたたび山本町へと足が向いた。
その儀一が、本気で止めたことが、一度だけあった。
「これは預かれないよ、お俊さん。こればかりは、手許《てもと》に置いた方がいい」
千鳥屋に通い出して、一年と半年ほどが過ぎた正月。年があらたまり、お俊は十八
になっていた。
「どうして？　たしかに野暮ったいし、たいして値の張る代物《しろもの》じゃない。別に一両で
買えと言ってるわけじゃなし、二束三文でかまやしないからさ」
「値云々《あたいうんぬん》の話じゃない。こいつには、並々ならぬ思いが籠もっている。それを無下に
しちゃ、罰が当たる」
「大げさだねえ。ただの古びた櫛じゃないか」
真剣な助言を、お俊は一笑に付した。
木製の櫛で、黄楊《つげ》ですらない。どこか素人《しろうと》くさい彫りからしても、明らかに安物だ。

それでも儀一は、嚙んで含めるようにお俊に説いた。櫛の背には、一対の鳥が描かれていた。

意匠は鴛鴦《おしどり》。水面に並ぶつがいの鳥は、仲の良さを示すように寄り添っている。そのくせ、この意匠にありがちな微笑《ほほえ》ましさよりもむしろ、じっとながめていると、妙に切ない心持ちにかられる。

鳥の頭上にかかる枝を彩《いろど》るものが、桜でも紅葉でもなく、雪だからかもしれない。凍えた水から庇《かば》い合うようにして、つがいの鳥は互いを見つめ合っていた。

「お俊さん、この絵をごらんよ。離れがたい男女の情、夫婦の情、そういったたぐいのものが籠められていると思わないか？　おれの当てずっぽうに過ぎないが……この絵を彫った者は、おそらく辛《つら》い別離《わかれ》をしたんだろう。櫛の持ち主も、その気持ちを察して大事にしていた。やさしいながらも深い情念が、宿っているような気がするんだ。これは粗末にあつかっちゃならない。きっと後で、後悔する」

こんこんと儀一は説いたが、お俊はいかにも嫌そうに顔をしかめた。いわくがあるならなおのこと、さっさと手許から放り出したい気分だった。

櫛をくれたのは、風体のぱっとしない浅葱裏《あさぎうら》だった。

名を、浅井佑蔵《あさいゆうぞう》という。

陸奥《むつ》にある小藩の抱えで、昨年、江戸に出てきたばかり。風采《ふうさい》は上がらず、また下士の貧しさ故《ゆえ》かもしれない。三十にもなるのに、未だにひとり者。色街にもろくに足を向けたことすらないような、いたって純朴な田舎侍だった。

お俊にとってはいいカモで、一、二度、甘い言葉をかけただけで、せっせと松葉屋に通うようにはなったものの、所詮《しょせん》は貧乏侍だ。三日にあげず、松葉屋に通うだけで精一杯で、心づけさえ微々たるものだった。

こういう甲斐性《かいしょう》なしに限って、いったん分別を失うと、歯止めが利かなくなる。方々に無理をして借金を重ね、茶屋女に貢ぐ者は後を絶たない。気づけば首が回らなくなり、不届きがばれて、身内や主家から縁を切られることすらある。中には女の側に尻《しり》をもち込む輩《やから》もいないではなかったが、松葉屋にはそういう悶着《もんちゃく》を捌《さば》く用心棒も雇われている。どのみちその手の文句は、江戸では野暮だと嫌われて、よほどの阿漕《あこぎ》をせぬ限り、町方が出張ることもない。相手が武家ならなおのこと、表に立つ前に封じてしまうのが常だった。

浅井佑蔵も、少しつつけば楽にころぶ。カモにして、絞りとれるだけとってやろうと、最初はその腹でいたのだが、あいにくとこの男は、骨の髄まで垢抜けない田舎者だった。

「お俊さんは、まるで天女のようだ」

訛《なまり》のきつい武家口調でまともに褒める。その目にはただ、純朴な憧《あこが》れと崇拝があふれていたが、そんなものは一文にもならない。色の商いで、ものを言うのは金だけだ。お俊にしてみれば、金にもならぬ思いの丈は、ただ鬱陶《うっとう》しいだけだった。

近ごろは店に来ても、ろくに挨拶《あいさつ》にも行かず、ここ半月ほどは顔を見なくなった。ようやく諦《あきら》めてくれたかと、胸をなで下ろした矢先のことだ。浅井はふたたび、お俊の前に現れた。

「どうしても、お俊さんとふたりぎりで会いたくて」

松葉屋ではなく、その帰り道を待ち伏せされた。不快を露《あら》わにし、何の用かとたずねたお俊に、浅井は小さな木箱をさし出した。

「これを、差してもらえまいか」

ふたを開け、鴛鴦図の櫛を見たときは、心底がっかりした。そのあからさまが、透けていたのだろう。浅井は言い訳のように、懸命に語った。

「決して上物ではないが、わしにしてみれば命より大事なものだ。だからこそお俊さんに、差してもらいたい」

「そんな大切な品を、あたしなんぞに……勿体《もったい》のうございます」

かるいはずの木箱が、妙に持ち重りがした。精一杯、遠回しに断ったが、相手はもらってほしいの一点張りだ。折れるより他はなく、お俊はつけていた黄楊の櫛を外した。黄楊の水櫛を、頭の横にちょいと差すのが、水茶屋女の粋とされていて、くらべれば鴛鴦は、男に似合いの野暮ったい代物だ。

それでも男は、実に幸せそうな笑顔を浮かべた。

「ああ、思ったとおりだ。まことに、よう似合うておる」

礼を言ってその場を去り、ひとまず家に着くまでは頭に載せていたが、祖母の顔を見るなり、忌々《いまいま》しげに畳に置いた。

「まったく、ああいう手合いが、いちばん厄介だよ。こっちは商売だってのに。客の情なんぞに、いちいち構ってたら身がもちゃしない」

布団《ふとん》から、枯枝のような腕が伸びて手探りする。お俊は櫛をとり、祖母の手に握らせた。

「悪かないと思うがね。少なくとも、おまえの頭を飾っている黄楊の櫛よりは、よほど分相応だよ」

お玄らしい皮肉だが、枕元《まくらもと》にある櫛すら、いまの祖母には探し当てられない。すでにお玄の目はほとんど見えず、厠《かわや》すらひとりでは危うくなった。出歩かなくなると、今度は足腰がみるみる衰え、いまでは寝たり起きたりの暮らしぶりだ。ただ口だけは達者なままで、相も変わらず釘《くぎ》のように尖《とが》った台詞《せりふ》を、気休めのように漏らす。

それでも昔にくらべれば、何とも寂しいばかりの勢いのなさで、楔《くさび》の一本にもなりはしない。お俊に面と向かって意見するのは、いまとなっては小体《こてい》な質屋の倅《せがれ》だけだった。

「お俊さん、考えなおした方がいい。売ってもたいした銭にはならないし、邪魔になるほど大きくもない。気に入らぬのなら、簞笥《たんす》の奥にでも仕舞っておけばよかろう。人の思いばかりは、無下にしちゃあならねえ」

質屋の息子はなかなかあきらめてくれず、説教めいた忠言は続いている。いつも以上に粘られて、ますます苛々《いらいら》が募った。

「人の思いなんざ、重くてならないんだよ！　あたしは生きていくので精一杯なんだ。そんなよけいなもの、背負い込むのはご免なんだよ！」

虚を衝《つ》かれたように、儀一はひとたび口をつぐんだ。まじまじとこちらを見詰める目が、居心地悪くてならない。頼みの質屋の主人、忠右衛門《ちゅうえもん》は、この日に限っていなかった。

「重い思いか……」

ゆるゆると、儀一の表情が穏やかなものに変わる。

「別に、洒落《しゃれ》のつもりはないからね」と、お俊は急いでつけ足した。

少し笑い、儀一は言った。

「重くてならないなら、半分、もってもらえばいい」

一瞬、祖母のことだろうかと思ったが、儀一は違うという。品定めをするあいだは暇だから、祖母とのふたり暮らしのあれこれを、質屋親子を相手に語ることもある。

「おばあさんには、もう荷が勝ち過ぎるだろう。もっとたくましく、強い腕が、お俊さんには入り用だということさ」

相手の言わんとすることを察し、お俊は鼻で笑った。

「男なんざ、ご免こうむる。ばあちゃんの言い草じゃないが、じいさまと父親で十分に懲りてるよ。こうして茶屋なんぞに勤めていると、よけいにそう思うね。金のある奴は奢りが過ぎていけ好かないし、ない奴はいじけちまって話にならない」

「そりゃ金高だけで量れば、そうなるだろうが……男を量るのは懐《ふところ》の重さじゃなく、深さだと、おれは思うがね」

「なにうまいこと言ってんだい」

「そんなつもりはねえが……懐が深くなけりゃ、あんたの重荷の半分を、抱え込めやしないだろ？」

「もしかして、おまえさん……あたしを口説いてるつもりかい？」

儀一は心底びっくりしたように、ぱちぱちと何度もまばたきした。

「そういうつもりは、ねえ。……そう思っていたが」

つかみどころのない曖昧《あいまい》と、収拾のつかぬ戸惑いが、儀一の表情にひどく複雑な影をつくる。いつも落ち着き払った伜の、こんな顔は初めてだった。

「参ったな……こいつは参った」

照れくさそうに呟《つぶや》かれ、かえってばつが悪くなった。どうしてだか、耳や頬が無闇《むやみ》に火照《ほて》り、急に喉《のど》が渇いてきた。お俊は冷えた茶をがぶりと飲み干し、勢いあまって盛大にむせた。儀一が慌《あわ》てて、手拭《てぬぐい》をさし出す。

「すまねえな、気にしねえでくれ。昼間っから、夢を見ちまった」

喉からよけいなつっかえを吐き出したころには、ただよっていた妙な空気も、一緒に霧散していた。何故だかそれが、ひどく寂しかった。

「あんたみたいな、まっとうな娘さんを、嫁に迎えられるはずもねえ。そいつをうっかり忘れて、要らぬことを口走った」

　思わず漏れた、儀一の本音であったが、千鳥屋の裏商いを何も知らないお俊には、皮肉としかきこえなかった。かっと頭に血がのぼり、思いつく限りの雑言を吐き散らした。

「ふん、こちとら男から口説かれるなんざ、朝晩の飯と同じくらいに茶飯事なんだ。いちいち本気になぞするものかい。所帯なぞ、それこそ重くて厄介なお荷物だ。何より松葉屋の御職《おしょく》を張る身が、小っぽけな質屋の内儀じゃ釣り合わないだろ」

　御職とは、遊女屋で最上位にいる者だ。あえて蓮《はす》っ葉《ぱ》に言ってのけたが、儀一は、そうだな、とあやすようにうなずく。いっそう腹が立ち、もうこれっきりだと思い決め、店を出た。

　しかしその翌日、思いがけない客が松葉屋を訪れた。儀一の父の忠右衛門だった。

「倅がまた、よけいな差し出口を叩《たた》いたようで、どうぞご勘弁ください。お客さまの都合に立ち入り過ぎるのが、あれの悪い癖でしてな」

　ていねいに詫《わ》びて、お俊に金を渡す。昨日、すっかり忘れていた、預けた品の代銀だった。

「あの……鴛鴦の絵の入った櫛は……」

「はい、あまり高値はつけられませんでしたが、ちゃんと入っておりますよ」

悶着の仔細《しさい》は、儀一は父親に語らなかったようだ。忠右衛門は、屈託なく応じた。

「これに懲りず、またいらしてくださいまし。お待ちしておりますよ」

にこりと、温かな笑みを浮かべる。釣られるように、うなずいていた。

お俊は前と同じに千鳥屋に通い、儀一も、あの一日だけがすっぽりと記憶から抜け落ちてでもいるように、以前とまったく同じようすだった。

そのまま半年ほどが過ぎ、つがいの鳥の姿さえ忘れていたころ、騒動が起きた。


「お俊さん、折り入ってたずねたいことがある」

ふたたび松葉屋からの帰り道、お俊は浅井佑蔵に呼び止められた。

浅井は相変わらず店には通い詰め、お俊をながめる眼差しは変わらず熱心だったが、時折思い出したように、鴛鴦の櫛のことを話題にする。儀一の節介も手伝って、内心でひどくどぎまぎしながらも、もっともらしい言い逃れをしていた。

「もちろん、簞笥の奥に、大切に仕舞ってありますよ。店に差してきて、失《な》くしでもしたら一大事ですからね。先日、祖母と新梅屋敷に、紫陽花《あじさい》を見に行きましてね。その折に、使わせていただきました」

新梅屋敷とは、向島にできた百花園のことだ。梅の名所として名高い亀戸の地主屋敷が、梅屋敷と称されていて、やはり梅が見事な百花園は新梅屋敷と呼ばれていた。梅に限らず四季折々の花が見事で、ちょうどさる商家の若旦那に誘われて、紫陽花見物に行ったばかりだった。つい祖母を口実に使ったが、浅井は疑いすらせず、さも嬉《うれ》しそうにうなずいていた。

しかしその日の浅井佑蔵には、ただならぬ気配がただよっていた。

「あの櫛は、売ってしまったに違いないと、そう告げる者がおってな」

「いったい、どこの誰が、そんな嘘《うそ》偽りを」

大げさに驚きながら、おそらく松葉屋にいる同輩の誰かに違いないと、すぐに見当がついた。お俊を蹴落《けお》として、自らが一枚看板になりたいと望む娘はいくらでもいる。お俊が構わぬあいだ、他の娘が話し相手をすることもあるのだが、朴訥《ぼくとつ》だけが取り得の浅井は、櫛の話を語ったに違いない。

――お俊さんは松葉屋の看板だもの。貢物も引きも切らずで、ほとんどはもらう端から売っ払って、ひと財にはなろうとの評判よ。

親切を装《よそお》って、浅井にささやく声が、きこえるようだった。

「むろんわしも、信じてはおらぬ……だが、ただの一度も、あの櫛を目にしたことがない故、にわかに心配になっての」

　こういう男に限って、思い詰めるとしつこい。あの櫛をひと目だけでも確かめたいと、いつになく強情に言い張った。この場には、頼りの用心棒もいない。明日、松葉屋に持参するからと、その場凌《しの》ぎを申し出ても、浅井は引き下がらなかった。

　押し問答はしばらく続いたが、いいかげんのところで、お俊の辛抱が切れた。一日中、茶屋で働いて、疲れきってもいた。大きなため息とともに、お俊は地を露わにした。

「ああ、ああ、やってらんないね。なんだい、たかが櫛一枚で大人げない」

「お俊さん……」

　表情の抜けたこわばった顔に、日の落ち時の濃い影がさした。

　夏の宵ともなれば、夕涼みがてらか表通りには人の姿が多い。怒らせたところで、こんな場所では狼藉《ろうぜき》も働くまいと高を括《くく》っていたし、何よりもたいして覇気のない田舎侍と、浅井を侮《あなど》ってもいた。

「お察しのとおり、あの櫛は、質屋に売っ払っちまったよ。とっくの昔にね」

「それでは、いま、どこに……」

「なにせ半年も前だからね。どこにあるかなんて、知れやしない」

「そんな、お俊さん……どうして！」

「あたしを責めるのは、お門違いだよ！　あたしは要らないと断ったのに、どうしてもと押しつけたのは、そっちじゃないか。そんなに大事なものなら、何だって手放したりしたんだい」

「大事なものだからこそ、お俊さんにもっていてほしかった……あれは、あの櫛は、母の形見だからだ」

——これは預かれないよ、お俊さん。こればかりは、手許に置いた方がいい。

儀一の声が、耳の奥でよみがえった。

「わしが十二のとき、母は病を得て、床に就いた。治らぬとわかると、父は城下で、安物の櫛を購《あがな》ってきた。父は生来、手先が器用でな。わしら兄弟の玩具《おもちゃ》代わりにと、手慰みに木彫の兎《うさぎ》や犬などを拵《こしら》えてくれた」

貧しい下士となれば、暮らしのきつさは百姓と変わらない。玩具を買ってやる余裕すら、浅井の家にはなかったのだろう。

「母に対しても、一緒になってより櫛の一本も買《こ》うてやらなんだと、いまさらながらに気が咎《とが》めたようでな。何の飾りもないその櫛に、ひと彫りひと彫り気持ちを籠《こ》めるようにして、自ら鴛鴦を彫った……。ひと月余りもかかって仕上げた櫛を手にしたとき、母は涙を流した……私は日の本で一の果報者だと、そう言ってな」

まるで櫛ができるのを待っていたように、浅井佑蔵の母は、それからまもなく身罷《みまか》った。鴛鴦の櫛は、棺《ひつぎ》には入れられず、長男の手許に遺《のこ》された。

「貧しくとも、妻として母として幸せだったと、母は死ぬ間際《まぎわ》まで申しておった。この櫛には、そういう幸せが詰まっておる。だからいつか……いつかわしが嫁をとった折に渡してくれと、十二のわしにそう言い置いて、母は逝《い》った」

浅井の目から、滂沱《ぼうだ》と涙が流れた。父も五年前に亡くなり、佑蔵は浅井の家督を継いだ。そのころから何度か見合いも試みたのだが、まとまらなかったようだ。

「この歳まで女子《おなご》に縁がなく、己の不甲斐なさは重々承知しておったが、身軽であった故に、役目を授かり江戸に上った。江戸はどこもかしこもきらびやかで、わしのような田舎者は気後れするばかりであったが……お俊さん、あんたに出会《でお》うたとき、来てよかったと思うた。かように美しき女子がこの世におったのかと心が震え、わしのような男にもやさしゅうしてくれる。まさに夢のような心地がした」

日が翳《かげ》り、侍の顔は、すでに黒一色になっている。ただ両眼だけが、炯々《けいけい》と輝いて映る。焦がれるような強い光は、お俊をひどく不安にさせた。

浅井が見ているのは幻だ。松葉屋瓢右衛門が語った色香の正体も、実はこれだった。

暮らしを担《にな》う女房は、どうしたって糠味噌《ぬかみそ》くさくなる。現実には存在しない、けれど男が求めてやまない女子の姿を、映じさせる場所――。それが水茶屋だった。

しかし幻影《まぼろし》にのめり込み、現実《ほんとう》が見えないようでは始末が悪い。この辺りが潮時だろう。とはいえ、生半可なやりようでは、浅井の頑迷な夢は消えはしまい。酷《ひど》いを承知で、お俊は懐から財布を出して、一朱銀を浅井の手に載せた。

「旦那、これで勘弁してくださいな」

「何だ？　この銭は」

「あの櫛を売った、代銀ですよ」

浅井の目と口がぽかりと広がり、それが昏《くら》い穴のように感じられた。

「本当はこの半分にもなりませんでしたけど、詫び料代わりと思って受けとってくださいな」

「わしは、金の話などしておらぬ！」

「いいえ、あたしらの世界は、すべてはお金なんですよ、旦那」

「お俊さん……」

「お愛想も心遣いも、みんな金のため。水茶屋商いはそういうものさ。それをやさしいなどと勘違いしてくれる、めでたい男は引きも切らない。旦那も同じでございましょ？　ところが旦那がくれるものときたら、安物の櫛一本。旦那にとっちゃ大事な形見でも、あたしにしたら二束三文のつまらない品ですよ」

「……あの櫛が、つまらぬと？」

「ええ、櫛の謂《いわ》れなぞ、一文にもなりゃしない。この江戸ではね、旦那、銭より他に値《あたい》のあるものなぞ、ひとつもないんですよ」

「さようか……よう、わかった」

平手のひとつくらいは覚悟していたが、浅井はそのまま、ふらふらと歩き去った。魂をごっそり抜かれたようなその姿は、お俊には思いのほか痛かった。浅井の痛みは、きっと何倍にもなろう。

――こいつには、並々ならぬ思いが籠もっている。それを無下にしちゃ、罰が当たる。

儀一の声が、またきこえたようで、思わず涙がこぼれた。

「罰、当たるかな……」

つい山本町へ、足が向かいそうになる。言うことをきかぬ足を叱咤《しった》して、お俊は祖母の待つ家へと踵《きびす》を返した。

罰が当たったのは、それから数日後のことだった。

「松葉屋のお俊というのは、おまえか」

帰り道を塞《ふさ》いだのは、浅井佑蔵ではなく、身なりの垢抜けた四人の武士だった。


それからの出来事は、悪夢だった。

刃物で脅され、堀沿いの船宿に押し込まれ、四人の男たちに、代わる代わるのしかかられた。

からだの痛みよりも、男たちの放つ汗と精のにおいの凄《すさ》まじさに、お俊は何度も嘔《おう》吐《と》した。

ひとまず満足したのか、お俊のからだから離れた男は、もっともらしく告げた。

「武士を馬鹿にすると、こういう目に遭う。よく覚えておくんだな」

四人の話の端々から、素性が知れた。いずれも主家を同じくする、浅井佑蔵の同輩だった。ただ、田舎出の浅井とは、身なりも言葉つきも明らかに違う。おそらくは江戸住まいが長く、またその崩れたようすから、家を継ぐ長子ではなく、次男や三男の冷や飯食いと思われた。

「茶屋女の分際で、武士をないがしろにするとは、許せん所業だ。佑蔵に代わって、おれたちが怨《うら》みを晴らしてやったのよ」

「とはいえ、あの佑蔵では、軽う見られるのも仕方がないがな」

「また言い寄った女が、松葉屋の看板娘とは。度胸だけはたいしたものではないか」

盃を片手に、下品な笑い話に興じる。要はこの男たちは、浅井を案じて憤《いきどお》っているわけではない。浅井が漏らしたお俊の仕打ちを、無体への言い訳に使っただけなのだ。何より、肝心要《かなめ》の当人たる浅井が、この場にいない。それが何よりの証《あか》しに思われた。

「どんな軽輩であろうと、小娘に非礼を働かれたとあらば、それはすなわち殿の顔に泥を塗ったと同じこと。見過ごしにはできぬからな」

「さすがは源之進《げんのしん》。ご用人の倅ともなれば、心掛けが違うものよ。大人しい兄上より、やはりお主が新見《にいみ》家を継ぐべきではないか？」

追従《ついしょう》のように、仲間が調子を合わせる。新見源之進という用人の息子が、どうやら首領格のようだが、知ったところで、どうなるものでもない。

幾人もの男に、乱暴狼藉を働かれた――。

女にとって、死ぬより恥ずかしい。御上に訴えようにも相手は武家、こちらは茶屋女だ。訴えたところで、何も変わりはしない。

――これは、身から出た錆《さび》……。質屋の倅の言ったとおり、罰が当たったんだ。

お俊はただ、呪文《じゅもん》のように、自らにいいきかせるしかできなかった。そうでもしないと、あまりの理不尽に、気が狂ってしまいそうだ。

――こうなる前に、もう一遍だけ、会いたかったな……。

辛気くさい質屋の息子の顔が、どうしてだか払っても払っても浮かんでくる。

「参ったね……これは本当に参ったよ」

お俊は口の中で呟いた。こんなことになって初めて、自分の気持ちに気づくなんて――。その思いがこみ上げたとたん、涙がこぼれた。

「おい、佑蔵はどうした？　まだ来ないのか？　奴にはちゃんと、知らせたのだろうな？」

「暮れ六つにここに来いと、伝えておいたんだが……未《ま》だ江戸の水に慣れぬようだから、道に迷うておるのかもしれんな」

「どれ、佑蔵を待つあいだ、もういっぺん可愛《かわい》がってやるとするか」

男たちが、またぞろ色気を出したとき、襖《ふすま》が開いた。

「ようやく来たか、佑蔵。おまえが早う来ぬものだから、先にいただいたぞ」

新見という侍が、座敷に招じ入れる。行灯《あんどん》の火影《ほかげ》に、浅井佑蔵が映じた。が、次の間に敷かれた床にころがされたお俊には、気づかぬようだ。

「さすがは松葉屋の、看板を張るだけはある。たいそう良い味であったわ」

「……松葉屋？　お俊さんのことか？　源之進殿、それはどういう……」

「憎うてたまらぬと、申したのはおまえではないか。それ故我らが、ひと肌脱いでやったのよ」

「これは源之進、うまいことを」

仲間が下品に笑い、となり座敷を示した。灯りのない室内は、見通せないようだ。浅井佑蔵はしばし戸惑い顔をこちらに向けていたが、中にいる女の姿を認めると、呆《ぼう》然《ぜん》となった。

「お俊、さん……か？」

嵐《あらし》にもみくちゃにでもされたように、髷《まげ》も着物も乱れ、最初にさんざん抗《あらが》った折には、いく度も頬を張られ、口許には血がこびりついている。天女とあがめた女は、地にころがされ泥まみれになっていた。

ふらふらと近づき、浅井は崩れるようにお俊の前に膝《ひざ》をついた。

「なぜ……どうして……このような……」

「どうしてって……旦那が望んだんだろ？　あたしの無様な姿を見て、満足かい？」

乾いた声が、お俊の喉からもれた。ぶるぶると浅井のからだが震え、無闇に頭をふる。

「違う！　わしは……お俊さんを傷つけるなぞ、夢にも考えたためしはない！」

「もう、どっちだっていいよ……次は旦那の番だろ？　それで気がすむなら、好きにすればいい」

何もかもが、面倒だった。投げやりに告げて、浅井から顔を逸《そ》らした。

一度こびりついた泥は、生涯ついてまわる。祖母がくり返し説いていた、まっとうとやらには、二度と戻れない。からだ中から力が抜けて、半身を起こしていることすら苦痛だった。

「どうした、佑蔵？　焦がれていた女子を前に、怖気《おじけ》づいたか？」

「佑蔵は、慣れておらぬからな。我らの目が、うるさいのではないか？　何なら襖を閉めてやるから、小半刻《こはんとき》、しっぽりと楽しんでもよいぞ」

揶揄《やゆ》とも野次ともつかぬ声が、となり座敷から盛んにかかる。しかし浅井の耳には、きこえていなかった。肩を上下させながら、獣じみた粗い息をくり返す。それまでぼんやりと見開かれていた目には、手負いの獣に似た、獰猛《どうもう》な気配が宿っていた。

「……旦那？」

お俊の声すら、すでに届いていない。四人の男たちとは種を異にする、もっと恐ろしい獣に、浅井は変化《へんげ》しつつあった。すっくと立ち上がり、くるりと隣座敷に向き直った。

仁王立ちで、こちらをにらみつける姿に、同輩たちはようやく気づいたようだ。

そのときにはすでに、脇差《わきざし》の鞘《さや》は払われていた。

「……おい、佑蔵……何の真似《まね》だ？　座興にしては、悪い冗談だ」

浮かんだ笑みは中途半端に止まり、新見が顔色を変えた。返答のかわりに、突き破るような咆哮《ほうこう》があがり、浅井の足が布団を蹴った。まっすぐに新見に向かって、突っ込んでゆく。畳にだらしなく胡坐《あぐら》をかいていた新見は、とっさに逃げようと向きを変え、腰を上げた。その脇腹に、吸い込まれるように脇差が刺さり、悲鳴があがった。

「ひ、ひいいいい！」

情けない悲鳴は、刺された新見ではなく、仲間の喉からほとばしった。

新見のからだから刃が抜かれ、たちまち新見の着物が禍々《まがまが》しい色に染まった。支えを失って畳に崩れ落ちたが、浅井は見向きもせず、すぐさま的を変えた。別のひとりに斬《き》りかかり、思わず顔をかばった腕が縦に裂かれ、血が飛沫《しぶき》となって辺りに飛び散った。

ほぼ一瞬にも似た出来事に、何が起きたのか呑《の》み込めなかったのだろう。それまで茫然《ぼうぜん》としていた残る仲間が、ようやく動いた。

「よせ、佑蔵！　乱心したか！」

「家中の諍《いさか》いは、法度《はっと》なのだぞ！　おまえのみならず、故郷《くに》における弟妹らにも累《るい》が……」

すでに説得などできる有様ではなかったが、幸いにも浅井は、武には優れておらず、逆に仲間のひとりに柔術の心得があったようだ。ふり回される刀に傷を負いながらも浅井を畳に組み伏せ、ふたりがかりで動きを封じた。

「おい、何を呆《ほう》けている！　早う宿の者に伝え、医者を呼びに行かせろ！　このままでは、源之進が死ぬぞ！」

新見の次に腕を斬られた男は、それまで腰を抜かして畳に座り込んでいたが、仲間に叱咤され、あたふたと階段を降りていった。

武家の不始末は公《おおやけ》にされぬものだが、町屋で刃傷沙汰《にんじょうざた》となっては隠しようもない。松葉屋の看板娘が関わっていたことが、さらに噂の足を速めた。

三日もせぬうちに、松葉屋お俊の名は、深川中を席巻した。

大川契《おおかわちぎ》り

往来の人の目が、着物越しにからだに刺さるようだ。

ひたすらに非難がましい目もあれば、それ見たことかと嘲《あざけ》るような眼差しもあり、きこえよがしな陰口もたたかれる。ときには石さえ投げつけられた。

狼藉《ろうぜき》を働いたのは、侍たちだ。けれどその大本は、派手に媚《こび》をふりまいた、茶屋女の側にある——。まっとうな人々は、その建前で、お俊を責めた。

刺された用人の息子は、一命をとりとめたものの、甚だ不名誉な事件で主家に泥を塗ったとして、その親ともども殿さま直々に、沙汰《さた》を受けたとの噂《うわさ》は町屋にも流れてきた。さらに人の同情を誘ったのは、浅井佑蔵である。切腹さえ許されず、国許《くにもと》で死罪となり、浅井家は断絶されるに違いないと、巷《ちまた》ではささやかれていた。

一方のお俊も、松葉屋から暇を出された。先代の瓢右衛門と違い、いまの主人はいたって気の小さい男だ。松葉屋の看板にはね返った泥を、せっせと落とすのが精一杯で、「あれは器量だけが取り得のあばずれで、いまに何かやらかすのではないかと、私どもも内々では案じておりました」などと吹聴《ふいちょう》する始末だ。

夏は一段と勢いを増し、世間の冷たさは、熱風と化して身に吹きつける。

それでもお俊は、昂然《こうぜん》と頭を上げ続けた。それが自分にできる、たったひとつの抗《あらが》いだったからだ。よよと泣き崩れ、弱った風情《ふぜい》でいれば、少しは同情も引けたかもしれない。けれどそんな真似《まね》をしたら、本当に立ち上がれなくなる。

傷は大きく深く、お俊の中に穿《うが》たれている。少しでも気を抜けば、傷口はぱくりと開き、たちまちお俊を呑《の》み込んでしまう——。可愛《かわい》げがない、鬼のような女だとそしられても、辛《かろ》うじて己を律する手立てはそれしかなかった。

まるで刑場に向かう、罪人のようだ。

好奇と非難の目にさらされながら、お俊は陽炎《かげろう》の立つ道を踏みしめて歩いた。向かった先は、山本町である。死地に赴く武将さながらに、残った勇気をかき集めて来たというのに、丸に質の字を染め抜いた暖簾《のれん》が見えてくると、急に歩みが萎《な》えた。

浅井の一件もあり、かれこれひと月近くも無沙汰をしている。

儀一もやはり、同じ非難を向けるだろうか——。

確かめるのが怖くて、今日まで来られなかった。けれど確かめぬうちは、どこにも踏み出せない。

「さっさと終わらせて、すっきりさせちまおう」

声に出し、勢いをつけて暖簾をくぐった。

「いらっしゃい、久しぶりだね、お俊さん」

かすかに驚いたようすは見せたものの、ほんの一瞬だった。

千鳥屋の主人、忠右衛門は、前と同じゆるりとした微笑でお俊を迎え入れた。

「お暑うございますね。この歳《とし》になると、ことさら応《こた》えますが、おばあさんには障《さわ》りはありませんかい？」

このときはまだ、となりに狸《たぬき》髪結はなかった。耳聡《みみざと》い者が傍にいなくとも、忠右衛門が知らぬはずはない。それでもお俊の前ではおくびにも出さず、以前と同じ時節の挨拶《あいさつ》を交わす。

儀一の姿は見当たらず、ほっとしたような拍子抜けしたような心持ちで、おかげさまで、と返した。忠右衛門が、麦湯を出してくれる。ほどよく冷えた麦湯は喉《のど》に心地よく、お俊は不作法も構わず、ひと息に呑み干した。お代わりを注ぐと、主は穏やかにたずねた。

「今日も質入れで、よろしいですかい？」

質草らしきものは、何も携えていない。それでもいつもと同じ台詞《せりふ》を口にする。忠右衛門の気遣いをありがたく思いながら、ええ、とお俊はうなずいた。

頭に差していた簪《かんざし》と櫛《くし》、それに笄《こうがい》を、次々と抜いて畳に置いた。

「これで、お願いします」

「……いいのかい？　お俊さん」

「いまはもう、これしか売る物がないんです。あとは一切合財、盗《と》られちまいましたから」

さばさばと告げたが、さすがに忠右衛門は気の毒そうに顔をしかめた。

「きいたよ……昼日中から、押し込みに入られたそうだね。弱り目に祟《たた》り目のたとえじゃねえが、ひでえことをやらかす連中がいたものだ」

三日前のことだ。幸か不幸か、お俊はそのとき佐賀町の家にいなかった。嫌がらせのつもりか、近ごろ近所では物を売ってくれなくなり、わざわざ永代橋を渡って、川向うまで買物に出ていた。雇っていた小女も、騒ぎの後、その親が意見したらしく暇《いとま》乞《ご》いをされた。お俊もいまは暇な身だから、祖母の世話くらい造作はないものの、さすがに不機嫌な面と一日中向き合うのは息が詰まる。

「ほれ、ごらんな。あたしの言ったとおりになった。やっぱりおまえは母親と同じ、悪い血を継いじまったみたいだね」

ねちねちとしたあてこすりは鬱陶《うっとう》しかったが、それでもいまさらながら、この祖母をありがたいと思った。

どんなに暮らしに詰まっても、お玄は、母やお俊を色街に売ることはしなかった。器量よしの娘や孫なら、さぞかし高く売れたに相違ない。またそういう親は、いくらでもいる。けれどお玄は頑《かたく》なに、それを拒んだ。

男たちに凌辱《りょうじょく》されて初めて、お俊はその辛《つら》さを、身をもって思い知った。苦界《くがい》とは、よく言ったものだ。色街に売られた女たちは、あんなきついことを仕事にせねばならない。たとえ吉原一の大夫《たゆう》であっても、切なき思いをするに違いない——。そんな悲しい身の上に、娘や孫を落とすのを、お玄はよしとしなかったのか。単に色事を、人一倍疎《うと》んじていただけかもしれないが、それでもお俊は祖母の采配《さいはい》に感謝していた。

世間のとりざたはなかなかやまず、深川ではこれ以上、暮らしていけそうにない。幸い金はあるから、大川の向こう側、噂の届かぬところにでも引っ越そう。そう考えていた、矢先のことだった。お俊の留守中、押し込みに入られたのだ。

四、五人の男たちで、空巣ではなく、紛れもない強盗だった。

た。

「男を騙《だま》して、貢《みつ》がせた悪銭だ。おれたちがいただいても、文句はなかろう」

もっともらしい御託をならべ、堂々と盗みを働いた。ろくに目の見えぬ年寄を刃物で脅し、床下の壺《つぼ》にあった金はもちろん、お俊の着物や櫛簪から鍋釜《なべかま》に至るまで、金になりそうなものはひとつ残らず奪っていった。家中につけられた足跡や、凄《すさ》まじいまでの荒らされようからしても、とても玄人《くろうと》のやり口とは思えない。おそらくはお俊の悪い噂に乗じて、ひと儲《もう》けを企《たくら》んだにわか盗人《ぬすっと》であろうが、そのぶん容赦がなかった。

まさに身ぐるみを剝《は》がされたに等しく、残ったものといえば、お俊が身につけて難を逃れた着物と髪飾りだけだった。それが目の前に並んだ櫛簪だと、承知しているのだろう。忠右衛門が、いっそう痛ましそうな顔をする。

「たいした額にはならないのは、承知の上です。それでもいまは、お金が要り用で。いくらでもいいので、お願いします」

お俊が頭を下げると、しばし質草に目を落とし、忠右衛門がたずねた。

「深川を、出るつもりかい？」

こくりと、お俊はうなずいた。家賃すら払えないから、いまの家は早晩出ていかなければならない。深川では働き口さえままならず、川向こうで長屋を探すより他にない。そのために金が必要だった。

「引越しなんぞは、どうするつもりだい？　残った家財はともかく、おばあさんを連れてとなると、あんたひとりじゃ、どうにもならんだろう」

「ばあちゃんを背負ってでも、あたしひとりでどうにかします」

きっぱりと告げると、忠右衛門は、ひどく感慨深げにお俊をながめた。ちょいとお待ちを、といったん帳場に引っ込み、まもなく戻ってきた。

「こちらが、代銀になります」

いつもなら、そのまま渡される銭が、紙に包まれている。その形から、小粒ではなく小判だとわかった。わずかな髪飾りの代銀としては、明らかに多すぎる。

「親父《おやじ》さん、これは……？」

「少しばかりですが、あっしからの餞《はなむけ》です」

「心遣いは有難いけれど、こんなたいそうな額はとても……」

「うちの上得意が、新地に旅立つんだ。このくらいはあたりまえですよ」

あとで確かめると、三両もあった。こればかりは祖母に似たのか、他人の節介など、かえって煩《わずら》わしい性分だ。けれどこのときばかりは、忠右衛門の情がことのほか身にしみた。何よりも、旅立ちという言葉が嬉《うれ》しかった。

「人も物も同じことと。年を重ねればどうしたって、傷も痛みも増えてくる。かくいうあっしも、ひとさまには言えぬ、後ろ暗い傷のひとつやふたつは抱える身でね。それでも本当に良い品は、年月を経て初めて真の値がわかる。人もやっぱり、そういうもんだと思いまさ」

むろんお俊は、千鳥屋の裏商いなぞ知る由《よし》もない。いかにも篤実《とくじつ》そうな忠右衛門が、お俊を慰めるために己を引き合いに出したとは、ちらとも思い浮かばなかった。

こころざしを有難く頂戴《ちょうだい》すると、お俊は最後に忠右衛門にたずねた。

「あの、今日は、儀一さんは……」

「倅《せがれ》はあいにく、大坂に出ちまいましてね」

「大坂へ……そうですか……」

会えないと知ると、思う以上に気落ちした。

このとき大坂に同行していたのは、狸髪結の半造である。すでに四五六《しごろ》の頭との会見を終え、江戸への帰途にあったのだが、上方への長旅となれば、いつ帰るかわからない。

「急ぎ旅のはずだから、そろそろ戻ってもいい頃合なんだがね」

質札に書かれているから、佐賀町の住まいは、忠右衛門も知っている。引越しの手伝いがてら、帰ってきたら行かせようかと言ってくれたが、お俊は首を横にふった。

「明日にでも、深川を離れるつもりですし……よろしく伝えてください。親父さんも、どうぞお達者で」

儀一には、とうとう会えなかった。気負って来たぶん肩透かしを食らった気分だが、これでよかったのだと、自分に言いきかせた。

あれほどかんかん照りだった空が、いまは厚い雲に覆《おお》われていた。

妙に生暖かい風が、着物の裾《すそ》をはためかせ、それは嵐《あらし》の前触れだった。


翌日の早朝、雨戸ががたがたと鳴る音で、目が覚めた。

先に起きていたらしいお玄が、風の音に耳をすます。

「嵐とは、ついてないね。収まってくれないことには、動きようがないね」

今日にでも祖母を連れて深川を出るつもりでいたが、ひとまず見送るより手立てがない。

雨戸どころか、いまにも家ごと地面からもぎとられそうな勢いで風が唸《うな》りをあげ、まもなく雨が降り出した。雨粒とは思えぬような、まるで霰《あられ》のような大きな音がして、あまりの騒々しさに互いの声すらきこえぬほどだ。

昼を過ぎても、いっこうに衰える気配はなく、なまじ大川沿いにあるために、家が流されるのではないかと、お玄は心配しはじめた。

「ちょっとひとっ走りして、川のようすを見てくるから、ばあちゃんはここにいて！」

怒鳴るように叫んでから、お俊は外にとび出した。二、三軒の家を隔てた先に、大川堤がある。堤の向こうを確かめるまでもなく、これはまずいとお俊はすぐに察した。

「大川の水が、半端《はんぱ》ねえ勢いで、堤がいまにも切れそうだ！」

「水が堤を越えたら、この辺りはたちまち流されちまうぞ。いまのうちに逃げねえと」

「おい、名主さんから触れが出たぞ！　ここら辺のもんは、深川寺町へ逃れるようにってよ」

外では多くの男たちが右往左往し、すでに風呂敷《ふろしき》を抱え、子供の手を引いて寺町の方角へと走る女房の姿も見える。お俊は家にとって返すと、祖母に仔細《しさい》を告げた。

「ばあちゃん、あたしが背負っていくから、お寺に逃げよう」

幸い、もち出すほどの家財もなく、わずかな着替えを入れた小さな風呂敷包みを胸に縛りつけ、祖母を背負って家を出た。

前すらろくに見えぬような吹き降りだったが、周囲の人波は同じ方角に向かってい
る。風に真横から倒されそうになり、雨を吸うたびに重くなる祖母のからだに、やが
て腕がしびれてきたが、お俊は歯を食いしばって堪《こら》えた。
着いたところは、深川寺町の外れだった。寺町ではもっとも大きな霊巌寺や浄心寺
からは、仙台堀を渡った南にあたり、八つの寺が扇のように並んでいた。浄心寺裏は、
質屋のある山本町だ。ふと儀一の顔が浮かんだが、いまはまだ大坂だったと、頭から
ふり払った。

本堂はすでに、人であふれていた。大川の決壊を恐れ、誰の顔にも不安が色濃く立
ち込め、どんよりとした気配が満ちていた。元気のいいのは子供ばかりで、堂の縁を
走り回る声がかしましい。それを横目に、祖母を支えながら本堂に入ろうとすると、
品のない声がかかかった。

「ほう、この寺は茶屋女を置くのかい。こいつは乙だねえ」

本堂中の目が、戸口に立つお俊に集まった。頭から水をぶっかけられたように全身
濡《ぬ》れ鼠《ねずみ》で、着物はからだに張りついて、お俊の肢体をなまめかしく浮かび上がらせる。
ほつれた髪は顔にかかり、まるで房事の後のようだ。男たちの視線が嫌な色を帯び、
あからさまに生唾《なまつば》を飲む者すらいる。逆に女たちの気配は、たちまち尖《とが》り出した。お

俊の名がささやかれ、小波《さざなみ》のように堂に広がってゆく。

「ちょいと、他所《よそ》へ行っておくれ。見てのとおり、ここはもう一杯なんだ」

目の前にいた女房が、意地悪く通せんぼした。周囲の寺は、どこへ行っても同じだろうし、疲れきっていて、これ以上、祖母を背負っては一歩も歩けそうにない。

「隅っこでいいので、置いてください。ばあちゃんは見てのとおり、目も足腰もよくないんです」

けれど女たちの敵意は、お俊が思うよりずっと執念深く、凄まじかった。

「そんな売女《ばいた》と、ひと晩一緒に過ごすだなんてご免だよ」

「まったくだ。目の前で亭主を、寝取られちまうかもしれないからね」

「深川から、さっさと出ていってもらいたいもんだね」

人の悪意の嵐は、外の風雨よりよほど恐ろしかった。反論はおろか、しばし声すら出なかったが、傍らで、お玄が呟《つぶや》いた。

「行こう、お俊。佐賀町へ帰ろう」

ふり向くと、祖母の目とぶつかった。孫の体たらくを散々こぼしていたくせに、光をほとんど失った目は、責めても罵《ののし》ってもいない。それがお俊に勇気をくれた。お俊は堂の内に向かって、声を張り上げた。

「ああ、ああ、やってらんないね！　うるさいったらありゃしない。小言なら、ばあちゃんの分だけで腹いっぱいなんだ。あたしが何をどうしようと勝手じゃないか。他人にまでぎゃあぎゃあ言われたかないね」

「何だって！」

最初にいちゃもんをつけてきた女房が、顔色を変えた。

「だいたい、あんたらのぼんくら亭主なんて、あたしの相手になぞなるものかい。頼まれたってお断りだよ」

「この淫売《いんばい》が！　とっとと出ておいき！」

「はいはい、出ていくよ。ばあちゃんは置いていくがね。何より鬱陶しいのが、ばあちゃんの説教だからさ。ひと晩くらい、ゆっくり寝かせてもらいたいからね」

お俊の思惑に気づいたのか、祖母は何も言わなかった。いくら何でも、年寄を嵐の中に放り出すような真似はしなかろうし、お玄が堅い女であることは近所の者たちも承知している。多少、居心地は悪かろうが、ここにいるのがいちばん間違いはないはずだった。

お俊は後ろも見ずに、嵐の中にひとりとび出した。

行き先は、佐賀町の家より他にない。

夕刻にかかり、嵐の勢いはさらに増したように思われる。板やら樽《たる》やらがあちこちから降ってきて、危なくてならなかったが、すでに怖くもなんともなかった。人の拵《こしら》える悪意の嵐の方が、よっぽど恐ろしいと悟ったからだ。

行きは何倍もかかったが、帰りはすぐに佐賀町に着いた。ただ、家に戻る気にはなれなかった。お俊は家を通り越し、大川土手に上ってみた。

そこには、日頃とはまるで違う景色が広がっていた。

泥水を蓄えた川は、いまにもはちきれんばかりにふくれ上がり、お俊の足許《あしもと》まで届きそうだ。厚ぼったい雲の上で、轟々《ごうごう》と逆巻く風の音がきこえ、下界にも容赦なく吹きつけて、からだをさらおうとする。風がはこぶ雨粒は、節分の豆のように四方八方からお俊を叩《たた》く。

お俊はしばし、その猛々《たけだけ》しい景色に見惚《みと》れていた。

すぐ傍まで迫った泥の水面《みなも》は、いつお俊を引きずり込んでもおかしくない。いっそ自分から飛び込んだ方が、楽になれる。

祖母を抱えていては、遠くへ行くことはかなわず、江戸にいれば、お俊を知る者といつ出会うかわからない。安穏とした暮らしなぞ、この先一生望めそうにない。ひと思いに命を断てば、要らぬ物思いからも放たれる。

頭ではわかっていたが、肝心のからだは、まったくそんな気を起こしてくれない。ここに来てお俊は、己の身の内に宿る靭《つよ》さを、思い知らされた。人によっては、悲劇や労苦に耐えられぬ者もいる。一方で、困難を前にすると、かえって奮い立つ者もいる。誰に似たのか、お俊はそういう性分なのだろう。己のしたたかさには、己自身が呆《あき》れるほどだ。

ふっ、と笑みがわいた。

川沿いの町屋はいまやもぬけの殻で、お俊はたったひとりで嵐と対峙《たいじ》している。ひどく馬鹿馬鹿《ばかばか》しく、それでいて、どこか痛快だった。

しかし人っ子ひとりいないはずが、お俊を呼ぶ声がする。空耳だろうかとふり返ると、思いもかけない姿があった。

「お俊さん！　こんなところにいたのか、探したぞ」

質屋の倅、千鳥屋儀一だった。

「嵐が来てるから、かえって気が揉《も》めてな。昼前に、深川に戻ったんだ」

遠い大坂にいるとばかり思っていた男が、目の前にいる。その不思議がどうしても呑み込めず、お俊はただぼんやりと儀一を仰いでいた。

「まだ深川にいてくれて、本当によかった。深川を出るつもりでいると、親父からきいてな。もしかしたら朝のうちに、橋を渡っちまったんじゃねえかって、やきもきした。あんたの家にも走ってみたんだが、この辺りの者は皆、寺町に逃げたときかされてな、一軒一軒当たってみた。その最中《さなか》にお玄さんにも出会ってな、孫を頼むと言われたよ」

それまでぼんやりしていたが、ふいに現実に戻された。お俊は、ぷいと横を向いた。

「あんたに節介してもらう謂《いわ》れはないよ。あたしとあんたには、何の関わりもないんだからさ」

「関わりなら、ある！」

叫んだ儀一の両手が、お俊の二の腕をがっちりと摑《つか》んだ。驚いて見上げたお俊に、儀一は言った。

「お俊さん、おれと一緒になってくれ！」

言われた意味が入ってこず、やはりぼうっと男を見上げた。

「一緒にって、どういう……」

「千鳥屋に嫁に来て、おれと所帯をもってほしいんだ」

すこぶる気合の入った顔なのに、台詞《せりふ》ときたら何のひねりもない。つい笑いがこみ上げた。

「悪い冗談はよしておくれな」

「冗談なんぞじゃねえ。おれの女房は、お俊さんより他に考えられないと、親父やおふくろにもそう告げた。実を言や、さっきお玄さんにも伝えたんだ。お俊さんしだいだと、お玄さんは言ってくれた」

儀一の本気を知ると、かえって身のすくむ思いがした。とても正気の沙汰とは思えない。

「もしかして、あたしの身に起きた始末を、まだきいちゃいないのかい？」

「お俊さんが、難儀な目に遭ったことは、親父からきいたよ……大事の折に旅に出ていて、何も力添えできなかった。それればかりは悔やまれた」

「知っているなら、どうして！　水茶屋勤めってだけで、質屋の女房になるには敷居が高い。ましてや男に汚された女なんぞを……」

「お俊さん、あんたはこれっぽっちも、汚れてなぞいない。あんたは、蓮《はす》の花なんだ！」

「蓮の花……？」

「どんな泥の中からも、まっつぐに伸びて花を咲かせる。あんたはそういう女だ」

蓮は仏を象徴する花だ。よりによってそんな花にたとえるなど、冗談がきつ過ぎる。

なのに笑うことができなかった。儀一の真剣な思いが、届いたからだ。

「方便でも気休めでもない。おれも親父も、とうに気づいていたんだ。世間てのは、濁った池と同じだ。狭くて汚くて息苦しい。だがな、お俊さん、あんたはそこから頭を出して、花を咲かせることができる。真っ白で丸い、無垢《むく》な花だ。根っこからどんなに泥水をすすろうと、花には染《し》みひとつつかねえ……だからお俊さん、あんたは汚れちゃいない。汚れようがないんだよ」

不覚にも、涙がこぼれそうになった。お俊が他人に疎まれるのは、その靱い姿のためかもしれない。泥水から、ひとり頭を出して、すっくと立ち続ける存在が、他人の目には邪魔に映るのかもしれない。なのに儀一は、それを認め、称《たた》えてくれた。その気持ちだけで、胸が一杯になった。

「ただ、ひとつだけ、言わないといけねえ……。おれは、悪党になると決めたんだ。悪党の女房なぞ、やっぱりご免かい？」

「悪党だって？　おまえさんが？」

この男ほど、悪党にそぐわぬ者はない。それこそ悪い冗談だと一笑したが、生真面《きまじ》目《め》な顔で儀一は告げた。

「うちは、千鳥屋は、窩主買《けいずかい》をしているんだ。盗人の品を、闇《やみ》で捌《さば》く商売だ」

親子そろって、温厚で篤実な人柄だ。にわかには信じがたかったが、訥々《とつとつ》と語る儀一の言葉に嘘《うそ》はなかった。

「おれはその裏商いごと、店を継ぐことにした。大坂でそう決めたとき、いったんはお俊さんをあきらめた。あんたのような堅気の娘さんを、悪事に引きずり込むわけにはいかねえからな」

「世間に顔向けできぬような不始末をしでかした娘なら、ちょうどいい。そういうことかい？」

「違う！　そうじゃねえ！　親父からきいたんだ。あんなことがあったのに、やっぱりお俊さんの中の花は、折れやしなかったとな……そうきいたとき、わかったんだ。おれの女房は、お俊さんしかいないって」

覚悟は決めたものの、悪党になるのは正直怖い。儀一はそのように言った。いつ御上に捕まるかわからない。薄氷の上を歩くような人生だ。それ以上に儀一が恐れているのは、本当の悪党になることだった。悪事に手を染めるのと、骨の髄まで悪党になり下がるのは、似ているようで違う。

「だからお俊さん、あんたの中にある真っ白な花が、おれには要り用なんだ」

己の高慢は、自身が誰より身にしみている。それを儀一は、まっつぐで真っ白いと言ってくれた。苦しいほどに嬉しくて、息が詰まりそうだった。

儀一と一緒になるということは、この深川に留まるということだ。それがどんなにしんどいことか、お俊にもわかっていた。世間の非難は容易には収まるまい。いま以上の艱難《かんなん》に苛《さいな》まれ、何年、何十年続くか知れない。自分ひとりなら堪えようもあるが、儀一や忠右衛門、さらには生まれてくる子供にまで累《るい》がおよぶかもしれない。

それでも儀一は、そういう一切を含めて、お俊とともに生きようとしている。それだけの覚悟をもって、本気でお俊と関わろうとしている。

その気持ちは、少しこそばゆいほどで、つい意地悪を言いたくなった。

「このあたしが、あんたみたいな唐変木に添うとでも?」

儀一の必死の形相が、とたんに頼りなくなる。

「それを言われると、正直自信がねえ。おれはこのとおり、気の利《き》いたことも言えねえし、要らぬ差し出口もしちまうし……それでも、この気持ちだけは本物だ」

「気が利かないどころの話じゃないよ。唐変木の上に、大馬鹿者さ」

それ以上、涙が堪えられなかった。泣き顔を見せたくなくて、お俊は儀一の胸にとび込んだ。

「女心なんて、ちっともわかっちゃいないんだから……」

「お俊さん……」

儀一の腕が背中に絡《から》まり、しっかりとお俊を抱いた。

吹きすさぶ風雨の音すら、きこえない。儀一の胸は暖かく、安らかにお俊を包んだ。

男への媚も、女たちとの諍《いさか》いも、朴訥な浅井を追い詰め、あのおぞましい夜を招いたことも——、すべてはここへ辿《たど》り着くための道程だった。そう思えた。己自身を初めて、好きになれそうな気がした。

若いふたりへの餞《はなむけ》のつもりか、ほんの一時、風雨が弱まった。

儀一の肩越しに、遠くの空が見え、厚い雲間から一条の光がさした。

＊

「おとっつぁんとおっかさんが、そんなたいそうな思いをして一緒になったなんて……」

母が話し終えると、それまで気を張り詰めて聞き手に徹していたお縫は、ほうっとからだから力を抜いた。

「捨てる神あれば、拾う神ありってね。世間さまに捨てられた身を、おとっつぁんに拾われたのさ」

「その言いようは、どうかと思うけど……でも、ちっとも知らなかったわ」

「倫之助やお縫までは、巻き添えを食らわずに済んだからね。そのぶんお佳代には、かわいそうなことをした」

お縫とは十違いになる長女のお佳代は、昔から両親やお縫とは反りが合わない。

お佳代の屈託を生んだのは、千鳥屋の裏稼業《うらかぎょう》だ。お縫は長いことそう考えていたが、もうひとつ理由があった。ふた親に似ていないために、母の不義の子だと、子供時分にからかわれたことが、姉の中に大きな影を落としていた。

「もしや、おっかさん。お佳代姉さんは……」

「お佳代は間違いなく、おとっつぁんとあたしの娘だよ」

嵐が収まってまもなく、お俊は祖母とともに千七長屋に引き移り、翌年、儀右衛門と祝言《しゅうげん》をあげた。姉が産まれたのは、その次の年である。

「産み月から算したら、誰にだってわかる……でも、おまえの姉さんの幼いころはまだ、あの一件を覚えている者も多くてね」

乱暴された折に孕《はら》んだ子供だと、口さがない噂を流す者も少なくなかったという。

「ひどいわ！　どうしてそんな根も葉もないことを」

「その方が、面白いからさ」

憤慨するお縫に、さらりと返したが、お佳代には心底すまないと思っているようだ。

「あの子は何も悪くない。なのにあたしがはね上げた昔の泥水を、まともにかぶっちまった。お佳代には、どんなに詫《わ》びても足りやしない。あの子があたしを憎むのも、あたりまえさ」

お佳代の非礼にも、お俊はいつも黙って堪えていた。この母にはらしからぬことだと、不思議に思っていたが、その理由《わけ》がようやく呑み込めた。

悪童たちを通して、母親の身に起きた一件を、幼いお佳代は知ってしまった。

本当のことかと詰め寄られ、お俊はすべてを娘に明かした。お佳代が、わずか八歳のときだった。幼い身では、受けとめ切れるはずもなく、その理不尽を、姉は両親に投げつけるよりほかになかったのだ。

「だからお縫、姉さんのことは邪険にしないでおやり。お佳代はああするしか、仕方なかったんだ」

「わかったわ、おっかさん。仲良くできるよう努めてみるわ……姉さんにその気があればだけどね」

「お佳代には難儀をさせたけれど、あたし自身は、何の不足もなかったよ。千鳥屋に来てからは、こんなに幸せでいいんだろうかって頰をつねりたくなるような、ずうっとそんな心地でいられた」

所帯をもてば、それなりの苦労はつきものだ。お縫にも、そのくらいはわかる。ましてや何年も世間の好奇にさらされたのだ。決して幸せなだけの人生ではなかったろう。けれどお縫の両親は、それを乗り越えたのだ。一緒に引きとられたお玄は、孫が手に入れたまっとうな暮らしぶりに、たいそう満足しながら往生し、病がちだった姑《しゅうとめ》もお俊は厭《いと》わず献身した。たぶん、辛いこと、後ろ暗いことをそれぞれ抱えていたからこそ、父と母は睦《むつ》まじく暮らしていけたのだ。

「だからね、お縫。何があったって、生きてさえいれば、いずれは昔になる。死ぬよりもまず、生きることを考えな。おまえなら大丈夫、昔のあたしより、よほどしっかりしているからね」

口先ばかりでない励ましは、お縫の中に確かな勇気を生じさせた。

このままではいけない、何かしなければ――。

強い思いが胸にわいたとき、ゆらりと影が立った。

「なんやなんや、話が弾んでるみたいやないか。ひとつ、わいも混ぜてくれんか？」

鮫二という若い男で、かなり酒が入っているようだ。最前よりいっそうだらしなく目尻《めじり》を垂らし、あからさまに色気づいた視線を、お縫に向ける。

「おっかさん、あたし、やれるだけのことはやってみるわ」

「お縫……」

「おとっつぁんを信じていないわけじゃない。でもこのまま黙って、餌《えさ》でいるのもご免だわ。あたしはあたしに、できることをするわ」

母親に小声で宣言し、にやにやと笑う男を、きっとにらみつけた。

「なんや、嬢ちゃん。そないにらまんといてえな。暇なら、わいと遊ぼうや」

「鮫二さん、でしたよね？　お話があります」

急に名を呼ばれて、驚いたのだろう。男の顔つきが、少しばかり変わった。

この男にとって、お縫はただ女でしかない。ここにいるのはお縫という人間だと、認めさせねばならない。己の身に迫る危急を避けるには、それしかないとお縫は考えた。

「あなた方が欲しいのは、一千五百両でしょ？　お金さえ見つかれば、あたしたちを解き放ってくれますよね？」

「そら、そうやが……だから何や？」

「お金を探すのを、あたしにも手伝わせてください」

「何やて？　われのような小娘に、何ができるっちゅうんや」

「たしかにあたしは小娘に過ぎないけれど、生まれも育ちも深川です。この辺りのことなら、上方にいたあなた方よりよほど詳しいわ。きっとお役に立てます」

「なんや、見かけより気の強い嬢ちゃんやな」

気が削《そ》がれたように、男が面長の顔をしかめた。

「お願いします、鮫二さん！　親分さんに話してください」

「何を騒いどるんや、鮫二。女子らには構うなと言うたやろ」

「せやかて、若頭。この娘が、妙なことを言い出しよって……」

顔を出した日出蔵を、口を尖らせて鮫二が仰ぐ。

お縫は日出蔵に向かって、同じ台詞をくり返した。鮫二よりよほど思慮深そうな若頭は、しばし考える顔になった。

「どこのどの辺りに隠したか、あたしにも教えてもらえませんか？　できればその前の経緯《いきさつ》も……いつ、どこのお店《たな》から頂戴したかとか、どんな理由《わけ》があって小判を隠すに至ったとか」

「そないな話が、宝探しに関わりあるいうんか？」

「何が手がかりになるか、わかりません。だから、お願いします。きっとお役に立ってみせます！」

ふうむと顎《あご》を撫《な》で、日出蔵はぼやくように言った。

「たしかに、わしらはこの辺りには不案内や。わしらに気づかん何かを、拾い出せるやもしれんな」

「それじゃあ……」

「ちいと待っとれ、頭に話してみるわ。鮫二、おまえはこっちゃ来んかい、この色呆《いろぼ》けが！」

不服そうな鮫二を連れて、日出蔵はとなりの板間にいったん戻った。

お縫の申し出は、土竜《もぐら》の武三にとっても、悪くはないと思えたようだ。やがて若頭を連れて、お俊とお縫の前に武三が現れた。

「ひとつ言うとくがな、一切を知った上は、金が出てこんときはただではすまんぞ」

「承知しています。覚悟はできてます」

お縫がきっぱりと応じると、となりでお俊もうなずいた。

「女だてらに、ええ度胸や。ほな、話したるわ」

武三は案外機嫌よく、二年前の顚末《てんまつ》を話しはじめた。

「知ってのとおり、わしらは大坂を根城にする盗人や。たまに京や伊勢、姫路なんぞに足を延ばすこともあるが、浪花の商人は懐《ふところ》具合が桁《けた》外れやさかいな、大仕事はもっぱら大坂で仕掛けるのが常やった。なにせひと仕事で、二千両は固い」

「二千両ですか！」

額の大きさにびっくりすると、武三はちょっと得意そうな顔をした。

「手抜きなしの仕掛けやさかい、時も手間もかかるんやが、ちょこまかと数を稼いどっても足がつきやすくなるだけや。じっくりと腰を据えて、がっぽり稼ぐ。それがわしのやり方でな」

盗みに入るのは、せいぜい年に一度、長いときは二年以上も開くときもあるという。

「お頭が、土竜と呼ばれる所以《ゆえん》でな。役人がどないにほじくり回したかて、潜ったきり鼻先すら容易に出さん。せやさかい、土竜なんや」と、日出蔵が脇《わき》から口を添えた。

「お仲間は、いつも同じ顔ぶれですか？」

「せや」

「頭や若頭はともかく、皆さんよく、辛抱が続きますすね」と、お縫は素直に感心した。

盗人は所詮《しょせん》、半端者だ。ごろつきで癖が悪く、金が入ると派手に遊ぶ。御上の目のつけどころも、そういう迂闊《うかつ》な者たちだ。仕事の間が空き、緊張の糸が途切れればなおさら、御するのは難しかろう。数々の盗人話を拝聴しているお縫には、そのくらいの察しはついた。しかし土竜一味は、少しばかり毛色が違うようだ。

「ただ盗むより他に能があらへん奴《やつ》は、わしは使わへんのや。一芸に秀《ひい》でとるもんを集めて、いまの一家を成したさかいな」

錠前破りはもちろん、愛想がよく、人から話種を引き出すのがうまいとか、もと大工で家の図面に明るいとか、あるいは帳簿が読めて商家に詳しいとか、それぞれが何らかの得意をもつ。いわば分業の上でひとつの品を作り出す、職人一家のようなものだ。

稼業違いの悪党が住まう千七長屋にも、どことなく似ている。同じことをお俊も思ったのだろう、ちらりとお縫をふり返った。

「まあ、鮫二くらいやと、入って一年も経《た》ってへんさかい、まだまだ危なっかしゅうてならんがな、あれで手先ばかりは器用なんや。錠前破りが目を悪うしてな、代わりに育てとる最中やが、錠前より女にばかり構けよる。一人前にするんは、あと二、三年はかかりそうや」

ぼやく武三は、まるでぼんくら息子を嘆く父親さながらで、つい口許がほころんだ。

ともかくも、各々《おのおの》が己の業に誇りをもっているからこそ、半ちくな真似《まね》をせず、一味の結束も固いようだ。そんな土竜一味が、二年前に江戸に出てきたのには、ふたつばかり理由があった。

「さる大店と、縁続きの町方与力がおってな。こいつがまた、えらいいけ好かん奴やったさかい、いっちょ面目を潰《つぶ》したろ思て、その店に押し入ってやったんや。奴《やっこ》さんときたら、そらもうえらい剣幕で、意地になってわしらを探しよる。尻尾《しっぽ》を摑まれるようなへまはせんでも、狭い大坂におるんは何や窮屈や。ちょうど江戸での仕掛けをひとつ、考えとった折やったさかい、思い切って東海道を下ったんや」

「江戸での仕事を、ひとつだけ？　何か、理由《わけ》があるんですか？」

「理由《わけ》は、駒吉さんや」

まだ駒吉の死が、応《こた》えているのだろう。日出蔵が、少し痛そうに顔をしかめた。武三もまるで怒ったような顔で、むっつりと続ける。

「駒吉は、十四の歳《とし》に奉公に出た。そう話したんを覚えとるか？」

「はい……奉公先できつく当たられて、たしか六年で暇乞《いとまご》いをしたと」

千鳥屋を初めて訪ねてきた折、そんな話を語っていた。

「『三嵩屋《みかさや》』ちゅう糸物問屋でな」

「三嵩屋って……もしや本所にある、あの三嵩屋ですか？」

「おっかさん、知っているの？」

「ほら、お縫、覚えてないかい？　盗賊に押し入られて大枚を奪われた糸物問屋だよ。あれはたしか、二年前の師走《しわす》の末だ」

お縫も思い出し、あ、と声をあげていた。

「もしや、一千五百両の隠し金は……」

「そうや、三嵩屋からぶんどったもんや」

武三がうなずいて、お縫とお俊はしばし言葉を失った。

「駒吉さんを辛《つら》い目に遭わせた、意趣返しですか？」

「ま、平たく言うたら、そうなるやろな。三嵩屋は、主人も雇い人も江戸者ばかりでな、一方で商売敵は、総じて西の商人《あきんど》や。西の訛《なまり》を疎《うと》まれて、駒吉はいけずな嫌がらせをされとったようや。そんでもあいつは、わしと違《ちご》うて辛抱強い奴やった。ずうっと堪えておったんやが……」

と、武三は悔しそうに歯噛《はが》みした。かわりに日出蔵が後を継いだ。

「そのころ三嵩屋で、頻々と金が失《う》せる騒ぎがあったんや。初めはせいぜい小粒やったそうやが」

だんだんと失せる金高は増えていき、終《しま》いには掛け取りの二十数両がごっそりやられた。その罪を、主人や番頭は駒吉に被《かぶ》せた。

「ほんまの咎人《とがにん》はわかっとる。三嵩屋の十四になる倅や。悪所通いでも覚えたんやろうが、金箱から銭を盗むのを、貞助じいさんが見とってな」

「貞助さんというのは、同じ店にいて、駒吉さんを可愛《かわい》がってくれたという人ですね？」

「ああ、そうや。わしらは貞爺《じい》と呼んどったが、会津育ちの貞爺も、やっぱり訛を種に三嵩屋で邪険にされとった。同類と思うて、駒吉さんをよう庇うてくれたそうや」

駒吉が濡《ぬ》れ衣《ぎぬ》を着せられたと知って、貞助は息子が咎人だと旦那に注進した。しかしそれが、倅を溺愛《できあい》していた内儀の不興を買い、ふたりそろってお払い箱となった。

「なんてひどい話かしら！　同じ江戸っ子として、恥ずかしいわ！　言っときますけど、土竜のお頭、江戸っ子は、そんな情けない連中ばかりじゃありませんよ」

「そうむきになられちゃ、土竜の親分さんが困りなさるだろ」

「だっておっかさん、あんまりじゃないの。一千五百じゃ足りやしないわ、いっそ江戸中の盗人に、身代丸ごと盗まれちまえばいいんだわ！」

ぐうっ、と土竜の喉《のど》が鳴り、ぶはははっと、たちまち大きな笑い声になった。ふいを食らって、母娘《おやこ》がきょとんとする。日出蔵もまた、遠慮がちながら、やはり苦笑をにじませている。

「嬢さんは、ほんまにお父はんによう似てはるな。四五六のお頭も、あんたのお父はんの申しように、腹を抱えていなはった。人を笑《わら》かすいうんは、立派な才や。度胸と頭と、そして情。三拍子そろうて初めて成せるもんやさかいな」

人を笑わす才など、父もお縫ももち合わせてはいないはずだ。何がおかしいのかすらさっぱりだが、とりあえず褒められてはいるようだ。

「駒吉や貞爺にも、きかせてやりたかったわ」

笑いを収めると、ぽつりと武三は呟いた。

三嵩屋の内なら、ふたりはよく承知している。三嵩屋のやり口に腹を立てた武三が言い出して、大人しい駒吉はむしろ気が進まぬようすだったが、代わりに貞助じいさんは大いに乗り気になった。

二年前の歳の暮れ、一味は三嵩屋に忍び込み、まんまと千両箱をせしめた。

しかしその帰り道、思いもかけぬ災難に見舞われた。

「大坂は商人の街やさかい、侍はほんの申し訳ほどしかおらん。江戸が武士の街やということは、頭では知っとったんやが、どこかで油断しとったんやろな」

一味が出くわしたのは、五、六人の武士の一団だった。しかも道場帰りの者たちで、腕にはそれなりに覚えもある。たちまち退路を断たれ、往生した。

ただ当時の土竜一味には、用心棒の浪人がいた。寺坂《てらさか》某という、もとは江戸にいた男で、剣の腕は立った。土竜はとっさの判断で、駒吉と貞助、そして寺坂に、金を託すことにした。その三人だけが、江戸に詳しかったからである。

その場所から近い堀に、舟も仕度してあった。寺坂に退路を開かせ、駒吉と貞助に金をもたせて逃がしたのだ。残る者たちが侍たちを引きつけ、幾手にも分かれて、右も左もわからない江戸を、ひたすら逃げ回った。落ち合う場所は決めていたものの、翌日、一味の者がひとり残らずまた顔をそろえたときは、柄にもなく涙ぐみそうになったと、武三は語った。

「金は間違いなく隠したと、駒吉と貞爺、それに寺坂の旦那は請け合った。千両箱やと嵩張るさかい、ふたつの袋に詰めてな」

「場所は、どこです？」

「この砂村新田だ」

なるほどと、お俊が相槌《あいづち》を打つ。お縫は気になったことを、ひとつたずねた。

「どうして、こんな辺鄙《へんぴ》な場所に隠したんですか？　たしかに人目にはつき辛いでしょうが、本所からでは、少し遠すぎるように思います」

「寺坂の旦那が、子供時分に住んどったそうでな、この辺に明るかったんや」

本所を東に行けば、猿江の御材木蔵があり、その辺りも田畑ばかりが広がっている。わざわざ南に折れて、砂村新田に隠したのは、その理由からだった。

「旦那が隠し場所の図面も書いてくれてな、駒吉と貞爺も間違いないと請け合った」

「その図面を、見せてもらえませんか？　お願いします」

武三は承知して、おい、と日出蔵に声をかけた。日出蔵が懐から、一枚の紙をとり出して板間に広げた。大ざっぱではあるが、四方を堀に囲まれた形は、切絵図にある砂村新田とほぼ同じだった。

「この縦横に引かれた線は、何です？」

「田んぼのための水路《みずみち》や。ほれ、ここに元八幡があるやろ？　元八幡から、西に四本、北に三本行った水路の奥に林があってな。林の口にある、小っさな地蔵の祠《ほこら》が目印や。林を少し行くと、枝ぶりの変わった松があって、その根方に宝を埋めた」

「次の晩、駒吉さんの案内で、頭とわしもお宝を拝んできたんや。間違いはあらへん」

と、日出蔵が請け合った。お縫は、首をかしげた。

「どうしてそのときに、掘り出さなかったんです？　その折に分けちまった方が、間違いはなかったでしょうに」

お縫の言に、盗人ふたりが面目なさげな顔をする。

「実はな、それどころやなかったんや」と、武三がため息をつく。

翌日、三嵩屋の災難は番屋へ知らされ、さらに一味と出会った侍たちが、賊の数や風体、さらには西の訛があることなどを詳しく役人に申し述べた。かねてより大坂町奉行所から知らされていた、土竜一味かもしれぬとの噂《うわさ》が広まり、にわかに御上の目が厳しくなった。
二、三人ずつ分かれて、それぞれ商人の身なりで江戸を出ることにしたが、大枚の小判を懐に納めていくのは、あまりに危うい。そのとき江戸に下っていた一味の数は、九人。上方に残してきた配下もいるし、そのぶんを含めて武三が多少多くもらっても、ひとり頭、百両は固い。江戸を出る際に、あるいは街道や関所などで、万一、怪しまれて荷改めなどをされては、たちまち露見してしまう。
「ほとぼりが冷めんと、金をもち出すのは無理や思うてな」

盗んだ金のうち、いくばくかを路銀として皆に分け、一年後、ふたたび江戸に下る算段をして、三々五々江戸を離れた。駒吉と貞助は、この折に会津に下ったという。

「一年後の約束が、どうしてもう一年伸びたんです？」

「わしの名は、江戸にも広まってしもうてな、町方と火盗が手ぐすね引いて待っとるちゅう噂が届いたんや。江戸は役人の数も大坂の比ではないさかい、もう一年お預けを食らったっちゅうわけや」

江戸は不案内な上、役人が目を光らせている。土竜と呼ばれるほどに用心深いこの盗賊は、危うい橋を渡ることを避けたのだ。もう一年、待つことにして、ふたたび江戸に舞い戻ったが、肝心のお宝は影も形もない。

「長いこと寝かせといた金がようやく拝める思たら、このざまや。こない体たらくでは、子分らに言い訳がたたんわ」

忌々《いまいま》しげな武三のぼやきで、お縫はあることに気がついた。

「宝の場所を知っているのは、お頭と日出蔵さん、駒吉さんと貞助さん、それに、寺坂というご浪人、この五人だけですね？」

「せや……もう残っとるのは、わしと日出蔵だけになってしもうたが」

葬式の席で武三が語ったとおり、貞助は故郷の会津で往生し、寺坂という浪人もまた、悪い風邪を拾い、半年前に身罷《みまか》ったという。

「お頭がどうして、これほど躍起になって宝を探すのか、ようやくわかりました。このままでは、手下衆に示しがつかない。そういうことですね？」

「そんとおりや。このままでは、わしが猫糞《ねこばば》した思われても文句は言えん」

「なんぼ何でも、そこまでは……頭の人となりは、皆わかっとりますさかい」

「いいや、わしらの世界は、けじめが何より肝心や。いっぺんでも違《たご》うたら、子分らに疑いの芽ぇが顔を出す。後々必ず、厄介の枝葉を広げよる。何としても、一千五百両は見つけ出さんとあかんのや」

武三は決意を新たにするように拳《こぶし》を握りしめ、日出蔵も胸中は察しているのだろう。口許《くちもと》を引きしめてうなずいた。

仲間の誰かが、脇からかすめ取ったのではないか――。内心ではその疑いも考えにあったが、ひとまず捨てた方がよさそうだ。

「お金は、いつ消えたのかしら？　駒吉さんが来る前？　それとも後？　いったい誰が、宝を掘り返したのかしら？」

ぶつぶつと考えを呟《つぶや》いていた。お縫のひとり言に、武三が律儀《りちぎ》に返す。

「こう言うたら何やが、やはり駒吉を看取《みと》った男が、いちばん怪しいんとちゃうか？」

「加助さんは、決してそんなことはしません！　菩薩《ぼさつ》の化身、地蔵の生まれ変わりと、深川中で評判なんです。加助さんが人さまの金に手をつけるなんて、神仏が悪事に手を染めるのと同じくらい考えられないわ」

お縫の剣幕に気圧《けお》されて、武三が少しばかりたじろいだ。

「そない怒らんでも……駒吉が辞世の句に、加助ちゅう男のことを書いとったさかい、怪しいと思たんや」

「……辞世の句？」

頭の中で、何かがはじける音がした。お俊は急いで頭に乞うた。

「それ、何て書いてあったんですか？　見せていただけませんか？」

「構わんが……」と、武三は懐から、一枚の紙片をとり出して、母娘の前で広げた。

筆をとれぬ駒吉に代わり、したためたのであろう。見馴《みな》れた加助の手《て》蹟があった。

「『鐘の音　地蔵の堂の槌《つち》に消え　我が身は生きた地蔵が送らん』」

お縫は、声に出して読み、穴があくほど加助の文字を見詰めた。

「この鐘は、金——つまり三嵩屋から奪った一千五百両のことやろ。わしらはそう読んだ。下の句の地蔵は、死に際《ぎわ》を看取った加助のことや。金が地蔵の堂に消えたいうんは、地蔵と呼ばれる男が猫糞したと、そう読めるやろ？」

たしかに、そうともとれる。武三が、加助や千鳥屋に疑いの目を向けたことは、無理からぬことだ。けれど一方でお縫は、加助から駒吉の末期《まつご》のようすもきいていた。

『兄さんに会えないことは、たいそう心残りにしていたが、それでも死に際は安らかだったよ……地蔵さまに功徳《くどく》を積んだおかげで、こうして畳の上で死ぬことができる……そんなふうに言っていた』

「そうよ！　地蔵は、ふたりいるんだわ！」

いきなりの大声に、武三が大げさにのけぞってみせる。

「なんや、藪《やぶ》から棒に。地蔵がふたりて、どういうこっちゃ？」

「この下の句の地蔵は、加助さん、それは間違いないのだけれど、上の句の地蔵は、別のお地蔵さん、たぶん人じゃなく、神仏のお地蔵さんです」

お縫は加助からきいた駒吉の最期《さいご》を、ふたりに語った。

「地蔵に功徳を積んだとは、神仏に寄進した、ということじゃないかしら？　そう考えれば、上の句もそのとおりに読み解けるわ」

「一千五百両を、駒吉が寺社にさし出したっちゅうんか？　いくら何でも、そないな阿呆な真似するわけがないやろ」

「わしもそない思います。頭の身内が勝手をしやはったら、頭の立場が危うなります。兄さん思いの駒吉さんが、する道理があらしまへん」

言われてみれば、たしかに無理がある。もう一度、駒吉の残した句に目を落とした。

「お金が失せたことを、駒吉さんが知っていたとしたら、何か……何かあるはずよ。頭や仲間に伝えたいことが、何か……」

加助はもちろん、他の誰かの目にも触れるかもしれない。だから駒吉は、あたりまえの句の体裁を整えて、本当に伝えたかった事柄を潜ませたはずだ。すでに脳みそが、一滴残らず絞り出されたような心地がしたが、それでもお縫は考え続けた。

「地蔵の堂……槌の音……何かのたとえかしら？　月並みなら、建立《こんりゅう》さなかの地蔵堂ってことになるけれど……」

ふいに、あ、と声をあげたのは、お俊だった。

「お縫、建立さなかの地蔵堂なら、たしかにこの砂村新田にあるよ」

「本当なの、おっかさん！」

「おかるさんが話してくれたんだがね、話をきいたのが一年以上も前だから、すっかり忘れていたよ」

おかるは、情報屋《ねたもと》の半造の女房だ。噂についてては、どこよりも早く確かだった。お俊は前にのめるようにして、土竜の武三に告げた。

「たぶん、くだんのお宝は、その地蔵堂を建てるために使われたんです。ただし、半分だけ……額が違うから、いままで結びつけて考えちゃいませんでしたが」

お俊が語ったのは、にわかには信じがたいような話だった。

「いまさらやが、内儀さん、作り話ではないやろな？　ちゅうか、作り話と思わんと、やりきれんわ」

「地蔵堂の普請場《ふしんば》で、きいてみてください。この村の者なら、誰でも知っているはずです。明日の朝、確かめてきてくださいな」

お俊に説かれ、武三ががっくりと首を落とす。西の大盗人にはそぐわない、見るも哀れな姿だった。


翌朝、武三は、日出蔵に後を任せ、ふたりの子分を供に連れて、普請中の地蔵堂へと出かけていった。一刻ほどで戻ってきたが、武三は何とも情けない顔を、子分たちに向けた。

「質屋の内儀さんの、言うたとおりやったわ。額からいうても間違いあらへん。九百三十両……駒吉に担《かつ》がせた千両から、皆の路銀のために七十両引いた、まんまの金高や」

嵩張る千両箱は避け、千両と五百両の袋に分けて、重い方を駒吉が、軽い方を貞助じいさんが担いで、砂村新田へと運んだ。翌日、武三は、その中から七十両をとり出したのだ。

一千五百両の災難は、昨年、砂村新田を襲った鉄砲水だった。

大川より東、本所・深川一帯は、すべて埋め立て地である。地面はことさら低く、海面との差がまったくないため、水害にはたびたび見舞われた。砂村新田の西に位置する、洲崎十万坪と呼ばれる一帯は、ことに頻々と水に浸《つ》かる。昔、たいそうな人死にが出たのを機に、御上が家作を禁じたほどだ。いまは田畑も築かれず、もっぱら魚の養殖などに使われていた。

そのままであれば、砂村も同様の土地であったが、初めから新田として築かれたこの一帯には、しっかりとした堤が築かれた。それでも嵐になれば、堤が切れることもある。

昨年、土竜一味が金を埋めてから、半年とふた月が過ぎたころ、ひときわ大きな嵐が江戸を襲った。その折に、堤の一端が崩れ、砂村の南側が水に浸かったのだ。家作がいくつも流されるほど、水の勢いは強く、一緒に災難に遭ったのが地蔵堂だった。

もとの場所から遠くに流され、ばらばらに壊れた。村人たちはたいそう気落ちしたが、そのとき、不思議なことが起きた。

流された地蔵堂の瓦礫《がれき》の脇で、別の地蔵の祠が見つかったのである。畔道《あぜみち》の脇に据えてあるような、ごく小さな祠だが、流されても壊れることもなく、中には地蔵像が収まっていた。それればかりではない。地蔵と一緒に、祠の中には大きな布袋があった。中に入っていたのは、大枚の小判――言うまでもなく、土竜一味が埋めた金袋のひとつである。

林の口に、地蔵の祠があり、それを目印とした。武三らはそう語った。おそらくはその祠であろう。祠もふたつの金袋も、ともに激流に呑《の》み込まれ、五百両が入ったもうひとつの金袋は、堀の底に沈んでしまったのかもしれない。入った水を抜くための水門が、村の西側に設けられているからだ。

しかし金の出所を知らぬ村人は、世にも稀《まれ》な不思議譚《たん》と受けとった。壊れた地蔵堂のために、祠の地蔵が助けに来た。そう言い合って、この九百三十両で、地蔵堂を再建させてほしいと御上に願い出た。そして年が今年に改まったころ、御上から許しが下りた。

ひと足早く、江戸に辿り着いた駒吉は、己のからだも顧みず、いのいちばんに砂村に駆けつけた。しかし隠したはずの金はなく、村の者たちの口の端《は》から、金が地蔵堂に化けたことをきき知ったに違いない。辞世の句にしたためて、兄に伝えようとした。

駒吉が、本当に伝えたかったのは、金の所在ではなかったのかもしれない。

手ひどい仕打ちを受けた店から、腹いせに金を奪う。いっとき溜飲《りゅういん》は下がるだろうが、その金は決して、気分のよいものではなかったはずだ。しかし同じ金が、いまは地蔵堂の普請に役立っている。死に逝く駒吉には、神仏の計らいのように感じられたのではなかろうか。

思いがけず、死に際に功徳を積んだ。だからこそ、最後にやさしい加助に看取られながら、生を終えることができる。辞世の句には、その思いがあふれていた。

兄の武三も、ようやく弟の真意に気づいたのだろう。日出蔵に向かって、しみじみと告げた。

「駒吉はあんじょう、安らいだ心持ちで、逝ったのかもしれんな……とんだ骨折り損のくたびれ儲《もう》けやったが、駒吉が満足しとるなら、少しはわしの気も楽になるわ」

「せやな、頭。わしらもそう思います。駒吉さんの冥福《めいふく》は、末長う地蔵堂が祈ってくれはりますわ」

日出蔵の言葉に、やはりいささか気落ちしていた仲間が、てんでにうなずいた。

「旦さんには、ほんまにすまんことをした。弟がえろう世話になっておきながら、疑うたあげく、内儀さんと嬢はんを質にとったりしてもうて……きっとあの世におる弟も気を揉《も》んで、成仏《じょうぶつ》できんでおりますわ」

武三は、堂から戻ったとき、客を三人伴っていた。儀右衛門と、狸《たぬき》髪結の半造、そして文吉だった。武三は、儀右衛門に向かって、殊勝に詫びた。

「地蔵堂で、ばったり会《お》うてな……旦さんも、まったく同じ顛末に行き着いたそうや」

武三は、傍らの鮫二に、「縄、解いてやり」と命じた。

しかし鮫二より速く、文吉が鉄砲玉のようにとび出して、ふたりに駆け寄る。

「お縫坊、無事か！　大事ないか！」

「文さん……」

父や文吉の顔を見たとたん、それまでの意気地が失せて、ぽろりと涙がこぼれた。

とたんに文吉が、自分のことのように青ざめる。

「お縫坊、こいつらに何かされたのか？　もしや無体なぞ、働かれたのか？」

違うと言おうとしたが、声が出ない。かわりに後から後から涙があふれてくる。

「こんの野郎！　お縫坊に何しやがった！　事としだいによっちゃ、生きて江戸から出さねえからな！」

「ちょちょちょ、待ちいや。わいは何もしとらんわ」

お俊とお縫の縄を解き、鮫二が必死に弁解する。

「何もねえのに、こんなに泣くわけねえだろうが！　てめえでねえなら、誰がやった！」

「文さん、やめてよ、そんな大声で……恥ずかしいから」

その言葉を、文吉は別の意味にとらえたようだ。がっくりとひとたび、肩を落とした。

「大丈夫だ、お縫坊……兄貴はそんな、了見の狭い男じゃねえ。お縫坊に何があっても、きっと嫁さんにしてくれる」

「文さん、そうじゃなく……」

「こんな連中に、一度や二度やられたくらいで気にすんな！　万一、兄貴が四の五の言って、お縫坊が売れ残るようなことがあったら……そんときは、おれがもらってやる！」

たちまち頰に血が上り、縄をほどかれたばかりの手が、勝手に動いた。しびれているから、たいして力は入らないはずが、案外いい音を立てて、文吉の頰ではじけた。

「やったとかやられたとか、いい加減にしてちょうだい！　あたしは何もされてません！　文さんの勘違いよ」

打たれた頬に手をやって、文吉がしばし唖然《あぜん》とする。やがてその顔が、くしゃりと歪《ゆが》み、両腕が無造作にお縫を抱きしめた。

「そうかあ、お縫坊、無事だったのか……よかったな、本当によかった……」

とっさのことに、お縫は声も出ない。真っ赤な顔で、目だけ動かすと、お俊の視線とぶつかった。

——ほらね。捨てる神あれば、拾う神あり。そう言ったろ？

お俊の目は、たしかにそう言っていた。

「てめえときたら、いつまで引っついてやがる。ったく、旦那の前で、いい度胸だ」

半造が狸面《づら》を、ことさらむっつりさせる。襟首をつかみ、そのまま問答無用で文吉を引っぺがした。犬猫のようにあつかわれても、へへ、と文吉は、やっぱり嬉《うれ》しそうだ。

儀右衛門が膝《ひざ》をつき、女房の肩に手をおいた。

「お俊、よくがんばってくれたな。怖い思いをさせて、すまなかった」

「平気だよ、おまえさん。何があっても折れやしない——。そう言ってくれたのは、おまえさんだろ？」

「ああ、そうだったな」

ふたりの目には、同じ大川の景色が映っているに違いない。

荒れ狂う大川の姿を映しながら、夫婦は穏やかに笑い合った。

この作品は二〇一五年十一月新潮社より刊行された。

大《おお》川《かわ》契《ちぎ》り

善人長屋

新潮文庫　さ－64－6

平成三十年七月一日発行
令和四年六月三十日九刷

著者　西《さい》條《じょう》奈《な》加《か》

発行者　佐藤隆信
発行所　株式会社 新潮社
郵便番号　一六二―八七一一
東京都新宿区矢来町七一
電話 編集部(〇三)三二六六―五四四〇
読者係(〇三)三二六六―五一一一
http://www.shinchosha.co.jp

価格はカバーに表示してあります。

乱丁・落丁本は、ご面倒ですが小社読者係宛ご送付ください。送料小社負担にてお取替えいたします。

印刷・大日本印刷株式会社　製本・株式会社大進堂

ISBN978-4-10-135777-5　C0193